第②季 心理师

罪案直播

老甄 著

ZUIAN ZHIBO

3

SPM 南方传媒　花城出版社
中国·广州

图书在版编目（ＣＩＰ）数据

心理师. 第二季. 罪案直播. 3 / 老甄著. -- 广州 ：
花城出版社，2022.9
　ISBN 978-7-5360-9677-6

　Ⅰ．①心… Ⅱ．①老… Ⅲ．①长篇小说－中国－当代
Ⅳ．①I247.5

中国版本图书馆CIP数据核字(2022)第050240号

出 版 人：张　懿
策划编辑：陈宾杰
责任编辑：杨淳子
技术编辑：凌春梅
封面设计：拼林设计

书　　名　心理师　第二季·罪案直播3
　　　　　XINLISHI　DIERJI·ZUIANZHIBO 3
出版发行　花城出版社
　　　　　（广州市环市东路水荫路 11 号）
经　　销　全国新华书店
印　　刷　广东鹏腾宇文化创新有限公司
　　　　　（广东省珠海市高新区唐家湾镇科技九路 88 号 10 栋）
开　　本　880 毫米 ×1230 毫米　32 开
印　　张　11.125　1插页
字　　数　220,000 字
版　　次　2022 年 9 月第 1 版　2022 年 9 月第 1 次印刷
定　　价　49.80 元

如发现印装质量问题，请直接与印刷厂联系调换。
购书热线：020-37604658　37602954
花城出版社网站：http://www.fcph.com.cn

目 录

001 | 引 子

002 | 第一章　多多引渡

008 | 第二章　记忆中人

014 | 第三章　接受委托

020 | 第四章　人格分裂

027 | 第五章　隐秘身世

033 | 第六章　侵犯动机

039 | 第七章　从头查起

046 | 第八章　家中佛像

052 | 第九章　超度何人

059 | 第十章　老家属院

065 | 第十一章　胖婶回忆

071 | 第十二章　再寻线索

077 | 第十三章　警察询问

083 | 第十四章　两个老太

089 | 第十五章　当年旧事

095 | 第十六章　讨论案情

101 　 第十七章　　决定方案

107 　 第十八章　　装神弄鬼

112 　 第十九章　　高僧老甄

118 　 第二十章　　屋内施法

124 　 第二十一章　完美收工

130 　 第二十二章　章玫用意

135 　 第二十三章　同学名单

141 　 第二十四章　全体询问

147 　 第二十五章　初中闺密

153 　 第二十六章　家属二区

159 　 第二十七章　意外发现

165 　 第二十八章　再访老太

171 　 第二十九章　见过王可

177 　 第 三 十 章　关键照片

183 　 第三十一章　温泉按摩

188 　 第三十二章　技师经历

194 　 第三十三章　原来是她

200 　 第三十四章　人生变数

206 　 第三十五章　深入调查

212	第三十六章	集体说谎
218	第三十七章	原来已死
224	第三十八章	是否调查
230	第三十九章	火葬场内
236	第四十章	老烧尸工
242	第四十一章	揭穿谎言
248	第四十二章	猥琐本性
254	第四十三章	决定偷拍
260	第四十四章	拿到证据
266	第四十五章	真相如此
270	第四十六章	再起波澜
276	第四十七章	洋子失踪
282	第四十八章	再回西安
288	第四十九章	走访调查
294	第五十章	再做推断
299	第五十一章	现场勘查
304	第五十二章	查看监控
309	第五十三章	发现疑点
313	第五十四章	小村寻人

318 | 第五十五章　警笛大作

323 | 第五十六章　原来认识

327 | 第五十七章　我的推理

332 | 第五十八章　抛尸规律

338 | 第五十九章　真凶要求

343 | 第六十章　再讲故事

引　子

雄鹰看树如看草，蚂蚁看树如看山。

人的命运是由自己掌控的，还是别人掌控的？

对于我们来说，能够掌握自己的命运，需要开启智慧。

强大的人能够左右弱小的人的命运。

有智慧的人对没智慧的人，就是不同的维度，未必能交流，但是肯定打得过。

命运即人心。

|第一章| 多多引渡

半年之后，李强突然给我打了个电话，要我把多多通过转账支付给我的所有钱款都上交回去。虽然早知道是这样的结果，但我还是隔着电话都能感觉到李强的幸灾乐祸。

多多在新西兰被捕，随后引渡回国接受审判。多多的律师朋友给她的建议就是认罪，为了让多多能有重大立功表现，律师要求多多把"天罚者"组织所有的黑钱全都吐出来。这大笔黑钱中，就有支付给我的那5000万元。还好这笔钱不包括当年挖出来的付家宝藏中黄金分到手的那300多万元。不然的话，我千辛万苦支起来的"老甄故事铺"都得咬牙卖掉，然后我再次回到租房生活中。那可就真正叫："为谁辛苦为谁忙，竹篮打水一场空了。"

在李强找到我之前，多多的律师就已经先行联系过我，给我带来了多多的请求。只不过律师没想到的是，我没有任何犹豫，就答应将那5000万元巨款交出去。

3个月后，我们终于可以去监狱探望多多了。多多被判了3年半的有期徒刑，这已经是她最好的结果了。

在探望室，我和多多隔着玻璃打着电话。多多的一头秀发已经剪成了齐耳短发，而且穿着宽大的囚服。饶是如此，当多多见到我的时候，脸上浮现出惊喜的神情，还是那个巧笑倩兮、美目盼兮的绝代佳人。在多多笑起来的那一瞬间，整个冰冷的监狱探望室似乎被染上了暖色。

我告诉多多，我给她在监狱的账户里存了50万元，足够她在监狱里有质量地生活了。多多在电话那头对我笑着谢道："老甄，你还真是重情重义，这笔钱是不是你的私房钱啊？章玫妹子知不知道啊？章玫妹子会不会罚你跪搓板啊？哈哈。"

我见多多还能和我开玩笑，对她就放心下来，说道："我也不过是借花献佛，这笔钱是当年那些黄金的钱，而且按照多多的能力，只要一出来，这50万元用不了多少时间，就能翻成500万元给我了。我这也可以叫什么来着？啊，对了，叫天使投资。"

多多说道："干合法的生意，可没这么快啊。这么说这笔钱算投资，不算资助了啊。我还以为是你包养我呢。唉，你们男人啊，还真都是一个样。哼！"

我玩笑道："我这样的男人，还是很少见的吧。对了，经过之前的事情后，我女儿现在和我一起生活了。章玫居然很会照顾孩子，现在两个人相处得和姐妹一样。这50万元，也是章玫上网看了一些监狱文学，担心你在监狱里受苦，提醒我给你在监狱中的账户存钱；要是我的话，肯定是各种疏通关系，找人照顾你。"

多多道："不管怎么说，我的直觉这次准了，你是可靠的男人，章玫妹子是个好姑娘。我虽然命途多舛，但是此时此刻，我还真是确认遇到你们是我今生最大的幸运了。"

我安慰多多道："3年很快就过去了。到时候我一定会亲自来接你出去。说起命运来，多多怎么会信命运呢？"

我和多多正聊得兴起，在一旁的女狱警过来提醒我们道："探视时间一共半个小时，有空说说正事儿，别扯些有的没的。"

我扭头看看这名一脸严肃的女狱警，注意到她的胸牌上的名字叫作李幻，正是多多的管教。

多多对我嫣然一笑，说道："老甄，谢谢你来看我，谢谢你对我的好。你回去吧，我会让自己过得很好的。对了，最后和你说一句，说起命运来，我的感受是，'命运即人心'。"

我望着多多被管教李幻带回监舍，多多走到门口的时候，扭头看了我一眼，眼角一丝清泪，折射着清冷的光。多多离去好久，我才回过神来，从监狱探望室离开，忍不住感慨命运无常，这样一个美丽睿智的女子，居然会着一身囚服和我在监狱的探望室内讨论命运这种玄而又玄的话题。我从恍惚中缓过来，驾车离开。好在北京市女子监狱就在大兴，距离"老甄故事铺"并不远。我探望完多多后，一脚油门也就到了。

当晚的直播中，我把多多凄婉、跌宕起伏的命运作为一整个故事讲述了出来。原本热闹的直播间居然冷场了，有好长一阵子都没有一条弹幕，让我怀疑直播是不是掉线了。可是在我讲完故事的5分钟之后，弹幕几乎把我的整个屏幕都占满了。所有的评论全是对多多命运的同情，甚至还有粉丝要组织起来，去女子监狱探视多多、鼓励多多。我婉拒之后，粉丝们愤愤不平，开始痛骂命运不公，直播间开始讨论命运的话题。

这时，一个网名叫作"记忆碎片"的粉丝给我提出了通话请求，我好奇之下，在直播间里接通了通话。

我在直播间中说道："这位叫作'记忆碎片'的朋友，我已经接通了你的通话，你可以说话了。"

"记忆碎片"的声音传了过来："甄老师，你听得到吗？"

我回答道："我这边听得很清楚，你说吧。"

"记忆碎片"说道："叫我洋子吧。我听朋友介绍来了这里。我有些经历，好想讲出来，但是不知道该怎么说。我没法判断到底是不是我的脑子出了问题。但那些事情，又让我觉得，我的命运是被操控的。我如同在梦魇中醒不过来一样，始终没法过上我想要的普通生活。"

我说道："洋子姑娘，就我理解的命运来说，命运即选择。你认为自己在梦魇中无法出来，其实本质上是你没法下定决心。"

洋子叹了声气，说道："谢谢甄老师对命运的解答。我还是先讲讲我的事情吧，毕竟这些事情在我心里憋得太久了。我爸和我妈在我3岁的时候就离婚了，他们刚离婚那会儿，我妈和另外一个男人跑了，那个男人现在是我的继父，对我也还好。之后我就跟着我爸一起生活。我爸比我妈大十几岁，有个前妻，还和他前妻有个儿子，也就是说，我应该有一个同父异母的哥哥。在我的记忆中，这个同父异母的哥哥叫作高广，在我5岁的时候，他给我带来了我最喜欢吃的白切鸡，但是却要我听话把衣服脱光。"

洋子的话音刚落，直播间喧嚣一片。

"洋子的哥哥真是个禽兽，居然对自己同父异母的妹妹进行猥亵。"

"男人真不是好东西，总想欺负女人。"

"洋子有没有报警，把这个浑蛋哥哥送进监狱？"

"报警也没什么用吧，洋子5岁的时候，她哥哥应该也是未成年人，就算报警了，也是监护人加强管教。"

"洋子后来怎么样了？是不是被你的浑蛋哥哥欺负了啊？"

章玫看不下去这些议论，在后台把议论都清屏了，同时说道："女孩子的这种经历，大家还是不要议论了。"

洋子的声音继续传来："谢谢玫子小姐姐。没关系的，这些事一直憋在我心里，憋得我难受。今天能说出来，我感觉很好。就像其他粉丝猜测的一样，高广'欺负'了我，但是我当时还太小，对这些事都还不懂，只是感觉到疼。而且那之后，一直到我9岁，高广每次来我家，都会来欺负我。"

|第二章| 记忆中人

　　"9岁的时候，我妈过上了安稳的生活，而且她也认为应该养我，这样她老了我就能照顾她了。所以她把我接到她那边抚养。等我13岁的时候，我有了男朋友，才明白同父异母的哥哥对我做了什么。终于有一天，我忍不住，回到家告诉我妈高广对我做的事情。可是我妈却很奇怪地告诉我，我爸根本没有这个儿子，除非我爸骗了她。

　　"我好奇之下，打电话给我爸质问高广的事情，结果我爸也告诉我，他从来没有过一个叫高广的儿子，我是他唯一的孩子。我吃惊得厉害，毕竟在我的记忆中，除了高广对我做的那一切禽兽不如的事情之外，我还很清楚地记得，我爸带着我和高广一起去吃饭，是在西安回民街吃的烤串。在我和高广狼吞虎咽地吃着烤串的时候，我爸还对高广说，我是高广的亲妹妹，要他做个好哥哥，不能让别人欺负我。"

我问道："那你是不是还和其他亲友验证过呢？"

洋子继续说道："我当时听到我爸妈的说法，觉得脑子里一片空白，有那么一瞬间，我都怀疑是不是我的记忆真的出了问题，还是我从小就渴望有个人来侮辱我、侵犯我。这也是我长大之后，喜欢在亲热的时候，被男友扇耳光的原因。"

洋子话音未落，直播间里再次议论纷纷：

"原来洋子是个M，喜欢被虐。"

"M是什么？传说中的皮鞭和蜡烛吗？"

"M的心理成因是什么？老甄好像讲过。但是我记不住了。"

"我也好想在和我女朋友亲热的时候，扇她耳光。"

"你这个变态。"

"你这个变态。"

"你这个变态。"

"你们这群变态，重点是那个禽兽——同父异母哥哥高广。"

洋子看到了直播间的各种议论，继续说道："没错，我就是个M。我到底为什么会有M的倾向，我始终认为是我记忆中的高广造成的。那是我真真切切的记忆中的人，却被我的亲生父母告诉我，这个人并不存在。

"我好奇之下，忍不住把所有的事情都告诉了我的初恋男友王可，他也认真地决定和我在暑假的时候，一起找出事情的真相来。既然我爸和我妈都清清楚楚地告诉我，高广这个人不存在，那么我爸那边的亲戚，应该也能确认高广是不是存在了。于是我带着我的初恋男友王可，去了我奶奶家、我姑姑家、我大伯家。结果却是，他们所有人都异口同声地告诉我，我从来都没有过一个叫作高广的同父异母的哥哥，我是我爸唯一的女儿。王可还细心地和我一起翻看了我奶奶那里保存的各种相册，相册里真的没有任何关于高广存在的痕迹。这一圈下来，连王可都认为这个叫作高广的同父异母哥哥是我幻想出来的人了。

"在那一瞬间，我也真的相信是我的记忆出了问题，我还专门要王可陪着我悄悄地去了医院，检查我是不是脑子有问题。医生对我检查之后，确信我的身体没有什么问题。但是这件事我始终搞不清楚，为什么我记忆中那么清晰的一个人，最后竟然不存在呢？"

洋子说完后，一时之间没了消息，直播间的粉丝也已经越聚越多，纷纷要我解读洋子所描述的遭遇。

我在直播间说道："洋子遇到的就是曼德拉效应。曼德拉效应指大众对历史的集体记忆与事实不符。最早声称有曼德拉效应现象是2010年一位研究超自然现象的'超能力研究者'——美国博客菲安娜·布梅（Fiona Broome）。她发现自己跟很多人一样，记忆中南非总统曼德拉应该于20世纪80年代已经在监狱中死亡，但现实是曼德拉没有在20世纪80年代死去，后来更被释放，还当上南非总统，直至2010年时仍然在世（曼德拉在2013年才逝世）。但是，早于2010年的时候就有人提出，自己清楚记得，曼德拉在80年代的时候，就已经在监狱中离世。提出的人能够陈述当年自己看过的报道葬礼的电视片段，甚至是曼德拉遗孀赚人热泪的演讲。当这个说法提出后，得到大量网民回应，表示有相同记忆。此后，类似的事件在全球各地不断发生，在2015年和2018年成为爆发的高峰，之后余波还在持续。

　　"2013年曼德拉去世的新闻自发布之后，世界各地的人发现自己对曼德拉的记忆出现了混乱，从死亡时间到死亡原因都出现了不同的记忆。这种现象因为'对事情持有错误的印象'而知名，曼德拉效应其实只是一个新名字而已。这个理论假设小量子波函数允许人们在宇宙的缝隙间穿越，达到一个此刻情景类似的时空，那个时空里的人们也都不是他们的朋友。但也有很多情况，是现实与人的集体记忆一出现不符，就会被人标签为'曼德拉效应'，而不知道它是否真的属实、是否真的可以被归入曼德拉效应的范畴之内。所以从这之后，所有涉及集体记忆偏差的事情，都叫作曼德拉效应。这样的案子在国内也有很多，比较有名的包括潘博文事件。虽然潘博文事件的原作者发帖子说明帖子中的情节都是虚构的。

"对这个现象的比较科幻的解释是这样的，世界重构，或者真的有人操控，让大多数人的记忆被删除掉了。比较灵异的解释就是，唯一存在记忆的那个人，看到了鬼。从心理学的角度来解释，就是当事人产生了极大的记忆偏差，或者说在意识中，给自己创造了这么一个角色，用来缓解自己的某种潜意识记忆中的痛苦。比如说，当我们不愿意面对小时候曾经对我们毒打或发泄情绪的长辈时，可能会在记忆中，把这个人分成两个，只记得他的好，甚至放大他的好，而把痛苦难过的记忆选择性忘记，或者是投射到其他人身上。"

我正在直播间侃侃而谈，洋子的声音却再次传来："不好意思，甄老师，我刚才接了一个很重要的电话。我现在还能和您直连通话吗？"

章玫刚才也没挂断我与洋子的直播间直连，我对洋子回答道："还连着呢。洋子你的故事讲完了吗？"

洋子说道："甄老师，你说的那个潘博文事件，我在网上也看过，我也知道一些关于曼德拉效应的知识。如果只是我对同父异母的哥哥高广的事情产生了记忆偏差，毕竟到现在已经有10年之久了，也许我慢慢地就该忘了这个人和这些事，并且确认是自己的记忆出现了偏差。然而，我前些日子参加初中同学聚会的时候发现，连我的初恋男友王可，也只存在于记忆中。我的其他同学，甚至我的班主任老师，都言之凿凿地告诉我，我们班并没有一个叫作王可的男孩子。而且我那个时候也没有男朋友，我大部分时间都是独来独往的。"

我问洋子："你还有王可送给你的礼物或者写给你的情书吗？"

洋子的声音哽咽了一下，颤抖的音色继续传来："如果没有的话，我都要承认我的脑子的确是出问题了。我在我的旧物箱里找到了王可送给我的礼物，是他用牙膏盒做的小台灯，我把那个小台灯拆开，结果发现里面藏着一封情书，情书的落款正是王可。

"甄老师，我不知道你的收费是不是很贵，我想请你帮我把高广和王可的真相调查清楚，哪怕最后的结果证实是我产生了幻觉，这两个人都是我幻想出来的，我都认了。不然的话，我觉得自己真的要疯了。"

|第三章| 接受委托

洋子提出了请我调查的想法，直播间的粉丝也是群情激奋，要求我接下委托，甚至还有个别粉丝和我提出，要给洋子的委托众筹资金给我付款。更多的粉丝，则要求我全程直播调查过程。

我要章玫给洋子私信发直播间专门的微信工作号，很快洋子就添加了好友过来。章玫和洋子聊了一会儿，随后把聊天记录递给我看。

我简要看了几眼，大概意思就是和章玫确认我到底会不会接受她的委托，还有接受她的委托大概多少钱。小姑娘大学还没有毕业，影影绰绰地表达的意思就是，她经年的压岁钱，攒来攒去，差不多有两万块钱，这也是她全部的私房钱，所以问章玫两万块钱能不能委托我去给她调查出真相来。

章玫负责具体联络，但最后决定的肯定是我。章玫问我："甄老师，你怎么打算的，这个案子接不接呢？洋子好可怜啊。她的钱虽然少，但是如果把调查的过程全程直播的话，粉丝的打赏肯定是一笔不小的数字，所以，整个调查过程的收入肯定也少不了的。"

　　我看出章玫对洋子的恻隐之心，对章玫笑道："要是从挣钱来说，直播打赏，甚至植入广告的收入，肯定不是洋子这小姑娘的两万块钱所能比的。从流量的角度考虑，与其收这两万块钱，还不如不收，直接去做。这样，就算查不出真相，也没有压力；而查出真相来，对直播间的引流效应来说，就会成倍增加了。"

　　章玫对我嘻嘻笑道："甄老师真是大度，而且相当怜香惜玉啊。你看，你都没见过人家小姑娘长什么样，一下就把小姑娘的费用都给免了。你可真是个有爱心的大叔啊。"

　　我对章玫无奈地笑笑："你看吧，我要是不接这小姑娘的案子，你又该说我，一定是觉得人家小姑娘不漂亮，所以不肯去接这个案子。哈哈哈。"

　　章玫对我嘻嘻笑道："甄老师，你怎么这么聪明呢，连我想说什么都猜出来了。对了，甄老师，你到底想不想接这个案子呢？"

　　我喝了一口茶水，对章玫解释道："其实这个案子，我最担心的是，我们以为是一个复杂曲折的、神奇的案子，但是最后却发现，这一切不过是女主人公自己臆想出来的情节。"

章玫对我说道："甄老师，你的意思是，洋子姑娘所讲述的高广和王可，本身真的并不存在，只是她自己幻想出来的？"

我点头赞同道："这种可能性很大，因为任何一个人，就算这辈子能感受到一次曼德拉效应，也不可能再而三地遇到。这就好比鬼故事中的桥段，当一个人总是遇到其他人看不到的'人'的话，那就一定是她本人能看到鬼，而不是其他人都在说谎。特别是洋子所讲述的这两个人，一个是所有亲友否定存在，另一个是所有同学否定存在。这两个人群并不重合，可是这两个人却只在她的记忆中存在。咱们排除灵异角度的解答，你更倾向两个人是真实存在，还是更相信他们是洋子自己幻想出来的人呢？"

章玫回答道："可是洋子还有物证啊，能够证明她的初恋男友王可的存在。"

我对章玫笑道："你知道人格分裂吧。人格分裂本身就是在自己肉身分裂出不同的人格来，简单理解，就是同一副肉身，却住着好几个灵魂。而且这几个人格，都相信自己才是这个肉体的本体人格。可是存在这样一种形态，也是人格分裂的一种，那就是患者幻想出来的副人格，在患者的脑海里，是患者的亲人、朋友、恋人、同事甚至敌人，这些副人格本质上都是患者幼年时经历的痛苦映射，或者渴望得到帮助的映射。"

章玫疑惑道："那按照甄老师的逻辑，就是说高广和王可都是洋子自己幻想出来的人。王可我还能够理解，但是高广呢，她为什么会幻想出一个会在自己幼女时期侵犯自己的同父异母哥哥这样的副人格呢？"

我道："我刚才在直播间没说，其实洋子的这个副人格，符合这样的特征：第一，和洋子有血缘关系，而且这个血缘关系还是来自父亲那边的，和母亲没关系；第二，是男性，且对洋子有性侵行为；第三，和洋子关系很亲密，洋子非常信任这个男性。那么符合这三个特征的人会是谁呢？"

章玫摸摸脑袋，认真地想了想，脸色猛然一变，对我说道："甄老师，你的意思是，这个高广，其实是洋子的父亲？可是，这怎么可能呢？那可是洋子的亲生父亲啊！"

我对章玫摆摆手，说道："亲生父亲侵犯自己的女儿，这样的事情非常罕见，但也并不是没有。而且我们目前所掌握的全部资料，都来自洋子本人的诉说，我们先假定洋子本人讲述的所有事情都是真实的，但怎么能保证她知道的所有信息都是真实的呢？毕竟在现实生活中，真相和谎言，从来都是混杂在一起的。

"我们先根据洋子的讲述,假设她所提供的信息,全部都是真相,那么我们根据人格分裂的原理来进行推断,在洋子的内心深处,肯定是难以接受自己的亲生父亲对自己做了这么禽兽的事情,所以幻想出了高广这样一个同父异母的哥哥形成副人格,并在自己的记忆中,代替了亲生父亲来伤害自己。随着她年龄的增长,这段记忆已经彻底被替换掉了。但是, 被伤害的痛苦记忆是难以消除的,所以当她成为少女,知道男女之事之后,能判断出来自己的亲生父亲对自己的猥亵侵犯是对自己的巨大伤害,但是当自己鼓起勇气和母亲讲述此事的时候,伤害自己的对象已经在记忆中被替换成了同父异母的哥哥。她母亲自然否定这个高广的存在。她向父亲求证的时候,她父亲心中有愧,以为洋子只是换个说法来指责自己,但是他也不可能借坡下驴,凭空承认高广的存在。因为那样的话,必然要面对洋子要求父亲责罚高广,就等于逼迫父亲承认猥亵侵犯了自己。至于洋子再次去奶奶和姑姑家验证高广的存在,因为这个人本来就是洋子幻想出来的、替代父亲伤害自己的副人格,所以更不可能客观存在了。"

章玫继续问道:"甄老师,那洋子的初恋男友王可又是怎么回事呢?"

我说道："洋子13岁，进入了少女时代，女孩子初潮到来，而且女孩子本身在两性方面，就比男孩子更早熟一些，所以，洋子知道了男女之间究竟是怎么回事。可是这种事，和任何人都没法分享，就算是告诉自己的母亲，也需要鼓足勇气。所以洋子的内心深处，需要一个能够和自己分担压力的密友，而这个密友最好是能够保护自己的男性。父亲对于女儿来说，最重要的一个职责，就是保护自己的女儿。但是洋子的父亲却侵犯了她，也就是对于洋子来说，自己最该信任的人，却欺骗并且伤害了自己。所以，她需要一个能够保护自己的男性，这个男性最适合的角色，自然就是男朋友。而这个男朋友，还能和她共享自己曾经被亲生父亲侵犯的秘密，所以王可出现了。

"你有没有注意到，洋子讲述的内容中，有一个容易忽略的细节，那就是王可陪着洋子一起，去了她的奶奶家和姑姑家。但是你要知道，那个时候，洋子的年纪也不过是十四五岁的样子。你认为在2010年之前的西安，两个少男少女，会这样明目张胆地去自己的亲戚家里吗？难道不担心自己被亲戚当作早恋告诉自己的父母？"

章玫点头赞同道："这点的确，洋子比我小5岁，她13岁，也就是我18岁的时候，我18岁都不太敢把我大学的男朋友带到自己阿婆家里呢，何况是个13岁的小女孩。"

|第四章| 人格分裂

我继续说道："所以啊，如果从人格分裂的角度来解读的话，她在想明白自己受到了父亲的侵害之后，少女需要一个能够知道自己这个隐秘的伤痕，而且还能帮助她的男性保护者角色。这个男性保护者角色，最合适的自然就是初恋男友这个角色。于是，在洋子的世界里，王可这个初恋男友就适时出现了。这个男友陪着洋子一起逃课，一起补课，一起聊班级里的八卦，听洋子藏不住的哀伤悲苦，陪洋子去验证高广是否存在。但毕竟这两个人都是洋子自我分裂出来的人格，所以只有她能感觉到他们的存在，而她身边的其他人都对高广、王可的存在完全没有意识和印象。"

章玫叹了口气，说道："要是这样的话，甄老师，你还打算接洋子这个案子吗？"

我也一时难以决断："我也是犹豫不决啊，不接这个案子吧，对粉丝的影响不好；接了这个案子吧，又担心查来查去只不过是人格分裂。这要是治疗起来，周期就长了，而且就我的认知来说，在她的内心世界里，有分裂出来的这两个角色，可能让她之后的日子会更好过一些。如果让她看到真相，她未必能面对这个真相。你要知道，人的很多心理反应，其实本质上是一种自我保护，包括人格分裂。"

　　章玫吐了吐舌头，说道："可是从洋子讲述的目的来看，她想知道真相啊。"

　　我摇摇头道："真相又是什么？真相不过是一堆记忆的碎片，每个人眼中的真相都不一样。其实人们想要的只不过是自己想象中的真相。而如果真相是另外的样子，当事人可能会失望至极，甚至伤心绝望。我也曾经执念于客观真相的探寻，可是经历的案子多了，看到的事情多了，最后却发现，当我们把真相挖出来之后，对于当事人来说，可能不是让他感觉到如释重负，而是重新面对残酷。

　　"你听说过援交少女被害案吧，被害人家属并不知道被害人是援交少女，在被害人被杀之后，拼尽全力也要找到凶手、找出真相，结果真相却是，被害人不过是因为想要一部新款手机，而去和凶手交易，却刚好遇到了痛恨援交少女的变态杀手，最后命丧当场。对于被害人家属来说，知道了全部真相的一刻，并不是对自己女儿的死亡感到大仇得报，而是对自己没有及时引导女儿的物欲，适当满足女儿的虚荣心产生无尽懊悔。真相反而让被害人家属崩溃了，之后不久，那个单亲妈妈也因为承受不住打击，精神恍惚，车祸身亡。从这个案子来说，真相，并不是救人良药，而是杀人利器。"

章玫叹了口气，面露忧戚之色，无奈地说道："那个女孩子也挺惨的，那个妈妈就更惨了。可是，如果不找出真相，那个变态杀手就不能被抓到，可能会有更多的女孩子被害了。"

我对章玫笑笑，道："你从其他可能的被害者角度来解读这个案子，也是有道理的，这是有犯罪者的情况。那么对于洋子的案子来说呢，要不要让她真的面对自己记忆深处的真相？如果我的推断是准确的，她要不要去报警抓捕她的亲生父亲？她该怎么面对童年时期那段记忆？当那段记忆被唤醒时，可能就是她需要更多的心理干预，甚至是心理治疗的开始。对于这种身心伤害，心理治疗的最主要方法，也不过是想办法让她忘掉那段痛苦的回忆，与其那样，还不如让她本身就自行封闭这段记忆呢。"

章玫把嘴唇嘟起来，对我说道："甄老师，你这么一说，我也不知道到底该不该接洋子这个案子了，可是我内心深处是想找出洋子这个案子的真相的，我也不知道为什么啊。"

我对章玫笑笑，继续说道："你对父母与孩子的关系有执念，所以对涉及父母与孩子关系的案子，你都会下意识地想搞清楚真相。"

章玫俏脸晕了下红，说道："所以，甄老师，要不这样，我把你担心的事情都用小女孩的沟通方式，给洋子讲清楚，然后让她自己选择吧，如果洋子还是选择找出真相的话，甄老师你就帮她找出真相好不好？"

我看着章玫一脸崇拜+祈求的表情，只好无奈地耸耸肩膀，算是答应下来。其实我心中想的是，如何想办法给多多减刑或者假释，毕竟卿本佳人，奈何做贼，总觉得多多这样的女子，要是在监狱中受苦，简直是暴殄天物。所以我对其他的案子并没有太大的兴趣。不过章玫对洋子的案子这么上心，要是这个洋子真是无论如何都要找出真相的话，我就去看看好了。

第二天中午，章玫给我盛了碗精心煲制了一上午的牛肉汤，还细心地用嘴吹了吹，递到我跟前，嫣然笑道："甄老师，我昨天和洋子聊了一晚上，再三地问她到底是不是想找出真相，是不是无论什么真相都能接受，洋子经过和我一夜的讨论，肯定地回复我，她都能接受，并且转过来一万元，作为咱们的办案经费。"

我刚用羹勺把一口汤送到嘴里，听到章玫说起连洋子的办案经费都收了，一口没喝匀乎，直接呛到了，我剧烈地咳嗽起来。章玫没想到我反应这么大，赶忙过来帮我捶背，又递纸巾给我。等我不怎么咳了，又递了杯水给我。

我喝了口水，让自己平缓一下，对章玫说道："你确定是洋子自己想找出真相，而不是你诱导她想找出真相？"

章玫嘿嘿一笑，对我说道："哎呀，甄老师，总而言之，言而总之，现在定金也收了，我把去西安的票都订了。咱们明天就出发，我一会儿还要收拾行李呢。甄老师，你要吃得饱一点噢，毕竟，咱们去西安处理洋子案子的这段时间，你就不可能吃到我亲手做的饭咯。"

我心中一瞬间感觉在我和章玫的相处中，我已经从她的老板变成了她的下属，因为我依赖她对我生活上的照顾和工作上的打理，而且由于我和她亲密度的提高，我在章玫面前的威严度越来越低。

不过，有人管生活的男人总是会过得舒服的，但是这种舒服，还是能舒服就舒服吧。

我和章玫坐在去西安的高铁上，先由北京向南，再经郑州向西，一路感受中原腹地进入关中平原的大山大川，这一刻我感觉心中无数烦恼都可抛之脑后。

6个小时之后，我们到达西安北站，洋子已经在出站口等我们。

洋子是个眼睛很大、身材很是丰满的姑娘，她见到我们之后，先是很热情地奔到章玫面前，给章玫来了个大大的拥抱，章玫也伸出双手，把洋子紧紧地抱了一抱。我对90后小姑娘打招呼的方式，表示不太明白，但是看到两个初次见面的小姑娘如同多年未见的闺中密友一样又跳又蹦地表示亲昵，也不由得被她们的青春活力所感染，随后就站在一旁，尴尬地笑笑，不知道该怎么和洋子打招呼。

洋子拉着章玫的手，满脸笑容地说道："多谢你，玫子姐姐，帮我说动甄老师来调查。"

章玫给洋子使了个眼色，洋子掩嘴一笑，松开章玫的手，对我深鞠一躬，说道："甄老师，感谢您能前来帮我寻找真相，我在微信上和章玫姐姐也说得很清楚了，无论真相是什么样子，我都要真相，我已经被这两件事折磨得太久了，要是不能搞清楚到底是什么情况的话，我想我都要疯掉了。"

章玫拉住我的胳膊，对我说道："甄老师，你看，洋子妹妹多可怜，所以咱们一定要帮助她啊。"

　　我无奈地笑笑，看了看章玫，又看了看洋子，说道："洋子，既然你已经想清楚了，那我就尽全力找出真相。咱们先安顿下来，然后你把所有的经过都仔仔细细地给我讲述一遍。特别是不方便在我的直播间里讲出的内容，也一定要毫无隐瞒地给我讲出来。"

　　洋子的眼神闪过一丝慌乱，对我诧异道："甄老师，你怎么知道我还有没讲出来的部分。不过也对，甄老师要是猜不到的话，那就不是大名鼎鼎的甄老师了。"

|第五章|　隐秘身世

我没有回话，只是微笑着拉着箱子，跟着两个女孩子出站。

西安北站规模不小，打出租车也一样要排队。章玫已经在西安订了民宿，是个三室一厅的大复式房。章玫把小区地址告诉洋子，洋子给我们建议，先坐地铁到距离小区最近的地铁站，等出地铁后再打车过去，因为如果在高铁站排队打车的话，可能得等40分钟。

我们到达的时间正是下午6点，下班的高峰期，地铁上人很多，大部分都是年轻人，疲惫的脸上遮挡不住青春的洋溢，让我看了很是羡慕。

章玫和洋子倒是很聊得来，两个小女生站在我旁边叽叽喳喳地聊起了西安的各种名小吃，而站在她们对面的两个小伙子，自从上了地铁之后，眼神就没有离开过这两个小美女。

我顺着那两个小伙子的眼光看过去，这才看明白为什么他们看着章玫和洋子眼睛都离不开了。章玫高挑白皙，面容姣好，在整个车厢里都是耀眼的存在，洋子虽然颜值并不出众，但身材非常饱满，难怪被两个小伙子盯着看。

这一瞬间，我一下子感觉自己对章玫的情愫被压到了心底，毕竟再过10年，章玫不过是三十出头，而我已经是半大老头子了。

我正在胡思乱想，就听到那两个小伙子拿着手机，对章玫和洋子说道："两位小姐姐，你们好漂亮，加个微信吧。"洋子很是大方，拿出手机互相加了微信，然后踮起脚来，在章玫耳边说了句悄悄话，章玫扑哧一笑，眼波流动，更是把对面两个小伙子的口水都要勾出来了。那两个小伙子见章玫没有反对，又鼓足勇气，继续和章玫要联系方式。

章玫抬起头来，看了我一眼，突然浮现出坏笑的表情，对那两个小伙子说道："小弟弟，就不要想着要姐姐的微信了，姐姐喜欢大叔。"章玫说完，转身站到我身边，挽住我的胳膊，紧紧地贴着我，故意说道："叔叔，你看人家也是会有人喜欢的，你还不答应人家。"

洋子站在对面，笑得都合不拢嘴了。那两个小伙子狠狠地瞪了我一眼，互相嘟囔了句脏话，走到了地铁的另一边。还好马上就到站了，我赶紧拉着箱子和两个女孩下了地铁，我前脚刚下地铁，后脚隐约听到了那两个小伙子嘟囔道："这老男人肯定特别有钱，那妹子真大。""还是那个长腿妹妹好看，真是可惜了，好白菜都被野猪拱了，不知道被这个老男人灌了什么迷魂汤。"

章玫和洋子哈哈大笑，章玫还对我打趣道："你这个老男人到底给我灌了什么迷魂汤呢？"

经过这些玩闹，洋子的紧张情绪有了很大缓解，我也明白为什么章玫会故意在地铁上搞怪。虽然我认为自己也不过是个懂点心理学、懂点推理的普通油腻大叔，但是按照章玫的说法，我在喜欢我的小迷妹们的眼里，那可是神一样的大咖，何况我平时不苟言笑的严肃样子，让委托我查案子的小姑娘都不敢说话了。所以章玫事先给我悄悄发了微信，告诉我她有个计划，要让我在洋子面前显得有亲和力，没想到却是这个神操作。

我们到了住处之后，为了方便查案，洋子也和我们住在一起。安顿下来之后，洋子对我说道："甄老师，我先给你看两组照片，你看看我到底和谁更像一些。"

洋子把手机递给我，手机上两张合影拼在一起的图片用来对比。我接过手机一看，很明显，洋子和右侧合影上的中年男人具有明显的生理学遗传特征，特别是下巴、耳垂、眉毛。我又从洋子那里要了她和母亲的合影。从合影中，可以很明确地看出，洋子遗传了妈妈的眼睛、鼻子、脸形。

我对洋子说道："这张照片上的中年男人和你具有明显的生理学遗传特征，这个男人和你更像。"

洋子说道："可是这个男人是我的继父，是我妈妈和我爸爸离婚之后在一起的男人，而另外一张照片上的男人，却是我从2岁到10岁的时候，把我带大的亲生父亲。"

章玫也把洋子的手机拿过去看了看，对洋子说道："从照片上看，太明显了，你肯定是你这个继父的亲生女儿，你和你的那个生父一点都不像啊！洋子，你有没有问过你妈妈啊？"

洋子低头想了想："我没直接问过我妈，但是她和我说过，她在和我爸结婚之前，和我继父先认识的，他们先在一起了一年多，然后我继父那时候有老婆，离不了婚，所以我妈一气之下，和我爸结了婚。"

章玫奇怪道："洋子，你不是说在你记忆中，有个同父异母的哥哥，叫高广，那么说，你亲爸也是结过婚的啊？"

洋子点头道："的确，我亲爸结过婚，也是离过婚的。好像是这样的，我妈年轻的时候特别漂亮，当时在一个饭店做服务员。我爸和我继父两个已婚老男人，都比我妈大十几岁，他们两个人都在我妈面前献殷勤。后来我妈好像是被两个人纠缠得烦了，就放出话去，谁能离婚娶她，她就和谁好。但是我继父离不了婚，我爸却迅速和他原配离了婚，然后向我妈求婚。我妈告诉我，当时她更喜欢的肯定是我继父。我继父和我爸之间的区别很大，就这么说吧，我继父出手大方，还有不少朋友，在他们那里，是个头儿；我爸原来就是商业局的一个干部，因为离婚，在他原单位混不下去，买断了工龄，出来做买卖，但是最终也没赚到什么钱。从我记事儿开始，我妈就老和我爸吵架，而且我奶奶那边也特别不喜欢我妈，我奶奶认为，要不是因为我妈勾引我爸，我爸也不会从商业局辞职，随后越混越差。我妈和我爸离婚之后，好像没过几年，就又和我继父联系上了，然后他们就在一起了。但是我继父实际上也没离婚，也就是说我妈是我继父在外面养的女人。我从10岁开始，一直到上大学，我和我妈的生活都是我继父供着的，包括我的学费等各种费用。我妈想出去工作，但是我继父不让我妈出去工作，生怕我妈一旦工作了接触其他男人，就离开他了。不过话说回来，我继父对我妈也不错，他为了留住我妈，给我妈买了房买了车。"

章玫说道："那也就是说，其实你的继父非常有可能是你的生父，或者说，你妈妈怀孕的时候，很可能自己也分不清你到底是你继父还是你亲爸的，但在那个时候，她不能未婚产子，所以她急于结婚。很明显，你法律意义上的生父更喜欢你妈一些，所以不顾一切，离婚之后，和你妈结婚了。"

我思索了一会儿，考虑自己心中的判断到底要不要和洋子说，又该怎么和洋子说。洋子似乎看出我欲言又止，对我说道："甄老师，您是发现什么了吗？您放心，就我的经历来说，可以说已经没有什么能打击我了，您有什么就直接说出来吧，我就是想把那一切事情都搞清楚，好能对过去说拜拜，开始我新的人生。"

我稍微笑了下，对洋子说道："其实男人判断女人生下来的孩子到底是不是自己的，很简单，就是看这个孩子像不像自己。如果长得不像，怎么都会起疑的。"

第六章 | 侵犯动机

　　洋子听完我说的这句话，迷蒙的眼神猛地亮了一下，然后又微闭着眼睛，仔细地回忆了一下，这才开口说道："我想起来了，从小我奶奶就看我不顺眼，根本就不肯照看我。我从记事儿起，我爸没空管我的时候，就把我托付给邻居照管，我记得那时候我饿了，就像阿猫阿狗一样，端着个小碗儿，挨个邻居家蹭饭吃。等我长到6岁上小学的时候，就自己坐公交车去上学了，我的小学同学都有家长接送，独独我得自己上下学。我爸那会儿从商业局买断工龄出来，有时候折腾点这样的生意，有时候又折腾点那样的买卖，不但没混起来，还越混越差。等我10岁，我妈那边稳定了，而且她好像子宫出了什么问题，没法再生孩子了，所以我妈才把我要了过去，好处是，我终于都是在家吃饭了；坏处是，我还是自己坐公交上下学。我小时候特别想要有爸爸妈妈来送我上学、接我放学，我就从没体会到过这种滋味，我要是有了孩子，就一定好好地陪伴他，绝不让他受这样的委屈。不过我上初中的时候，就130斤了，是个胖姑娘，胖姑娘的好处是，没有其他小女孩遇到的被学校内外的小流氓骚扰，也没被我们学校的一个流氓老师占过便宜。

"我们学校里，有个特别漂亮的小女生，发育得特别好，又比较瘦，没少被小流氓在校门口堵着要耍朋友，也没少被那个流氓老师摸摸捏捏。她爸妈好像出了什么事都死了，就一个半瞎的奶奶把她养大，所以她没少被骚扰，每次她都愿意和我在一起，因为我胖胖的、壮壮的，能保护她，我真正明白那个同父异母的哥哥高广到底对我做了什么，也是这个女同学告诉我的。"

我对洋子说道："脂肪其实是一种储备，小时候挨饿过，等长大的时候，身体就会将多余的营养转换成脂肪储存起来，然后人就发胖了。还有就是，当小女孩小时候父母的爱不足的话，就更容易通过吃来给自己安全感，也容易发胖。"

章玫偷笑了下，对我说道："甄老师，没想到你对女孩子的身材发胖不发胖，也能从心理上分析出原因来。可是洋子的那个初中女同学，父母都不在了，却也很瘦啊，难道这个不是人家天生身材比较好吗？”

我说道："你说的那个女孩子，更有可能的是，完全彻底的营养不良，着实是没的什么吃。你可以问问洋子，她愿意和洋子在一起，是不是也经常共享洋子的零食？毕竟，洋子跟了妈妈生活之后，零花钱、零食应该不是问题的。"

洋子重重地点了点头，对我说道："甄老师，你不说我还想不起来了，那姑娘的确是经常来找我蹭吃我买的火腿肠、辣条这些。我记得我上初中的时候，课间要是不吃点东西都饿得扛不到午饭和晚饭的。"

从洋子夹七夹八、断断续续的描述中，我分析出来洋子之所以知道自己被侵犯，是因为她那个女同学给她带来的性启蒙，可是那个女孩子又是怎么知道的呢？这些事儿真是不能深究，细思极恐。

洋子继续说道："对了，我想起来了，关于王可是不是存在，我唯独没有问过这个女同学。"

章玫问道："为什么独独没有问过她呢？"

洋子回答道："我们初中毕业之后，那个女同学就从我们的世界里消失了。我们初中同学聚会的时候，还有不少男同学找我打听那个女同学的联系方式呢。"

我问道："你那个女同学的名字是什么，你还记得起来吗？"

洋子想了想，回答道："那姑娘叫黄雅芝，长相酷似《新白娘子传奇》中的赵雅芝，而且名字也叫雅芝，那可真是我们班的班花。"

我注意到洋子的回忆细节，按理来说，黄雅芝是洋子初中最为亲密的闺中密友，她的名字应该是深深刻在洋子的脑海里的，怎么可能需要仔细地想呢？

洋子继续对我说道："甄老师，你刚才说，男人都清楚孩子是不是自己的，那我的亲爹是不是也从小就知道我可能不是他和我妈亲生的。"

我默默地点点头道："是的，男人对生理学上的相似不相似很敏感，但父爱是在抚养孩子的后天形成的，所以就算你法律学上的亲生父亲知道你并不是他亲生的，也会在对你的养育过程中产生父爱。"

洋子的大眼睛中蒙起了泪雾，掏出纸巾来，擦了擦眼角，对我说道："说起来也是奇怪，你要说我现在想起小时候来，我亲爸对我也不算好，而且从照片上来看，我也明显不像我亲爸，但我就是从心底里感觉和他更亲，对可能是我真亲爸的继父就是亲不起来。但是我也恨我亲爸，说起来，我自从上大学之后，就再也没见过他了，每年也就是年节打两个电话。这一晃都6年过去了，我心里还挺难受的。"

章攻搂住洋子，用手轻柔地在洋子后背上抚动，安慰洋子道："哎，洋子妹妹，你好歹是先有爹，再有妈，能陪你长大。我小时候爸妈离婚，然后他们分别再婚，又都再生了孩子，我就成了他们两人多余的那个孩子，我从小到大，都是我阿婆把我带大的。"

我对两个姑娘解说道："其实小孩子，在青春期之前，是需要父母陪伴成长的，哪怕只有一个父母，父母可能也并不是很合格，但只要是父母在，孩子心里就有安全感了。所以对于洋子来说，她法律意义上的亲爹，在她小时候，是和她一起长大的。这种亲密度建立起来之后，是难以替代的。这种心理感觉，与其说是理性的，不如说是感性的。有不少父母，即使没有离婚，但是把孩子丢给祖父母或外祖父母养育，等孩子长大之后好带了，再带到身边养育，但是这个时候，父母与孩子的亲密度就已经建立不起来了，而且这种祖父母或者外祖父母带大的孩子，长大之后，要么因为父母不在身边而性子内向怯懦，要么就是祖辈人不懂教育而骄纵无理。"

洋子的情绪基本上已经控制住了，对我说道："我想起来，我奶奶曾经骂我妈是狐狸精，骂我是小野种。但是我亲爸却很坚定地护着我，还和我奶奶吵了一架来着。我奶奶好像还骂过我，说要不是我，她的孙子怎么着来着，然后被我爸捂住嘴不让说出来。"

我对洋子说道："一个人的存在，是不可能凭空抹掉的，比如说你记忆中的高广，如果他是真实存在的话，他肯定有出生证明，他比你年长几岁，至少也上过小学初中，肯定有求学的痕迹。一个人不可能凭空出现，也不可能凭空消失。还有你记忆中的王可，你的同学不记得他的存在，甚至否认他的存在，但既然他是你的初恋男友，你也肯定知道他家在哪里，那边有他的邻居，也有他的父母亲人，只要问一问王可住处周边的邻居，就能确认这个王可到底是不是存在过了。"

洋子说道："甄老师，您说的高广和王可的情况，我也自己悄悄去打听过，但是第一，我打听不出来高广的出生日期、求学痕迹等；第二，王可的家庭住址我去过，但是等我去打听的时候，他家已经搬走了，而且我原来记忆中的那个小区，也已经拆迁了，周边的老邻居早就不知道哪里去了，所以我没法查到他们的真相了。"

|第七章| 从头查起

章玫突然说道："洋子，你能弄到你亲爸前妻的联系方式吗？"

我赞许地看了看章玫，心想这个小妮子越来越聪明了，这么快就找到了高广问题的诀窍所在。

洋子说道："我亲爸和他前妻早就没有联系了，我估计他自己都没有联系方式，我能去哪里要呢？"

章玫用一个得意的眼神对我回复了一下，继续说道："其实要想找到你亲爸前妻的联系方式也不难，肯定有人知道。"

洋子睁大了疑惑的眼睛，看向章玫。

章玫继续说道："两口子离婚，往往会因为各种矛盾，说什么都不能见面。但是两口子的双方亲戚，却通常会除了看热闹之后，然后想办法撺掇两边复婚，除非两边生了新的孩子，不然的话，总会有方法找事情撺掇双方的。双边的亲戚多半有对方的联系方式。洋子妹妹，只要你能找到合适的理由，肯定能从你奶奶那边的亲戚那里要来你爸前妻的联系方式。"

洋子双手托腮，发愁道："可是我也好久没和我奶奶那边的亲戚联系过了。有什么好理由，能让我和她要那个阿姨的联系方式呢？"

我看看时间，已经凌晨了，虽然两个小姑娘叽叽喳喳地聊个不停，我却感觉脑子都转不动了。章玫看出来我疲倦了，对我笑嘻嘻地说道："甄老师，你累了就先去休息吧，我和洋子一块儿琢磨怎么把她亲爸前妻的联系方式要出来。要是我俩琢磨不出来，我们就在你的直播间问问你的那好几万粉丝有没有好办法。"

姑娘们之间的聊天，我其实是听不懂的，也难怪章玫说我，虽然坐拥女粉丝好几万，结果还是单身汉。既然章玫已经找到了正确的破解案件的方向，我就索性放下心来去休息。

上午9点，我从床上醒来，发现章玫没有叫我起床，手机上没有消息，我醒来躺了一会儿，也没听到章玫的敲门声。通常情况下，章玫都会准备好早饭，然后叫我起床。章玫如果没有叫我起床的话，那就说明她自己还没起床。看来这两个姑娘昨天晚上为了商量办法彻夜长谈，不定到几点才睡觉了。

我收拾停当，走出卧室，本想敲敲章玫的房门，把手抬起来，随后又放下去了，因为突然想起这么长时间以来，都是章玫给我准备早饭，我每次都是吃现成的。这次章玫没起来，我干吗还矫情得非得叫醒她呢。

我计议停当，转身出门下楼，在楼下一家早点铺子里，买好油条豆浆，考虑到章玫是重庆人，还给她买了馄饨，重庆把馄饨叫作抄手，不过红油抄手是辣得舌头发麻的汤汁煮出来的。章玫不管走到哪里，都随身带着自己炒制的肉丁辣酱，要是觉得滋味不足，就拌点辣酱吃。

我拎着早点，走进小区，走到单元门口的时候，突然发现自己没有带单元门禁卡，好在我正犹豫要不要按门铃，让章玫给我开门的时候，有人从单元门里出来了，我趁机进了单元门。但由于我没有单元门禁卡，没法按我们住的楼层，而我们住的楼层是22层。

我正站在电梯门口发愁的时候，手机响了起来，我一看是章玫的来电："甄老师，您这是梦游走失了吗？我怎么一觉醒来，人就不见了？"

我道："我去给你们买早饭了。但是没带单元门禁卡，现在进了单元门，但是上不了电梯。"

　　章玫道："哎呀，甄老师居然亲自去买早饭了，我这辈子居然能吃上甄老师买的早饭，真是太不容易了啊。甄老师，您等一会儿，我现在就坐电梯去接你。"

　　三两分钟后，电梯门叮的一声，章玫穿着睡衣、头发蓬松、睡眼惺忪地朝我喊道："甄老师，你快上来撒。"

　　这川渝妹子娇嗲的声音传来，我只感觉浑身打了个激灵。我走进电梯，章玫眼睛半眯着，明显还没有睡醒，却越发显得媚眼如丝，娇艳动人。

　　章玫打了个大哈欠，然后对我说道："甄老师，昨天我和洋子商量到凌晨3点，终于商量出来个好办法，那就是洋子和她二姑说，她亲爸想和前妻复婚，念叨了好几次了，但是不好意思主动联系他前妻，所以由洋子找她姑姑打听她亲爸前妻的联系方式。"

　　我问道："那洋子和她姑姑联系了吗？"

　　章玫晃了晃脑袋，让自己更清醒一些，说道："我们刚才醒了的时候，洋子就给她姑姑发了微信。我就去叫你起床了，没想到你居然没在，我就给你打电话，问你在哪儿，这才知道你上不了电梯，我就来电梯里接你了啊。至于洋子打没打听到，咱们回到房间，问问她就知道了。"

我们刚进房门，洋子满脸高兴地对我们说道："甄老师，玫子姐姐，我拿到我亲爸前妻的手机号和住址啦。我姑姑那里果然有她的联系方式。"

拿到联系方式，剩下的就是商量怎么去套出高广到底是否存在的情况来了。

我们三人边吃早饭，边商量到底该怎么从洋子亲爸的前妻，那个名叫崔丽霞的女人嘴里套出事情来。

章玫把辣酱倒进了碗里，把一碗馄饨改造成了红油抄手，这才满足地吃了起来。

洋子说道："要不咱们冒充人口普查人员，直接上门去问？"

章玫把碗里的最后一口辣汤喝下去，看得我虽然一口辣的没吃，但嘴里还是产生了火辣辣的感觉。章玫摇摇头，反对道："第一，你们西安的人口普查员是否已经进门普查过崔丽霞了，我们都没法确定，万一已经普查过了，那就很容易穿帮了。第二，你们这边的人口普查员，肯定是你们西安口音啊，而咱们三个人里，只有洋子能说西安话，可是咱们也没法判断崔丽霞是否知道洋子的长相，要是引起怀疑，咱们就不可能再去问出来了。"

我对章玫笑道:"玫子现在越来越老到了,说话都这么有条有理了。"

章玫对我嘟起被辣油辣得通红的小嘴,娇笑道:"哎呀,甄老师,跟你那么久了,还不能学会点什么?哎,不对啊,我跟你之前,在破案论坛里,也是深受欢迎的女侦探啊。"

洋子一脸崇拜地看向章玫,道:"玫子姐姐,原来你这么厉害啊。"

章玫不好意思起来,脸红扑扑地回答道:"洋子妹妹,我哪有那么厉害,哎呀,我刚才是开玩笑的啦。"

章玫转头对我说道:"那甄老师,你说该怎么办呢?"

我想了想道:"我们现在不了解崔丽霞的性格特征,还不能决定到底该怎么做比较好。我们得先想办法去接触崔丽霞,搞清楚她到底是什么样的人,喜欢什么、害怕什么、信什么、不信什么。"

洋子拍了拍脑袋,对我们说道:"我想起来,我亲爸和我奶奶吵架的时候,说起过崔丽霞,说崔丽霞神道道的,在家里拜神敬鬼,我亲爸也因为这个和她吵过很多次,这好像也是他们离婚的一个原因。我奶奶埋怨我亲爸,为什么要和崔丽霞离婚,而娶我妈,一定是因为我妈年轻漂亮,把我亲爸勾走了魂儿。然后我爸反驳，说起崔丽霞的这个事情来，并且说自己在商业局工作，老婆却整天大搞封建迷信，影响非常不好，他因为这件事和崔丽霞吵了好几年，崔丽霞丝毫不加收敛，两个人的矛盾越来越深，这时他遇到了我妈，这才陷入情网。"

章玫说道："信神信鬼的人很多啊，但是用这个理由离婚，你亲爸也真是没谁了。这简直就是因为左脚迈进门口而被开除的离婚版本。"

我对章玫笑道："如果信奉鬼神的确是崔丽霞的一个特点，那么倒是完全可以利用这点做文章，只不过这只是洋子亲爸的片面之词，我们还得想办法去验证。"

洋子疑惑道："信奉鬼神这点怎么验证？"

章玫脸上浮起坏笑看了我一眼道："验证这点，甄老师肯定是有办法的。"

| 第八章 | 家中佛像

　　我穿着快递服务衣服，直到走进崔丽霞住处的楼道里，才算明白章玫为什么坏笑。还真是我来验证崔丽霞到底是个什么样的女人，而第一步就是确认崔丽霞是不是住在这里。

　　我拿着一个伪造的快递包裹，按响了崔丽霞家的门铃。在按响门铃之前，章玫和洋子已经从热情的广场舞大妈那里打听到，崔丽霞并不出门工作，也不和她们一起活动，而是宅在家里拜神念佛。

　　门铃响了几声后，门内传来了一个中年女人的声音："谁啊？来了！"

　　我压低嗓门道："崔女士吗？你的快递。"

　　门打开了一条缝，一个矮胖的中年女性出现在我眼前，那女性嘟嘟囔囔地疑惑着说道："快递？我从来不在网上买东西啊，怎么会有快递？"

从这个女性的反应来看，我确认她就是崔丽霞了。

我把设计好的大快递盒子递给崔丽霞道："也许是你朋友送你的，我只负责接快递，麻烦您签收一下。"

崔丽霞看着这个大箱子，并没有伸手去接，而是把门开得大了一点，对我说道："麻烦您，帮我搬进来吧，这箱子重不重呢？"

其实箱子里不过是一只大玩具熊，体积很大，重量却很轻巧。章玫对这个快递包裹，也是做了精心设计，既可以赚开门户，也不至于真的累到我。

我弯下腰，哈一口气，把快递箱子抱起来，走进崔丽霞的家门内。

我确信每个人生活居住的地方都有自己独特的气场，而这个气场则会充分地反映出这个人的心理特征。具体来说就是，一个喜欢安静的人家里，一定是各种绿植，家中静谧非常；喜欢热闹的人，往往会把家中装修成聚会的场景；喜欢财富的感觉的人，家中就会装修得金碧辉煌。而当我走进崔丽霞的家中的时候，感觉自己如同进了庙宇一样，香烟缭绕，这烟的来路，正是客厅里的神龛内部的两炷高香飘过来的。

我把大快递箱子放在门厅的地上，把快递箱子上的快递单据扯下来，从快递服胸口的口袋里把签字笔掏出来，递给崔丽霞，让她签字。我趁她签字的时候，拿出手机，假装对快递单扫码，实际上是对着烟雾缭绕的客厅悄悄地录了段视频。

崔丽霞签完字，看着快递箱子狐疑道："这到底是谁快递给我的？小伙子，要不你帮我把箱子打开，我看看里面是什么。"

我没想到崔丽霞会提出这个要求，只好用笔把箱子的包装划开，心里庆幸还好箱子里放了个大熊，不然的话就穿帮了。

我把快递箱子打开，崔丽霞继续对我说道："小伙子，你帮我把那东西拿出来吧，我可是看新闻里说了，在机场有人要是托你帮忙拿箱子什么的，是绝对不能答应的，万一里面是毒品什么的，就有罪也说不清了。"

我忙堆起微笑，对崔丽霞说道："女士，咱们所有的快递都是经过安检的，里面绝对没有违禁品，要是有违禁品，早就得上交给公安部门了。"

我把章玫塞进去的大熊，从箱子里抱了出来，还把包裹起来的塑料袋取了下来，对崔丽霞说道："崔女士，您的包裹里就是个玩具熊，您看我给您放哪儿？我还得去送其他快递呢。"

崔丽霞这才伸手把那个大玩具熊接了过来，随手放在了沙发上。我则趁机退出门去，离开崔丽霞家。

　　我从崔丽霞家离开之后，悄悄地走出小区，找到章玫、洋子藏身的角落，把身上的快递服脱下来，把脸上的伪装擦掉。章玫居然还一脸坏笑地把我变装的过程全用手机录了下来。章玫笑得上气不接下气地对我说道："甄老师，等洋子的案子结束，我要给你做一期专门的视频合集，那就是甄老师为了破获奇案，变装快递小哥，不对，是变装快递老哥。不知道你的粉丝看到这些个视频之后，会不会更加迷恋你。哈哈哈。"

　　我把快递服脱下来，塞进背包里，对章玫道："我都要热死了，你还在打趣。下一步计划，要你们出马了。"

　　章玫吐了吐舌头，对我说道："甄老师凶啦。"

　　洋子用手背抹了一下额头上的汗丝，对我们说道："这附近有个冷饮店，要不咱们去冷饮店吹会儿冷气，喝点冷饮？"

　　章玫高兴地"耶"了一下，娇笑道："好呀好呀，让甄老师请客，我估计他那个打扮成快递小哥的视频发上去的话，他的粉丝给他的打赏都得几万块，请我们喝冷饮肯定够的啊。"

　　洋子痴痴地笑了下，对我们说道："原来甄老师这么能赚钱啊。"

章玫故意对洋子玩笑道:"对啊,不过他也小气得很,虽然自己赚得很多,但是每个月才肯给我几千块钱,真是越有钱越小气。"

章玫对我的评价,让我感觉一瞬间化身成了随时克扣员工工资的黑心老板。但是两个小女孩聊的内容,我却没办法插进话去,只好在她俩后面跟着向冷饮店走去。

吹上冷气,喝上冰水,身上的燥热这才褪去。章玫也收起了刚才的玩笑模样,对我正色问道:"甄老师,我看到你偷录的视频了,崔丽霞屋子里拜的是什么啊?那尊佛像我怎么感觉没见过?"

我当时紧紧张张地只顾着观察和偷拍,并没有仔细看崔丽霞在客厅里祭拜的神像是什么。我拿出自己的手机,点开在崔丽霞家里偷拍的视频,视频中那尊香烟环绕的佛像,的确不是我们常见的佛祖或者观音,而是地藏王菩萨。地藏王菩萨的作用就只有一个,那就是超度亡魂。

我对章玫和洋子说道:"崔丽霞家里供奉的是地藏王菩萨。"

章玫讶异道:"地藏王菩萨,那不是在地狱深处的菩萨,怎么会有人在家里供奉地藏王菩萨?"

我对章玫笑道:"玫子,你居然对佛教懂这么多,真是让我刮目相看啊。"

　　章玫对我"哼"了一声，说道："我婆婆是在家修行的居士，她对礼佛的许多规矩都一清二楚，我虽然不信，但是每次都听她说，耳濡目染，多少也会记住一点的。"

　　洋子接话："居士？那玫子姐姐，你婆婆会不会看事儿啊。我们这儿有个居士，听说是开了天眼，能够看到人的命运。"

　　章玫吃了一大口冰沙，在嘴里抿着，闭上眼睛，仔细地回忆起来，过了三五秒，章玫睁开眼睛，对我们一脸正色说："我婆婆不会看这些，但是我好像记得，在我十几岁的时候，婆婆告诉我说，我将来会遇到一个神奇的男人。"

　　洋子嬉笑道："这个神奇的男人，是不是甄老师啊？"

　　章玫道："别打岔，我觉得婆婆看得不准。"

|第九章| 超度何人

我咳嗽一声，打断道："地藏王菩萨在佛教中的唯一职能，就是超度亡灵。那崔丽霞为什么会供奉地藏王菩萨呢？"

洋子说道："对啊，正常人都是供奉观音菩萨，为什么崔丽霞会供奉地藏王菩萨呢？"

我看看洋子天真无邪的脸庞，本想对洋子开个玩笑说："你这个小脑袋瓜里，到底都是些什么东西啊？"但是话到嘴边，我还是忍住了。毕竟我早就不是二十出头的俏皮小伙，而是年近四十的老男人了。

章玫扑哧一笑，对我们说道："哎呀，洋子妹妹还真是单纯。崔丽霞礼佛那么多年，不可能不知道地藏王菩萨的主要职能是什么，她既然在家中只拜地藏王菩萨，那么就只能说明一点，她要超度什么人。"

我点头赞同道："而且她要超度的那个人，对她很重要。"

洋子这才恍然大悟道："那就是说，高广是可能存在的，如果高广是她的亲生儿子的话，就对劲了。"

章玫摇摇头，说道："这可不能完全确定，我们唯一能确定的就是她要超度的这个人对她很重要，所以她才可能这么多年一直在供奉地藏王菩萨来超度。"

我吃了口冰沙，说道："如果崔丽霞在这个小区生活得足够久的话，那么她到底是不是曾经有个儿子，这边的邻居肯定是知情的。我们想办法去侧面打听一下就可以了。"

我说完这句话，心中一阵无聊，因为只要打听出来，崔丽霞并没有一个儿子的话，那么基本上就可以判断洋子讲述的高广，其实就是她自己分裂出来的，剩下的就是如何让洋子相信这一切了。而如果打听出来，崔丽霞的确是有个儿子的，而她的儿子就叫作高广的话，那么这个案子才算有意思。

我们在冷饮店里吹足了冷气，想着找什么理由去从这个小区的街坊邻居那里问出崔丽霞的情况来。

我们走进小区，为了避免撞到崔丽霞，被认出来，我还特意戴上了墨镜。虽然我高度近视，但是我有一副有度数的墨镜。当我戴上墨镜的时候，章玫还笑嘻嘻地用手机给我录了视频："甄老师，这次西安真是没有白来噢，我还拍到了你的各种变装。"

我们三人本以为在小区里，随便一打听，就能把崔丽霞在家供奉地藏王菩萨的根由打听出来，结果却没想到，整个小区里竟没有一个人知道崔丽霞更多的信息，甚至除了我们之外，都没人知道崔丽霞在家里供奉的是什么神像。这里的居民只知道崔丽霞神神秘秘的，性子比较孤僻，和谁都不来往，大家都觉得她是个怪人。而且崔丽霞是五六年前搬来的，她之前的事情，这里的人谁都不清楚。

我们认真地打听了一大圈，什么有用的内容都没打听到，不过好在崔丽霞并不与人交往，所以倒也不用担心惊动她。

我问洋子："你知不知道崔丽霞原来在什么地方工作，按说她这个年龄的中年女性，只要她原来是在西安城长大的，大概率是会有个正式单位的，毕竟她开始工作的时间，正是20世纪90年代。那时候许多城镇青年，如果没有关系进入机关工厂，也没有能力考上大学参军的话，在这个各种乡镇企业、街道企业如雨后春笋般出现的年代，至少还是能进入街道办工厂的。而一个人年轻时候的经历，除了她身边的亲戚朋友，就是这些老单位的同事最为清楚了。"

章玫拉了拉我的胳膊，对我笑道："甄老师，你说的这些东西，对我们来说太遥远了，毕竟你说的90年代，我们才出生。而我们长大后，面对的工作，就是各种民企外企了。我们的同事虽然平时都是吃喝玩乐，但是互相尊重隐私的啊。可不是我父母那个时代的人，别人家里头的油瓶打碎一个，都能全知道。"

我笑道："的确如此，时代变了，人群也变了。"

洋子低头想了一阵子，抬起头来说道："我好像记得，崔丽霞是西安市农机厂的工人，我亲爸最初也是那个厂子的，不过我亲爸是在厂子销售科的，算是干部，然后被商业局的一个领导看上了，这才调到了商业局。"

我问道："农机厂？全称是什么？这种老国企，肯定是有家属院的，就是不知道有没有拆迁。"

我话音刚落，章玫已经拿起手机，对我说道："我搜到了这个农机厂，全名叫作西安市农业机械厂，这个老国企有个家属院，就在城墙边的长缨东路上。"

章玫的反应真快，洋子听到章玫说起"长缨东路"，脸上浮现出陷入回忆的神色："长缨东路，我想起来了，我从3岁到9岁，和我亲爸在一起长大的日子，就是在那个破破烂烂的家属院里度过的。那时候我爸经常没空管我，所以我从小，就拿着个小碗，去各个邻居家里蹭饭吃。"

我问道："洋子，这个农机厂家属院距离我们这远吗？那个家属院拆迁了吗？"

洋子摇摇头道："自从被我妈接走后，我就再也没有回去过那里，拆不拆迁，我并不清楚。西安这几年拆迁新建规模挺大的，还真保不准是不是拆迁了。离这里倒是不太远，打车的话，半个小时就到了。那边挨着老城墙，倒是有可能因为老城墙被保护而没有拆。"

我决定道："那咱们现在就赶过去，要是那个家属院还在，运气好的话，还是能遇到些知道往事的老人家的。对了洋子，你当时为了搞清楚高广到底存不存在，带着你的初恋男友王可把你父亲那边的亲戚都问遍了，难道就没有想起来在你从小长大的家属院问问吗？"

章玫已经在网上约车，我们走到小区门口即可上车。在路上，洋子一边回忆，一边对我们说道："我当时的确没有回到那个老家属院打听，虽然我记忆深处高广就是在那里欺负我的，但为什么我就是没想着回到我童年长大的那个地方去打听呢？我想起来了，好像从离开那里开始，我就不愿意想起那个地方来，甚至好长时间都忘了那个地方了。"

章玫见到洋子讲起农机厂家属院时，整个身子都轻微地战栗起来，连忙伸手揽住洋子的肩头。章玫身子高挑，比洋子高半个头，她一把揽住洋子，还顺了顺洋子的头发。洋子的头也自然地往章玫身上靠了靠。

我们谈话间，已经走到了小区门口，章玫约的车已经在路边等候了，车是一辆白色的国产SUV新能源车，看起来颇为大气。我们上了网约车，洋子坐在了副驾驶，我和章玫坐在了后座。洋子用西安话对司机说了"农机厂家属院"的地址，并且和司机攀谈起来，打听这个"农机厂家属院"是否还存在，有没有被拆迁。从那个司机有一搭没一搭的聊天中，我听出来他并不是西安长大的，而是因为在西安读书，从而留在西安工作，买了车后时不时地接个网约车的活儿，贴补个油钱。他是看到章玫在约车软件上的头像是个大美女，才第一时间抢单的，但是没想到，上车的不是美女一个人，而是两个美女和一个男人。这个司机随即就开始问洋子，我是不是她们的领导，去家属院公干。

洋子在和司机的交谈中，刚才的恐惧情绪已经逐渐消失，反而和司机尬聊起西安这几年的城市建设来。

我们赶上的正是西安的晚高峰，原本二十几分钟的路走了40分钟才到。司机把我们放在一个明显是仿苏式建筑的片区门口，叮嘱章玫一定给个好评，还和章玫索要微信，说是以后用车，不用从平台下单，而是直接微信联系他就好。章玫笑靥如花，点头答应，把网约车司机哄得是恋恋不舍，直到我们三人走进了农机厂家属院，才驾车离去。

　　章玫和洋子已经开始嘻嘻哈哈地对网约车司机的色迷心窍议论起来，两个女孩子说着只有她们自己才懂的话，说到兴奋处，还要配合手势动作。在夕阳的光照下，连她们的影子都充满了青春活力。

第十章 | 老家属院

我则观察着这个老旧的家属院，有院墙，有个简陋的门卫室，一个60多岁的老保安正坐在门卫室门口用蒲扇给自己扇着凉风，时不时地拿起破旧的沙发脚下的杯子，喝两口茶水。老保安对院子里进出的人也只是抬起眼皮看那么两眼，对出入的老人家，都还招呼两句，但是对出入的年轻人，则基本上不搭理。这个老家属院里出入的年轻人，也明显是附近上班的年轻人，贪图这种老家属院的房子便宜，从而在这里租房子的。而出入的老年人，则多半是在这里生活了一辈子的老住户。这些老住户则是我们这次前来的主要目标，洋子能认识的老住户，则是我们能打听出实质内容的重点中的重点了。

这个家属院里居然还有几排平房，而平房的门口都被住户自己接的阳光房占满，阳光房内，各种花花草草，还有蔬菜，让我感觉很是亲切。毕竟我也是在这样的国企家属院里长大的。

洋子明显是在和章玫讲述着自己小时候，在这个家属院里的什么位置把自己藏起来，又是在什么地方摔跤了，又是在谁家门口摘了人家种的黄瓜和西红柿，两个女孩子欢快地聊着，不时地发出银铃般的笑声。笑了良久，这才好像想起我来，转身对我笑着说道："甄老师，我一踏入这里，感觉自己像回了家一样，原来的烦恼都少了许多。"

我回复道："这种风格的老家属院，不要说你，就连我，都感觉这里很是亲切。我从小跑到大的小区，也是这个样子的。"

洋子听到我这么回答，也高兴起来，对我说道："甄老师，你也是在工厂大院跑大的？"

我回答道："没错，我是在煤矿矿山企业长大的，当时所有的工矿企业家属楼都是仿苏式建筑，全国都长一个样，所以当我走到这里的时候，也仿佛回到了我爸妈那里的老家属楼。不管我什么时候回去看我爸妈，都会在老家属区里，遇到看着我长大的叔叔伯伯、婶婶阿姨和我热情地打招呼，我也会好奇，为什么我从高中住校开始，都不怎么回家了，可是将近20年过去，我都已经快40岁了，他们还是能一眼就认出我来。"

洋子带着我们走到了农机厂家属院最内侧的一栋不大的红砖三层楼房跟前,她的脚步明显变得沉重了一些,动作也慢了下来:"甄老师,我离开这里的时候,还是个9岁的小女孩,那时候的我营养不良,瘦小枯干,连头发都是发黄的,现在的我,却是个小胖妞儿。也不知道当初给我饭吃的那些姑姑阿姨,是不是还能认得出我来。"

洋子话音未落,一名拎着两袋垃圾的老太太,正迎面走过来,那老太太的主要特点就是胖和圆,与其说她是正面走过来的,还不如说她是如同一个肉轮子一样向前滚动,这老太太如同一个粗壮的圆滚滚的肉碾子一样,碾到了我们三人眼前,这老太太也如同谨慎的西城大妈一样,眯起审慎的眼神来回反复打量着我们,老太太的眼神从我和章玫脸上划过来,划过去,最后固定在洋子的脸上,大概停留了半分钟时间,老太太突然开口说道:"这个女娃娃看着恁眼熟,你是不是小洋子?"

洋子也仔细打量了胖老太太好几眼:"您是胖婶,我小时候可爱吃您做的糖醋排骨了!"

胖老太太把垃圾袋扔到附近的垃圾桶里,随后伸出双手,箍住洋子的两个胳膊:"你小的时候,我家里炖十根排骨,你能给我吃五根,那会儿排骨贵,胖婶一大家子,只能给你个一根嘬嘬，但是我每个月炖排骨，都没忘记喊你来吃啊。这一晃这么多年过去，小洋子都是大姑娘了。"

洋子不好意思地笑了起来，但也感觉到了胖老太太的亲热，对胖老太太招呼道："胖婶，我小时候瘦得像猫似的，要不是老吃您的排骨，还不知道会营养不良成什么样子呢，今天遇到您可真是太好啦！您和我记忆中一样，没什么变化，还是那么富态。"

胖婶爽朗地大笑道："胖婶没病没灾，没心没肺，整天就是吃吃喝喝，能不富态吗？这一晃都过去十多年了，洋子啊，你是不是自从被你妈接过去之后，就再也没回过这个院子？"

洋子稍微思索了一下，回答胖婶道："还真是，我自从小学五年级被我妈接走之后，就再也没有回来过这里了。"

胖婶拍了拍自己的脑袋，哈哈一阵大笑，说道："你看我这脑子，这大热天的，洋子，你先来胖婶家里坐吧。这十多年没见，你都长成这么个大姑娘了。"

洋子欢快地笑了起来，对胖婶说道："胖婶，你先回家，我正好要和你打听下事情，不过我得先带着我这两个朋友在咱们院子里转一转，我们过会儿就上去啊。"

胖婶的小眼睛中闪现出了一丝得意，对洋子说道："洋子，那你直接来原来的家吧，这里的房子后来都卖给了个人，你爸前几年把你小时候住的那小套房子卖给我了。"

洋子惊讶了一下，但还是露出了笑容，说道："那真是太好了，不管怎么说，那套小房子，也是我小时候的回忆。我们过一会儿就过去啊。"

胖婶则对洋子叮嘱道："那洋子，你可一定要过来噢。我先上去给你们泡茶。"

胖婶扭动着肥胖的身子滚动回了楼里，洋子则带着我们又折回家属院门口处的一家小水果超市，买了一些香蕉橘子，带着我们走进了她从小长大的筒子楼内。这座老式筒子楼只有四层高，洋子小时候长大的房子在二层，我们在筒子楼逼仄阴暗的走廊和楼梯里爬了三分钟，走到了房门号206的门口。

洋子给我们介绍道："原来这里就是那种栅栏样的老式防盗门，现在被胖婶改装成大铁门了。"洋子话音刚落，正要按门铃的时候，房门从里面打开了，胖婶肥壮的身子堵在了门口，对我们说道："我在屋子里一直听着你们的动静呢，我一听到洋子的声音，就立刻开门来了。"胖婶看到洋子拎着的水果，对我们说道："哎呀，刚才洋子你说过会儿再上来，我就猜你是不是买东西去了，洋子你到胖婶这儿，还有啥好客气的，直接来就是了。你看你这孩子，也不知道上班挣钱没有，净瞎花钱。"胖婶虽然嘴上说不要客气，但却很自然地接过了洋子手里拎着的水果。

我和章玫跟着洋子走进了她小时候的房间，这个房间大概有个30平方米，是个开间，按照洋子曾经给我们讲过的，这个房间里，原是摆放着两张床、两个衣柜，还有台旧电视机。可是我们进了房门之后，却发现整个房间已经变成了客厅。

胖婶招呼我们坐下，对洋子不无得意地笑着介绍道："洋子，我不但买了你爸的这间房，还把隔壁的房间也买了下来，然后把阳台打通，做成了连接三个房间的通道。所以，虽然这里是筒子楼，原来大伙每人只有一间小破房，但却被我改造成了两室一厅，我这里都能上电视了。来来来，洋子，我带你们先看看。"

胖婶盛情难却，我们三人只好跟着把三个房间都参观了一番，还得边参观边表达对胖婶天才创意的惊艳赞叹。

|第十一章| 胖婶回忆

　　我虽然对这种参观的行为深感无聊，但是章玫和洋子却看得津津有味，并且和胖婶聊得风生水起。等我们终于再一次在沙发上坐下，胖婶的热情度已经不只在十多年未见的洋子身上，还转移了相当一部分在章玫身上："姑娘，你是重庆人啊？咱们西安这边不少男孩子都娶了你们重庆的姑娘。我儿子今年26岁，长得高大帅气，还没有女朋友。姑娘，你要不要看看我儿子的照片，留个微信聊聊？"

　　洋子赶紧转移话题，对胖婶说道："胖婶，我这次回来，是想和你打听一下，我爸的前妻是不是和他生过一个儿子？"

　　胖婶喝了口茶，眯起双眼，回想了好几分钟，开口说道："你爸当年，搬回这里住的时候，就是带着你来的，而且我对你爸和他前妻的事情，并不十分清楚，因为他和崔丽霞结婚之后，就住到商业局新分的小区去了，他离婚之后，好像是把那边的房子给了崔丽霞，所以才带着你妈和你搬到了这个小房间里，你妈和你爸，因为这个，也吵过很多次。崔丽霞原来也是农机厂的职工，但是当初你爸和她离婚后不久，农机厂就被卖了，原来的职工都先后买断工龄下岗了，所以崔丽霞也在买断工龄之后，不知道去哪里了。西安城说大不大，说小不小。但是这么多年，我们农机厂的老人，除了还住在这个家属院里的，还真就没怎么遇到过。这十几年来，我一次都没有遇到过崔丽霞。至于她和你爸有没有孩子，我还真不是很清楚。"

洋子失望道："那胖婶，你有没有印象，我小时候是有个同父异母的哥哥的，还来过这里，我爸还带着我们一起出去玩来着。"

胖婶又仔细地想了想，对洋子说道："这个我也没有任何印象啊。你上小学之前，我忙着照顾我儿子，所以那会儿我大部分时间都是在照顾家。你上小学之后，我儿子也到新区那边上学了，所以那几年我没住在这里，我只能说，我住在这里的时候，肯定没见过你说的这个小男孩。"

洋子听到胖婶说没有见过高广的任何踪迹，脸上不由得流露出失望的表情。章攻在旁边悄悄地拉了拉洋子，随后对胖婶问道："阿姨，那这个楼里还有没有一直住在这里的老邻居啊？"

胖婶仔细地回忆了一下，对我们说道："这里的老住户很多，比如说201的那个老彦头，就一直住在这里，洋子，你们是要打听什么事情吗？怎么问起你小时候的事情来？"

洋子一时不知道怎么回答，章玫接过话说道："洋子爸爸有件事情记不清楚了，那件事情和洋子爸爸妈妈离婚的原因有关系。"

胖婶重重地点点头说道："其实吧，这个夫妻啊，要是有共同的孩子，还是能在一块好。人啊，和谁过不是过，就好比我家那口子，40岁的时候，嫌我胖，找了小三，在外面过了几年，结果怎么着，那个小三最后嫌弃他胖跑了，所以老头还是回来了。为了给孩子一个完整的家，我原谅了那口子，现在每天晚上我们两口子买买菜，做做饭，日子也就这么过去了。

"你们要想问当年的事，去问问老彦头肯定行，他当初还是你爸和崔丽霞的证婚人，老彦头当年是崔丽霞的车间主任和师父，给你爸介绍的崔丽霞。"

我们在胖婶那儿也得不到有效的信息了，我给章玫使了个眼色，章玫打断了胖婶的絮絮叨叨，说道："阿姨，我们有重要的事，需要和201的彦大爷打听，您看您能不能带我们一起过去？毕竟彦大爷也不认识我们，您出面我们才能打听出来。"

胖婶听到章玫这句话，脸上浮现出骄傲且自豪的表情，对我们说道："小姑娘，你这话还真没说错，就算老彦头六亲不认，那也得认我。想当年他被人举报贪污的时候，是我出面做证保了他，我要是说句话，他肯定能听。"

章玫继续哄着胖婶说道："哎呀，阿姨，那我和洋子还真是找对人了，您快带我们去找彦大爷吧。"

章玫说完，对洋子偷偷比画了一个手势，两个女孩子凑到胖婶身边，簇拥着胖婶朝着201走去。

我们走在楼道里，胖婶还絮絮叨叨地说道："说起来，我好像有三两天没看到老彦头出来晒太阳了。这老彦头，唯一的儿子在国外，老伴死了，就自己孤苦伶仃地过日子，我有时候看他可怜，时不时给他送点饭菜。"

说话间，我们走到了老彦头的201门口，胖婶按响了门铃，同时一边喊道："老彦头，开门！有人要来看你了。老彦头，彦主任？你在家吗？"

我感觉201的门口有种奇怪的味道，我贴近门口，仔细地闻了闻，好像是煤气的味道。我对章玫说道："玫子，你来闻一闻，是不是有煤气的味道。"

章玫的嗅觉远比我这种老鼻炎要好得多，章玫也把脸贴在门上，猛吸了一口气，确认地点点头，对我说道："的确是煤气味，快报警。"

洋子迅速掏出手机，拨打了报警电话，挂断之后，还拨打了急救电话。201的钢制防盗门很难直接撞开，我们也只能在门卫处等着救援到达。

好在，也就三五分钟后，附近派出所的驻点警察就赶到了。警察用破拆工具几下就把防盗门打开，先行冲了进去，我们几人也跟着胖婶进了房门。

房门之内，整个房间弥漫着刺鼻的煤气味，两名冲进去的警察已经把被水浇灭的煤气灶关闭了，同时也打开了窗户通风。

一名70多岁的老头子躺在地板上，没有反应，胖婶走过去，轻轻晃动老头子，焦急地喊道："老彦头，你没事儿吧，你醒醒。"

一名50岁左右的老警察看起来是这个家属院的社区驻点警察，和胖婶很是熟悉，走过来对胖婶说道："胖姐，120一会儿就到，你先不要碰老彦，免得影响急救。"

又过了几分钟，120的警笛声由远及近，停了下来，不大一会儿，几名急救人员抬着担架进来，对老彦头进行了简单处理之后，把他抬上担架上了救护车，胖婶作为家属也跟着上了救护车。

　　我们三人也出了门，打了辆车，直奔医院而去。我们到医院，找到了胖婶，她正在病房门口焦急地来回踱步。胖婶看到我们，说道："洋子，老彦头的儿子远在国外，我还没有他的联系方式，现在也通知不到人。也不知道这老彦头能不能挺过去。唉，对了，我得给我们家那口子打个电话，让他去老彦头家看看，找找老彦头儿子的联系方式。不然门就这么大敞开着，再丢了钱，咱们没法交代过去。"

　　胖婶夹七夹八地说完，这才想起自己没带手机出来，她和洋子借了手机，闪到一边儿去打电话了。章玫则拦住刚要进入急救室的小护士，询问老彦头的情况，小护士冷冰冰地回答道："他现在押金还没有交，重度煤气中毒，情况很严重。"

| 第十二章 | 再寻线索

我把押金单子接过来，看看，也不过是15000元，我拿过单子，转身去交费处交了钱。等我回来，胖婶已经打完了电话，她转过身来看到我已经交了押金，先是错愕了一下，随后对我说道："你这领导真好，洋子在你手底下工作，肯定能享福。你放心，等我联系上老彦头儿子，让他把你垫付的费用都报销给你，包括你们来的车费。"

我示意胖婶不必客气，毕竟救人要紧。并且老彦头是个非常重要的线索，虽然说不上是唯一的线索，但也是唯二的存在了。

老彦头被抢救了两个多小时后，被两个护士从急救室里推了出来，章玫去问医生老彦头抢救得怎么样了，医生回答道："重度煤气中毒，容易使大脑受损，丧失意识，看看他能不能顺利地醒过来吧。你们留一个家属陪床，其他人都回去吧，在这儿守着也没有用。"

胖婶给居委会打了电话，商量常跳广场舞的二十几个老头老太太轮流来看护老彦头，直到联系上老彦头儿子回来为止。

洋子留下了胖婶的电话，约定要是老彦头醒了，立刻给她打电话，随后我们便离开了。在回到住处之前，我去租了辆SUV以方便我们在西安这个城市的行动。

老彦头的线索断了，我们现在就只剩下另外一条线索了，那就是崔丽霞和洋子父亲结婚的时候，所住的商业局分的房子。现在只能去看看那边的老住户有没有人知道崔丽霞是否生过孩子。

晚上10点的时候，胖婶打过来电话，告诉我们老彦头醒了，但是已经神志不清，几乎说不出话来，所以我们想从老彦头那边打听消息，已经不可能了。好在胖婶还记得商业局当年分的房子的小区名字和具体位置。她还想起了当年农机厂同样被调到商业局的一个老姐妹好像还住在那里，胖婶让我们去商业局那个小区，直接找胖婶的老姐妹雪姨。

我们根据胖婶提供的地址，来到了商业局家属楼，直接找到了雪姨家里。雪姨和胖婶看起来，简直得相差十多岁，胖婶55岁，看起来像60多岁；雪姨55岁，看起来像45岁。雪姨对我们很是热情，招呼我们三人进了门，给我们泡好了茶水。

胖婶的家是筒子楼里三间相连的房间打通做成的三居室，并不通透，通风性很差。雪姨家则是150平方米左右的大三居，装修豪华，品味不凡。雪姨对洋子很是热情，对洋子说道："洋子，没想到你都这么大了。雪姨当年，和你爸爸是在一个办公室工作的，你3岁时，你爸爸还把你带到办公室来，我还给你好吃的巧克力来着，那时候你太小，可能都记不起来了。"

洋子对雪姨回复道："我虽然记不起来当初到底是什么样了，但在我记忆深处，的确总有一股又甜又香的巧克力的味道。原来这个味道是您给我的。"

雪姨和洋子这样一番对话，一下子拉近了两个人的关系。洋子也并没有寒暄太多，而是直接对雪姨问道："雪姨，其实我这次来麻烦您，就是想确认一下，我爸和他前妻崔丽霞阿姨，到底有没有生过一个孩子，还是个男孩子？"

雪姨听到这句话，愣了一下，站起身来，对我们说道："洋子呀，你这么一问，还真是把我问到。当年的事情，一晃都过去20年了，我实在是难以想起来了。我去找一下当年的相册，看看能不能回忆起什么来。"

雪姨说完这些，起身去了书房，不一会儿，就抱出来厚厚一摞相册，有七八本的样子，洋子和章玫都赶忙跑过去帮忙，我也起身做帮忙状，但是着实不适合也去接过相册来，所以我只好把茶几上的茶杯茶壶挪到一边，方便雪姨把相册放在茶几上。

雪姨从那一摞或塑封或封皮的相册中找出了折旧痕迹最为明显的一本来，摊放在茶几上，翻开到中间，指着其中一页照片对我们说道："这就是我和崔丽霞都在农机厂时的合影，那会儿我们也才二十出头，想想现在，都已经过去20多年了。日子真是过得很快啊。"

我们凑过去，看到几张要么是两人合影，要么是三人合影，还有一张十几个人的大合影，我只是冒充快递员去见过一次崔丽霞，而且是长年烧香拜佛的中年妇女形象的崔丽霞，但是在这些照片中，还是能一眼认出年轻时的崔丽霞。这个雪姨年轻时，也是个美人儿，在大合影中，她是亮眼的那一个，而崔丽霞年轻的时候，也只是普通姿色，与洋子妈妈完全没法相比。

雪姨又往后翻了几张，发现没有崔丽霞的照片了，这才摘下老花镜，抬头对我们说道："我是1990年调进的商业局，洋子爸爸是1992年调进的商业局，洋子是1994年出生的，洋子爸爸是在1989年秋天和崔丽霞结的婚，1992年离婚的，并且我调进商业局之后，就再也没有和崔丽霞见过面了。你爸爸也没说起过他和崔丽霞之间有没有过孩子，所以你问我崔丽霞和你爸爸有没有过孩子，我还真不太知道。"

我们从雪姨家里出来，洋子一路上都垂头丧气的，我和章玫也理解洋子，我再一次判断高广和王可都是洋子幻想出来的人了。

我们走到小区门口的时候，一名快递小哥拿着一个小包裹迎面走来，那快递小哥二十出头，晒得黢黑，脸上有一块像是烫伤的疤痕，看起来有些凶，不过眼神却是一副忙着工作的样子，遇到我们之后，这快递小哥扫了我们三人一眼，随后向我们打听道："老哥，3号楼在哪边？"

3号楼正是我们刚离开的雪姨家的那栋楼，这快递小哥要是问商业局老家属区的其他楼我们还真不知道，但独独3号楼我们知道，我乐呵呵地给快递小哥指了路后，章玫对我忍不住玩笑道："甄老师啊，人家是快递小哥，你可是刚当过快递老哥的。也多亏那个崔丽霞不怎么网购，不然的话，就甄老师这几乎比女人还白的肤色，怎么看都不像是真的快递小哥。"

我和章玫往前走了好几步，却发现洋子还呆愣愣地站着没动，一直看着那个快递小哥的背影发呆。

章玫对洋子喊道："洋子，你在干吗，咱们走了。"

洋子这才回过神来，不过却在走过来的路上扭过头好几回，盯着刚才的快递小哥的背影，一直到转过路角，再也看不到那快递小哥为止。

洋子走到我们跟前，章玫对洋子玩笑道："洋子，那个快递小哥只是身材好有胸肌，但是也没有到帅啊，你不是就喜欢快递小哥这款，犯花痴吧？"

洋子却没有回应章玫的玩笑话，而是突然蹲在地上，抱着自己的脑袋，不断地呢喃道："怎么会这么像呢？怎么会这么像呢？"

|第十三章| 警察询问

我问洋子道："洋子，你是说刚才遇到的那个快递小哥长得像谁吗？"

洋子稳定了一下情绪，说道："对不起甄老师，对不起玫子姐姐，我刚才失态了，那个快递小哥的眼神，和王可一模一样。"

章玫惊讶道："王可？你的初恋男友？"

洋子重重地点点头道："对，就是他，确实是太像了，特别是眼神。"

我奇怪地问道："洋子，你说眼神很像，是什么意思？"

洋子说道："对，就是眼神，背影很像，眉毛有点像，其他的不像。可是那个眼神，就是做事很认真的眼神，几乎是一模一样。"

我对认为王可是洋子分裂出来的副人格的想法又多了一点信心。我不置可否，转身吸烟，安慰洋子的事情就交给章玫了。

章玫轻轻地拍了拍洋子的头，用宠溺的语气说道："洋子乖啊，男人的眼神，特别是认真的眼神这种东西，很多男人都有的，咱们甄老师，认真推理时，也很迷人的。"

洋子咬了咬嘴唇，似乎是想反驳几句，但是终究没有开口说出来。

回到住处之后，我和章玫再次问起洋子还有没有其他可以证明的人来，洋子摇摇头，对我们说道："我离开我爸爸那边，也只有几岁，所以，要问我还知不知道是否有其他人可能知情，我真是想不出来了。"

章玫一边喝着可乐，一边把饮料递给我和洋子，对我们说道："要是实在没办法，不如咱们直接去问崔丽霞吧，这是现在最简单的办法了。"

我摇摇头，表示反对道："崔丽霞性子孤僻，如果我们贸然去敲门，可能都还没有开口，就被崔丽霞赶出门了，更不要说问出实情来。要是洋子表明身份去问，那么由于洋子的妈妈在崔丽霞眼里是破坏她婚姻的罪魁祸首，可能我们一表明身份，就要被打出来了。"

我们三个人默默地喝了饮料，洋子抬头说道："要不要我再问问胖婶，看看那个老彦头有没有醒过来，我们好去问一问。"

章玫叹了口气说道："如果实在没办法，也只能这样了。"

洋子拿起手机，正要给胖婶打电话，门铃就响了起来，章玫去打开门，没想到走进来一男一女两名警察。这两名警察给我们出示了证件之后，其中那名中年男警察对我们说道："你好，我们是刑侦支队的，我叫匡梁，你们可以叫我老匡。"

章玫对这个老匡说道："匡警官，您好，有什么事要找我们啊？"

老匡和另外那个女警走进屋，一脸严肃地坐在餐桌对面，那名女警还拿出笔记本记录，老匡示意我们都坐下，对我们说道："我们是通过技术手段，找到了你们租赁的民宿的。现在的民宿还是需要严格管理，你们只登记了一个名字，却住了三个人。"

我听到老匡强调的技术手段，知道肯定是有麻烦事了，我对老匡说道："匡警官，您有什么事要问我们就请问，我们肯定把所有知道的情况都如实相告。"

老匡紧绷的脸色稍微缓和了一点："既然这里只登记了一个人，那么还先请三位把身份证拿出来给我们查验登记一下。"

老匡验过身份证之后，对我们问道："你们今天下午，是不是去过吴雪家中？"

章玫回答道："吴雪？我们今天下午是去了一个叫雪姨的阿姨家里。难道雪姨的名字叫吴雪？"

洋子说道："胖婶好像说起过，她和崔丽霞还有吴雪当年在农机厂的时候是好闺密，要我叫雪姨，那雪姨应该是叫吴雪吧。"

警察老匡拿出手机，找出一张照片，给我们辨认道："这就是吴雪，你们今天下午是不是找过她？"

我们仨点点头表示承认。警察老匡继续问道："你们去找吴雪做什么？"

我对老匡说道："我们去是想和她打听一下，知不知道洋子的一个家事。"

老匡继续问道："什么家事？"

洋子说道："我想知道我爸和他的前妻是不是还有个儿子，不太想去直接问我爸前妻崔丽霞，所以拐弯抹角地找到了雪姨那里，打算侧面打听一下。"

老匡点点头，追问道："那你们下午是几点过去的，几点离开的？"

洋子拿出手机，找出通话记录，对老匡回答道："我们是下午3点整到雪姨那里的，我们在单元门口给雪姨打了电话，让她好给我们打开单元门禁。至于几点离开的，我们好像没有待太久，也就10分钟的样子，因为雪姨找出了自己年轻时候的相册，和我们很明确地表达，并不清楚我爸和他前妻崔丽霞到底有没有一个儿子。"

章玫也拿出手机，对老匡说道："我们是3时20分离开那个小区的，因为我用手机支付停车费的时间，正好是3时20分33秒。我们差不多3时10分，就从雪姨那里离开了，然后再从她家走到停车场，有六七分钟，所以我们在雪姨家里，一共就待了10分钟。匡警官，是出了什么事儿吗？"

警察老匡盯着我们的脸扫视了几遍，又再次问了问我，见问不出什么来，给我们留下了张名片，叮嘱我们有想起来的就及时给他打电话，随后就告辞离开了。

警察离开之后，章玫说道："雪姨是不是出事了，怎么警察会来找我们了解情况？"

洋子害怕道："会出什么事儿呢？我也好担心。"

我说道："刚才那个老匡说，是通过技术手段找到这里的，那说明他们用了大数据手段，确定了洋子订的房间，还有手机定位的位置，才这么快地找到了这里。能够上技术手段，说明肯定出了大案子。而且老匡是刑警，刑警亲自出马询问，肯定是凶杀案。雪姨可能出事了。"

　　章玫和洋子不约而同地"啊"了一声，章玫说道："甄老师，那我们会不会有嫌疑？"洋子道："甄老师，雪姨是不是真出事了，我们怎么才能打听呢？"

　　我耸耸肩膀，对洋子说道："要想确定雪姨是不是出事了，简单，两个方法：第一，在网上搜索一下，商业局老家属区是否发生了命案；第二，直接再去商业局家属楼，去雪姨家看看或者问问邻居，要是发生了凶杀案这么大的案子，邻居肯定忍不住去议论的。"

　　我话音未落，章玫已经拿起手机对我们说道："我刚才上网搜过了，还搜索不出来。咱们还是过去一趟吧。"

|第十四章| 两个老太

半个小时之后，我们再次回到了商业局家属区，径直走向了3号楼，刚走到3号楼2单元门口，就看到门口有两个老太太，在那里议论道："这下倒霉了，估计这个单元的房子都卖不出去了。也不知道老吴惹到谁了，怎么就突然出事了？"

章玫凑过去，拿起手机，对两个老太太说道："阿姨，我们是社会热点的主播，听说这里出了凶杀案，您要是知情的话，能不能给我们讲讲，作为补偿，我愿意给您200元的红包。"

刚才还在抱怨房价会受影响的老太太，听到有红包拿，脸上立刻浮现出高兴的神色，另外一个老太太则凑过来说道："那个，主播小姐，我也知道点东西，能不能也给我发个红包，100元就可以的。”

章玫重重地点点头道："可以的，两位阿姨，您二位先把这里发生的事情告诉我们吧。"

穿红衣服的老太太先开口道："我就是住在老吴对面的啊，哎，本来低头不见抬头见，我还老喊着老吴一起跳广场舞的，真是没想到天有不测风云，人有旦夕祸福，老吴就那么死在家里了。说起来还是我报的警，老吴死在了家里，凶手没关门，我出门倒垃圾的时候，门被风吹开了，老吴就死在了沙发上，刀还在胸口上插着，血流了一地。阿弥陀佛，我感觉我现在都不能好好睡觉了，我一闭上眼睛，就是老吴满身鲜血的模样。"

章玫对红衣服老太太追问道："那阿姨，你知不知道被害人有没有什么仇家，会下这样的狠手呢？"

红衣服老太太说道："老吴为人和蔼可亲，从年轻到老，大家都很喜欢她，她怎么可能和人结仇呢？也许是因为老吴比较有钱，所以有人为了抢劫杀了她吧。"

黄衣服老太太早就按捺不住，等红衣服老太太话音刚落，就迫不及待地说道："要说老吴有仇人的话，唯一可能的就是当年那件事了。"

红衣服老太太也好像想起什么来一样，对我们说道："啊，老黄这么一说，我好像也想起那件事来了。不过那件事都是传说的，到现在为止，都好像从没发生一样。"

两个老太太的话让我们三个人六双眼睛都盯了过去，章玫很会察言观色，对两个老太太说道："两位阿姨，要不咱们找个地方坐下说，我担心您二位站着说话身体会受不了。"

两个老太太露出夸奖的笑意来，对我们说道："那咱们去小区的凉亭里吧，那里这个时间很安静。"

凉亭里，穿着黄色马甲的姓黄的老太太和我们继续讲道："那是农机厂破产的那年，那年发生了很多事情，说起来，这都过去快20年了。农机厂原来待遇很好，是商业局下属的几大企业之一，效益很好，按理说是不需要破产的，但是当时分管农机厂的商业局副局长和农机厂厂长硬生生地先让农机厂的工人买断工龄下岗，随后打报告说，农机厂资不抵债，如果不破产，将会成为财政的大负担，当时集体企业破产是大政策，只要财政能甩包袱，几乎没有不批准的，所以农机厂很快就破产了。"

我插话附和道："一九九几年，正是破产潮和下岗潮，很多乡镇办企业，甚至是市属企业，都通过改制或者破产卖给私企甚至外企了。"

姓黄的老太太对我说道："一九九几年，你这个男同志，应该也就十来岁，这两个小姑娘，那会儿要么刚出生，要么都没出生呢，没想到你这个男同志还知道这些呢。不过当年企业破产，工人下岗，对于你们这些年轻人来说，都是网上的消息或者老人们的回忆了，但是对我们这代人来说，却是针扎刀砍一样的记忆。我们俩可比不了老吴，她是商业局的退休干部，退休工资比我们俩加起来还多，我们俩当年因为农机厂破产，在买断工龄之前，求爷爷告奶奶，托了好多人，才能在商业局占一个工勤岗，这真是同人不同命。"

穿红衣服的老太太说道："当年社保、低保什么的，还都没有，失业保险好像也都没有呢，有好多下岗的工人，半辈子都依靠厂子，都依靠集体，下岗了也没有一技之长，那些没有技术，没有关系，性子又火暴，容易得罪人的工人，有些拿了一笔钱，下岗之后，就是坐吃山空，没了钱之后，一家人没办法，一块喝农药全家一起自杀的都有。"

章玫问道："两位阿姨，那和今天的凶杀案有关系的是哪件事呢？"

穿黄衣服的黄老太太这才把话题收回来，继续讲道："要说一辈子和和气气的老吴也能得罪什么人的话，那就只有当年农机厂的王会计了。说起来，我能从农机厂调到商业局接待科工作，老吴当年也是说了好话的，而且我当初想给她拿点老家的土特产什么的，她说什么都不要，真是个好人啊。"

穿红衣服的老太太也插话说道："是的是的，老吴的确是个好人，当年谁送礼都不收，而且对任何人，都是能帮忙就帮忙，能给办事就给办事。但就是王会计那个人，在商业局办公室，都给老吴跪下了，老吴也没答应，当时楼道里围着好多人看热闹，我在人群后面，挤不进去，具体什么情形还是听别人说的。"

　　黄老太太说道："那件事，要说这个世界上，看得最清楚的人，可能就是我了。我到现在都还记得，那是上午刚上班不久，我刚给局长副局长打完开水，拿着暖瓶送过去。我每天的工作就是端茶倒水，不想老了，每天的工作就是拿报纸送文件。"

　　原来穿红衣服的老太太姓丁，丁老太太笑得皱纹都开了花："我能拿文件拿报纸，那是因为我是初中毕业，你只有小学四年级文化，所以你就只能端茶倒水咯。咱们说这些有啥意义，都退休好几年了，最后工资还不是一样。"

　　黄老太太"哼"了一声，继续说道："那能一样吗，你干了一辈子轻活，我干了一辈子伺候人的活。"

　　丁老太太安慰黄老太太道："比起当年下岗卖菜，风吹日晒的姐们来说，咱们俩都算幸福了。"

　　章玫尴尬笑了两下，对两个老太太说道："两位阿姨，还是给我们讲讲当年到底发生了什么吧。"

丁老太太趁机转移黄老太太的情绪，说道："对对，老黄，你快讲讲当年的事情，我也是听几个人说了个只言片语，但是并不知道到底发生了什么。"

| 第十五章 | 当年旧事

黄老太太这才得意地"嗯"了一声，给我回忆起当年的往事来："我刚拿着局长的两暖瓶开水，要从二楼爬上三楼给局长送去，二楼到三楼的电梯拐角的房间就是老吴的房间，老吴那个时候是企业科科长，我们都叫她吴科长。我路过老吴门口的时候，农机厂的王会计突然从楼道里蹿了出来，还戴着帽子和口罩，我也是农机厂出来的，我认识王会计，王会计在农机厂是出了名的为人正派，忠厚老实。王会计从一楼的楼梯口猛地蹿出来，我还吓了一跳，以为商业局里进了坏人。王会计看到我要喊，这才把口罩从脸上拉下来，我见是王会计，好奇地问他，怎么这副打扮来商业局，王会计对我嘘了一声，对我说他是冒充维修工才混进来的，不然商业局传达室的老头不会让他进来，他说他找吴科长有些事情，但是吴科长躲着不见他，他才出此下策，在吴科长办公室门口来等着了。

黄老太太咽了咽口水继续说道："我着急先把局长的暖水瓶送过去，就没去和王会计打听他到底找吴科长要办什么事情。我把局长的暖瓶放到了局长办公室门口，然后又拎着书记的空暖瓶去二楼开水房打水，我刚从楼梯走到一半的时候，就看到王会计拉着当年吴科长的胳膊，对吴科长哀求着说：'吴科长，农机厂这么大一个厂子，上千号工人，不能就这么被卖给个体户啊？而且农机厂还在盈利，根本到不了破产的程度啊。'这个时候，商业局的人也陆陆续续来上班了，经过二楼的人，都看到了王会计拉着吴科长絮絮叨叨地说着什么。吴科长用力甩开王会计的手，对王会计甩下一句，这件事是已经决定了的，找她也没用的话，就赶紧跑进办公室，把办公室的房门从里面反锁上了，王会计使劲敲了敲门，吴科长都没有开门，王会计情急之下，在吴科长办公室门口跪了下来，一个大男人眼泪汪汪地边哭边说：'吴科长，我手里有农机厂的所有账目，农机厂不可能到了破产的程度，肯定是厂长想搞鬼，吴科长，你手里有农机厂所有的年报，请你给我对对账，一对就知道了。'王会计喊了几句，传达室的老头带着两个接待科的小伙子把王会计架了出去，说起来，那是我最后见到王会计了。"

丁老太太听完，也跟着附和道："你这么说起来，我好像听老农机厂的人说，王会计告状是因为想和厂长多要点工龄钱，最后王会计一家好像是去南方打工了，总之从那之后，我们谁都没见过王会计了。当年好多人在这里混不下去，去了其他地方打工，也都很平常，慢慢地大家都忘了这件事了。"

黄老太太最后说道："要说老吴这辈子得罪过什么人，那也就是王会计了，不然的话，老吴和谁都没红过脸。可是要说王会计因为这点事儿，这么多年之后，回来把老吴杀了，那也不太可能啊，毕竟当初那个冲突也都是公事儿，而且老吴也就是躲在办公室里，没答应王会计的请求罢了，也说不上有仇恨啊。"

丁老太太说道："警察还找我问过这个问题，我还没想起来当年王会计的事情，就和警察说，老吴没有什么仇人，这么说的话，我要不要和那个警察老匡说一下当年王会计的事情啊。"

黄老太太说道："那肯定得告诉警察，毕竟人命关天，要是刚好有线索能帮助破案，老吴也能早点瞑目。我听说啊，人要是死于非命，要是抓不到凶手的话，死于非命的人的灵魂是没法再投胎的。要是实在找不到凶手，好像得供奉什么地藏王菩萨，才能超度亡魂，进入轮回。"

黄老太太说起"地藏王菩萨"，我猛地想起崔丽霞在家里供奉的地藏王菩萨来，而且崔丽霞也是农机厂的工人，那么这个黄老太太与丁老太太，应该是和崔丽霞认识的，至少是互相知道的。

我刚要开口问黄老太太关于崔丽霞的事，章玫就已经问道："啊，对了，两位阿姨，那你们认不认识一个叫崔丽霞的女士呢，她原来也是你们农机厂的。"

丁老太太奇怪地反问道："你们怎么知道小崔的？说起来，小崔还是个可怜人呢！"

洋子听到丁老太太知道崔丽霞，忍不住问道："阿姨，您能说说崔丽霞到底是怎么回事吗？"

丁老太太更加奇怪地问道："这个小姑娘，你怎么这么好奇崔丽霞呢？你认识她？"

洋子说道："阿姨，我爸爸是高国栋。"

丁老太太和黄老太太都哎呀一下惊叹了出来，随后异口同声地说道："小姑娘，原来你是高国栋的女儿啊？"

黄老太太奇怪地问道："哎？既然你是高国栋的女儿，你怎么要问崔丽霞呢？她不是你妈吗？"

丁老太太拉住黄老太太，提醒黄老太太道："高国栋调到商业局之后，就和崔丽霞离婚了，他后来娶了个比自己小十几岁的小媳妇，这小姑娘年纪这么小，应该是高国栋和那个小媳妇生的女儿。"

丁老太太和黄老太太说完悄悄话，又转过头来，对洋子说道："小姑娘，你先告诉阿姨，为什么要问崔丽霞的事情呢？"

洋子回答道："阿姨，我一直想搞清楚，我爸是不是还有个儿子，我是不是还有一个同父异母的哥哥。求求你了，阿姨，你快告诉我吧。"

丁老太太想了想，回答道："要说崔丽霞是不是有孩子，我还真是不能完全肯定，毕竟我在你爸和崔丽霞结婚之前，就已经调到商业局了，后来你爸也调到商业局之后，我慢慢地才知道原来你爸和崔丽霞离婚了。老黄应该知道得多一些，毕竟老黄和小崔是同一个车间的，而且老黄调过来的时候，农机厂已经是破产了，要晚两年了。"

黄老太太说道："我的确和小崔是一个车间的，而且和小崔的关系还不错。那个地藏王菩萨超度的说法，就是小崔告诉我的。"

我们三个人一下子兴奋起来，几乎是齐刷刷地问道："那她到底有没有生过孩子？"

黄老太太对我们很肯定地说道："小崔肯定生过个儿子的，那个小男孩两三岁的时候，我还抱过他。"

黄老太太这句话的效果不亚于在我们三人耳边打了个

雷，一时之间，洋子惊呆当场，嘴大张，都忘了合上；章玫则悄悄地看向我；我也感觉很是奇怪，毕竟洋子问过了自己所有的亲人，几乎所有人都在否定高广的存在，那也就是说，所有人都撒了谎，那是为了什么撒谎呢？

| 第十六章 | 讨论案情

　　黄老太太和丁老太太注意到我们三个人惊讶的表情，好奇地问我们道："你们三个怎么了？小崔和高国栋结婚三四年才离的婚，有个孩子不是很正常很合理吗？"

　　洋子说道："黄阿姨，那您知道我那个同父异母的哥哥叫什么名字吗？"

　　黄老太太从座位上站立起来，敲了敲腰背，活动了两下胳膊，对我们说道："这老胳膊老腿，真是站久了也难受，坐久了也难受。你们要说那个小男孩叫什么名字，我还真是不太清楚，好像听小崔叫他小广来着。你爸爸姓高，那个小男孩应该叫作高广才对啊。不过也许会是三个字，但是我不知道其他的字，这件事，问问小崔就好了。啊，也对，你这个小姑娘毕竟不太方便去直接找小崔问的。"

　　我们又和两个老太太问了一些其他的，她们也说不出什么更有价值的内容来了，于是章玟很热情地加了两个老太太的微信好友，给两个老太太各发了500元作为红包。丁老太太很高兴地和我们表达她要是想起什么来的话，会第一时间给我们发微信的；而黄老太太则说，要是需要她出面去和崔丽霞问清楚，那就直接和她说，不用客气。

　　我们回到住处后，章玟对我们说道："我在网上查到，丁阿姨和黄阿姨每个月的退休金才2000元出头，我给她们每个人发500元的红包，是一定能打动她们的。"

　　我对章玟表扬道："玟子越来越厉害了，直戳人心，让我们一下子就掌握了这么多有用的信息。"

　　章玟对我悄悄地做了个小得意的表情，随后对洋子说道："洋子啊，现在咱们已经知道你同父异母的哥哥高广确实存在，那你下一步打算怎么办呢？"

　　洋子紧绷着脸，努力地思考了一阵子，这才抬起头来对我们说道："甄老师，玟子姐姐，照理说那个黄阿姨不会平白无故说谎的，可是如果黄阿姨没说谎，我的记忆也没有错误的话，高广是真实存在的，那就意味着我爸妈、我奶奶全都在对我说谎了。可是他们为什么要说谎呢？还有，高广去哪里了呢？要是我对高广的记忆没有偏差，那么王可呢？王可是不是真实存在呢？甄老师，我还是希望能把一切事情的真相都搞清楚，可是我没有太多钱，不知道能不能雇得起甄老师和玫子姐姐。而且我也不知道能不能从我爸妈那里问到真相，因为他们都骗我好多年了，怎么可能现在说出真相来呢。"

章玫走到洋子跟前，轻抚几下洋子的肩膀，对洋子嬉笑着说道："钱的问题洋子你不用担心，我和甄老师过来，就没打算向你收费，就算是你先转给我的一万元，我也会转还给你的。至于怎么查出真相，查出的时间是几时，得由甄老师决定。"

我对洋子说道："黄阿姨是咱们第一次遇到，还是随机遇到的人，除非咱们从一开始到西安就被人盯上了，不然的话黄阿姨故意讲那些话的可能性非常低，所以我们可以选择相信黄阿姨。至于洋子的爸爸妈妈为什么集体撒谎欺骗洋子，这个很好解释，甚至很好推断。对于洋子妈妈来说，可能她本身就是被骗的，也就是洋子爸爸为了娶洋子妈妈，故意隐瞒自己不但离婚，而且还有个孩子的事实，所以洋子妈妈说的是她自己知道的真相，而洋子爸爸则可能是说谎习惯了，你再问他，他也不会对你说实话的。至于你的奶奶等一众亲戚，可能是受了你爸爸的叮嘱，对你不要说出来。"

章玫说道："也许是洋子爸爸知道了自己儿子高广做的

坏事，为了避免洋子懂事之后，追究自己儿子高广的责任，所以就勒令高广不要再接触洋子，然后在洋子面前假装高广并不存在，反正在洋子爸爸眼里，洋子只不过是个小孩子，小时候懵懵懂懂的，反复欺骗，也就蒙过去了。至于洋子的奶奶以及亲戚之类的，正如甄老师推测的，洋子爸爸叮嘱过自己这边的亲戚，而且洋子和妈妈在一起生活之后，和奶奶那边的关系也就一般般了，也不用担心洋子奶奶没法长时间瞒住，而且只是一年见那么一面，洋子也不一定会问起来，所以洋子奶奶就很容易瞒住了。洋子，是不是这么多年，你只问过你奶奶一次关于高广的事情？"

洋子点点头道："是的，之前我大概是每两年的春节去看一次爸爸和奶奶，等到我上初中了，想起高广的事情来，在心里憋得难受，也只是问了问爸爸，可是爸爸告诉我没有高广的存在，我也是在王可的鼓励下，才去问奶奶的，这么多年以来我也就问了一次。"

章玫扭过头来，对我调皮地吐了吐舌头，用眼神告诉我，她越来越厉害了。我对章玫悄悄地竖了竖大拇指，章玫的脸上浮现幸福的红晕。

洋子继续说道："可是的确也很麻烦，该怎么问出真相来呢？"

我摸摸鼻子，对洋了和章玫说道："从佐证的角度来说，单有黄阿姨的证人证言是不够的，最好还有其他人的证言，比如说崔丽霞的。"

章玫发愁道："可是崔丽霞性格孤僻，而且又是洋子爸爸的前妻，不管咱们是用陌生人的身份去接触还是洋子的真实身份去接触，她都不大可能对咱们说实话啊。"

洋子也附和着说道："是啊，可要是我再去问我爸爸或者我奶奶的话，他们肯定也说不出真话。要是能在崔丽霞那里问出我想知道的真相，就好了。"

我看着两个女孩的愁思，忍不住坏笑一下道："问是怎么都不会问得出来的，不管是直接问还是间接问。但是吓一吓她，没准就能得到实情。"

两个女孩子都"啊"了一下，对我问道："怎么吓她？家里摆着佛像的人，怎么可能吓到呢？"

我对两个女孩子继续引导道："你们想想，那个黄老太太说起过的地藏王菩萨的一句话，是什么来着？"

洋子皱起眉头想了想，对我说道："甄老师，黄阿姨说过地藏王菩萨的事情吗？我怎么一点印象都没有呢？"

章玫想起来了，高兴地对我们说道："我想起来了，黄阿姨说过，要是被人杀死的人，找不到凶手的话，就不能投胎转世，所以才需要地藏王菩萨超度。而这句话是崔丽霞告诉她的，崔丽霞在家里也供奉着地藏王菩萨，那崔丽霞要超度的人，肯定是她和亲近的人，还有什么人是对一个女人最亲近的人呢？”

洋子说道："那就只有崔丽霞的儿子了，也就是我那个同父异母的哥哥高广。"

章玫很夸张地对洋子表扬道："呀，洋子，你好聪明啊，这个问题你回答得特别正确。"

我被章玫夸张的表情逗乐了一下，但是想到自己一把年纪，在两个小姑娘面前嬉笑有损形象，还是很快就把脸上的笑容憋了回去。

洋子被章玫夸张地表扬之后，也高兴起来，捋了捋自己的头发，对我们说道："玫子姐姐，你是不是因为破案的快乐所以才跟着甄老师去查案子的啊，刚才想通关键点的时候，我突然感觉特别快乐。"

|第十七章| 决定方案

　　我对两个小女孩说道："既然咱们已经想到了方法，那就进行下一步，就是想想怎么才能把崔丽霞吓到。"

　　洋子说道："要不我们想办法让她收到高广的电话？"

　　章玫打了个响指，对我们说道："我们不只是要让崔丽霞接到高广的电话，还要让崔丽霞看到高广。"

　　章玫这句话，不只是让洋子吃了一惊，连我都觉得不可思议了。章玫得意地看着我的表情，说道："甄老师啊，你是个老古董了，你知不知道现在有一种技术，叫作超薄硅胶面具呢？"

　　洋子站起来，兴奋地对章玫说道："玫子姐姐，你说的是那种人一套上都能冒充美女的硅胶面具吗？"

　　章玫拉住洋子的手，两个小女孩发出了快乐的尖叫，章玫说道："是啊是啊，就是那种东西。网上就能买到。亲爱的洋子，你先想想，那个高广长什么样子，我们在网上找一个能绘图的人，把你记忆中的高广做成照片，然后再发给做硅胶面具的商家，做成高广的硅胶面具。咱们选一个月黑风高的夜晚再冒充高广悄悄地去崔丽霞的窗外叫妈妈。"

洋子也兴奋起来，继续说道："这样真棒，要是高广不存在，崔丽霞就不会害怕；要是高广存在，崔丽霞就会害怕，这样，咱们就可以冒充高广套出实话来了。"

我对两个女孩子说道："那咱们选谁套上硅胶面具去冒充高广呢？或者说，高广的身高应该是多高，体重是多少，高矮胖瘦，穿衣风格，咱们总不能就戴着一张脸去冒充啊？"

洋子和章玫终于停了下来，洋子闭上眼睛，仔细地想了想，说道："我印象中的高广，就是他15岁的样子了，因为他比我大5岁，身高的话，我感觉和我现在差不多。"

我点点头，说道："从我们在崔丽霞的小区里的老人家那里得到的信息来看，他们说崔丽霞烧香拜佛，有个七八年了，那么也就是说，如果高广存在并且已经死掉了，死亡的时候就是十五六岁，那么由洋子佩戴硅胶面具，去冒充高广，就最为合适了。但还有个麻烦就是，男孩子十五六岁已经变声了，声音怎么冒充呢？"

章玫继续用一副看老古董的眼神看着我说道："哎呀，甄老师，你真是快赶不上这个时代了，你不但不知道硅胶面具，还不知道变声器这种装备。柯南看过没有？动画片里的装备，现在早就有了。"

　　5天后，我们装备齐全，洋子在房间里戴上硅胶面具，穿上品牌篮球服，除了需要把胸部紧紧地勒起来之外，猛地一看，还真就是个男孩子了。

　　洋子把硅胶头套连头发都套在里面，随后戴上男生的假发，好在整副头套与人脸部比较贴合，特别是把眼睛、鼻子、嘴巴都露了出来。洋子戴了一会儿硅胶头套后，对我和章玫说道："这东西顶在头上，倒是没什么感觉，不比帽子重多少，但是感觉很闷。咱们快去快回吧，这东西要是戴久了，就要起痱子了。"

　　我和章玫忍不住哈哈笑了一阵子，看看时间，才晚上10点，我们要想去吓人，怎么也得是凌晨前后。洋子先把头套摘了下来，长嘘了口气，说道："真是闷死人了，还好现在不是很热，咱们还是晚上过去，不然真的是会死人的。"

　　我们三人反复推演，看怎么实际操作才能吓到崔丽霞，讨论来讨论去，最后发现我们所有的计划有一个漏洞，那就是崔丽霞居住的楼层在十九层，我们怎么也不可能去敲门装神弄鬼。

筹备了5天，没想到是一顿操作猛如虎，结果成了二百五。我们三个人喝着奶茶，想不出好主意来。

章玫提出我们三个人悄悄地去到门口，然后俯下身子再按门铃，等崔丽霞通过门镜向外看的时候，发现门外没人，然后等她好奇往外看的时候，乔装打扮成高广的洋子，再猛地出现，一下子把崔丽霞吓住。

不管怎么说，这也是个办法，为了尽可能还原真实的现场感，我们三个人模拟了一番，结果却是崔丽霞被吓住的可能性不大；可能性最大的，第一是崔丽霞会吓晕倒，还可能惊动邻居，然后保安和警察出现；第二是崔丽霞根本认不出来这个硅胶面具高广，要么激烈反抗，要么直接报警。

实际模拟来看，此路不通。

我们三个人折腾一天一夜，筋疲力尽、灰头土脸，结果却毫无办法。我们疲惫之下，失望地睡去。

我还在睡梦中就听到了卧室的敲门声，睡眼惺忪地从床上爬起来去打开卧室门，原来是章玫。

章玫打着哈欠对我说道："甄老师，你说崔丽霞会不会去做心理咨询，要是她去做心理咨询的话，咱们就能想办法给她催眠，套出实情来了。"

我对章玫回答道："崔丽霞拜菩萨的，怎么可能信心理师，还去心理咨询？"

章玫刚起来的兴致，又低落了下去，无奈道："也对啊，崔丽霞拜菩萨的，不知道有没有什么菩萨师父，能够套出崔丽霞实情的。"

我对章玫笑道："哪里来的什么菩萨师父，只有跳大神的，俗称神汉神婆。"

章玫听我说到神汉神婆，忍俊不禁，扑哧一笑，对我调皮道："这么说的话，也不是完全没有实现路径。哎呀，甄老师，你既然都能扮成快递老哥，要不你再扮一扮跳大神老汉好了。"

我也被章玫的调皮逗笑了，但是没想到章玫却把我拉到穿衣镜前，指着镜子里的影像对我说道："甄老师，你看，你要是不这么富态的话，看起来也是一副仙风道骨的样子呢。"

我无奈地笑道："就算是看起来仙风道骨，崔丽霞也是信菩萨的，我总不能把头发剃光扮和尚。虽然和尚胖一些，也很正常。"

章玫突然踮起脚，指着我的头发说道："剃光头发是不用的，可以戴头套，化装成和尚就简单多了，我们去西安电影厂附近的戏服和道具工作室，给你打扮一番就足够了。"

　　我故意露出一脸惊恐的表情，对章玫说道："玫子，咱们是来查案的，我怎么感觉你要完成Cosplay了，可不要打我的主意，我年纪大了，玩儿不了年轻人的东西。"

　　章玫笑嘻嘻地对着我的脸比画来比画去，对我说道："第一，甄老师，你一点都不老，你得知道，男人四十一朵花，你都还没有到40岁，现在还是花骨朵呢；第二呢，咱们是为了破案，不是为了娱乐，所以不能叫Cosplay，得叫乔装打扮。"

第十八章 | 装神弄鬼

　　我被章玫不怀好意的笑容弄得汗毛都起来了，我本能地往后躲去，结果撞到了洋子，洋子也是睡眼惺忪地对我和章玫问道："甄老师，玫子姐姐，你们在镜子面前讨论什么呢？是不是有办法了？"

　　章玫笑嘻嘻地对洋子说道："洋子，咱们甄老师马上就要化身高僧，出去普度众生了。"

　　洋子一脸懵圈，继续问道："什么化身高僧，这是怎么回事啊？"

　　章玫哈哈笑道："甄老师突然想到，咱们可以想办法装神弄鬼去从崔丽霞那里得到实情。"

　　我赶忙谦虚道："这些都是玫子想到的，我到现在也蒙着呢。问题是就算我扮成和尚，又怎么能让崔丽霞相信呢，总不能敲门推销，然后装神弄鬼吧。"

章玫继续笑道："甄老师啊，你还真是个老实人，你不知道这世界上，有种存在叫作托吗？"

我和洋子都奇怪道："托？是什么？哪儿来的托？"

章玫说道："这个世界上，有一种叫群众演员的人。甄老师，我可一定要把这次行动的全过程都录下来，回头直播的时候播放。能把甄老师化装成得道高僧，一定能够拿几个大游艇的。"

一天之后，我身穿喇嘛袍，头戴喇嘛帽，帽子下面是被剃到最短的头发，章玫给我找来不少密宗法术的网上资料，特别是密宗的咒语发音，要我背熟。

除此之外，章玫还找来了12名群众演员，作为我法力的衬托，反复演练之后，来到了崔丽霞所在的小区。

我一身喇嘛打扮，在小区附近公园的凉亭里，刚刚盘坐念经，就已经吸引来了不少围观群众，其中还有不少老太太，对我指指点点，说我是个江湖骗子之类的。我心想，我这副打扮，的确说得上是个骗子，但是并没有走江湖，目的也不是骗财骗色，而是骗实情。

我眯眼偷望出去，章玫正拿着手机，在人群中笑嘻嘻地偷录；洋子则一脸担忧，不知道这样能不能引出崔丽霞。

我身边一名帅气的小伙子，扮作我的小徒弟，负责接待。按照我们早就商量好的剧情，我是年逾古稀的得道大喇，之所以看起来还没到30岁，就是因为我已经修行足够，开了神通。而我从庙宇中出来游历红尘，就是为了普度众生，增加修行。

我和"小徒弟"在凉亭中盘坐了十多分钟，已经有好奇群众忍不住过来询问，我是算命还是做法事，还是能治疗邪病，处理邪事。

我的作用就是默不作声，故作高深。其余的对围观群众的交流沟通工作就交给这名聪明伶俐的"小徒弟"了。"小徒弟"看到来询问的几名群众中，已经有两名是我们一伙的群众演员，放下紧张情绪，对几名群众一脸慈悲庄严地回复道："师尊出来修行，只度有缘人，帮助有缘人解脱苦难，以增加自己的修行。"

一名中年大婶样的群演问道："师尊？小师父，你这个师尊辈分大吗？"

"小徒弟"按照既定剧本回答道："师尊今年已经69岁，因为修行，才能保住容颜。"

一名围观群众质疑道："真的假的，看起来也就是30多岁，最终还不是骗钱，一旦问他怎么收费，就全露馅了。"

周边的几名围观群众也纷纷用语气和表情附和，还好章玫早有预案，一名西装革履的中年群众演员替围观群众委婉地问出了刚才的问题："大师啊，你们的收费标准是多少呢？"

"小徒弟"故意做出一脸呆萌不懂状："什么收费？我和师尊此次下山，不为化缘。师尊一路苦行普度，都是度难度厄之后，自然增加修行，并不会要信众供奉分毫。"

西装男群演给群众翻译台词道："那小师父，你们就是不收钱了？"

"小徒弟"重重地点点头道："这位善信说得对，我们不要供奉，只为修行。"

西装男群演再次发问："那小师父，你师尊能怎么度难度厄呢？还有，怎么样才是有缘人呢？"

"小徒弟"回应道："有缘人自然是有苦难难以自度，不必对师尊讲出，师尊就能开天心痛感应到，如果师尊感应不到，就是没缘。"

这时一名围观老头说道："天心痛，好家伙，都快赶上活佛了。可是，这有缘没缘，还不就是你们一句话。"

"小徒弟"一时语塞，没想到会遇到这么难的问题，好在这个"小徒弟"还真是聪明，对围观老头回应道："阿弥陀佛，这位善信，为何有人有缘，有人无缘，小僧尚未开悟，还请师尊回答。"

"小徒弟"说完之后，双手合十，退到我身后，把难题甩给了我。我睁开眯着的眼睛，故意用沧桑的嗓音语气，对围观众人说道："阿弥陀佛，缘分因果，本是佛法中高深的智慧，有缘无缘，都是因果使然，贫僧每十年出山红尘，只为还报前世有过因果的有缘人。"

我说完，继续眯起眼睛，不再吭声，章玫在人群中给我偷偷竖起了一个大拇指，我心想这皮球还不好踢出去，你问我什么叫有缘没缘，我就告诉你，只有前世和我有纠葛的人才叫有缘，我不要钱帮人平事儿，就是为了报恩的。我看你怎么破我这句话。

我话音刚落，那个刚问了问题的老头跃跃欲试，要走过来测试是不是和我有缘了。

这时一名身穿牛仔裤的姑娘先行过来，对我有些不知所措地行了个礼，鞠了个躬，对我问道："大师，我的心好难受，也不知道该怎么办。"

第十九章 | 高僧老甄

我睁开眼睛一看，这姑娘正是一名群众演员，是扮作失恋之后要死要活的无知少女的，我心里有底了。我满脸慈悲，对女孩说道："贫僧来给你讲个故事，说起来前世纠葛，一饮一啄，早有定数，而这定数也不是完全不变，因为还有可能会因为大善大恶、大悲大喜而有所改变，是非善恶虽在人心之中，但却难逃命数果报。40年前，有一队知青，在山中下乡驻村，生活清苦，皮囊苦修，自不在话下。可是青年男女最难勘破的就是一个情字。这些知青之中，有名男知青名叫无言，有名女知青唤作青萍，还有一位当地村内的姑娘叫作秀禾。这三人脾气相投，时常在一起玩耍。秀禾爱慕无言，无言爱慕青萍，可是特殊时代，三人都把自己的情愫深埋心底，不敢表露出来。直到有一天，青萍得到机会，当兵走了，送别的时候，无言忍不住对青萍表白心迹，以求不被相忘。青萍离开之后，无言大病一场，足足病了大半年，这半年时间，多亏了秀禾精心照料，才死里逃生，捡回一条性命。过了几年，知青可以回城，无言本来许诺秀禾，自己回城之后，就把秀禾娶到城里为妻，以报照料之恩。可是秀禾左等右等，却始终等不来无言的消息，秀禾早就过了婚配年龄，在村内被人嘲笑，郁郁两年之后，就此一命呜呼。"

女孩早已听得泪眼婆娑，围观群众也被我的开场讲述带起了气氛，大家都安静下来，耐心听我讲述。

女孩擦擦眼泪，俏脸抬起，对我哽咽着问道："大师，你刚才讲述的，可是我的前世？那我的前世，是不是就是那可怜的秀禾？"

我对女孩露出微笑，说道："姑娘，你前世是无言，所以你今生要报答人家的照料之恩，至于你难过这情关，是因为秀禾死前发誓，一定也要你感受被情郎抛弃痛彻心扉的感受。"

女孩大悟道："我懂了，就算他抛弃了我，但我还是觉得只要还能遇到，我一定要好好照顾他一生一世，原来真是前世欠他的。"

我继续说道："如果你遇不到，那就是你已经把前世的宿债还清了，业障能消，平安喜乐自生。"

女孩很是入戏，对我深鞠一躬，道："大师，谢谢你点破迷津，可是大师，我前世和大师的缘分是什么呢？"

我按照既定台词回答道："你的再前世，曾经教我读书识字，指点迷津；所以我能给你的今生指点迷津。"

女孩转身离去，周边的群演开始烘托气氛，纷纷说道："这大师真是神人，能认出前世来。"

按照我们的剧本安排，这中间要有几名群演，分别来找我解决破财、失业、病痛等几个问题，然后再引入帮自己故去的家人超度亡魂，才能吸引崔丽霞过来。

我按照剧本，把几名群演的前世故事讲述出来，而这几名群演和我的前世渊源，则纷繁复杂，各有不同，只把围观群众唬得交口称赞，特别是当围观群众看到我完全不要一毛钱之后，纷纷要挤过来，看看是不是和我有缘了，这其中就有那名问我怎么辨别有缘没缘的大爷。我知道，我不让他心服口服，他一定会纠缠不休，没准还会捣乱破坏。

果然，那老头再次纠缠着问我能不能感应到与他有没有缘，我聚起眼中精光，盯着老头，对他说道："你我前世有缘，不过是一面数语之缘，所以今生也有这一面之缘，不过善信你今生命数平稳，无难无厄，所以不须我度。"

老头听完我这番话，对我怪眼圆翻，很是愣了一阵子，这才说道："嘿！别说，你还真说对了，我这辈子，那叫一个顺风顺水，工作顺利，老婆好，儿女孝顺，还真是没灾没难。"

我闭上眼睛，不再理他，心说，要是真有心事的人，有苦难灾厄，怎么可能这么讨厌，非得要跳出来搞事情，那只有一种人，就是吃饱饭没事儿干，闲得难受，还自认为是代表正义去消灭小强的老头子，我要是还看不穿，那真是白混了十几年。

这老头正是和崔丽霞同一个小区的老住户，他被我用话拿住，不得不承认被我看透了命数，等于给我做了活广告。

这时，我的"小徒弟"出面对人群说道："诸位善信，我师尊每天只普度10位有缘人，而且只在此地游历3天，今天已经第九位了，如果有缘人还没能出现，我们就要先行离开了。"

这时，那个老头好像想明白了什么似的，对我再次问道："大喇嘛，你既然都开了天心痛，能看透前世今生，感觉得到有缘没缘，那么你应该知道，今天能不能遇到那第十个有缘人啊。"

这老头话音刚落，他身旁的几名围观群众已经纷纷对他表露出"杠精，我鄙视你"的神色来。

我见这老头如此难缠，而且如果今天崔丽霞不上钩的话，我们明天后天还得再雇不同的群演，就怕人多嘴杂，暴露真相出去，那么这个戏法就要露馅了。当下之急，我还是得先对付这个讨厌的老杠精："有缘前世定，相遇看天机，人心一念之间，机缘瞬息而变。贫僧只能感知到，此地有一名善信，家里有枉死之人，不肯轮回而去。"

我此话一说，周边的群众纷纷议论起来，有的说道："这大师好厉害，前边那么多人都灵了，连老马头都看出来了。"有的说道："这种鬼神的事儿，还是宁可信其有，不可信其无吧。"有两个老太太议论道："这家里有枉死之人，到底是谁啊？听得我毛骨悚然的。""那，怎么看什么是家有枉死之人呢？"

这时那个杠精老马头突然一拍脑袋，提高音量，大声说道："我大概猜到谁家里最有可能有枉死的鬼了。"

这个老马头本质上是需要刷存在感，具有极强的表现欲的人，所以当听到周边的人议论他的时候，他就非要做出点什么事情来，表现出自己最精明、最能干。

杠精老马头刚说完，站在他身边的刚刚议论过的老太太问道："老马，你说家里有枉死之人是谁啊，我们都想不到，怎么就你那么能，你能想得到呢？"

这个老太太不屑的语气更加刺激到了老马头，老头不服气地梗了一下脖子，大声说道："肯定就是2号楼那个姓崔的女的，她家里整天烧香拜佛，也不和人交往。她要是心里没鬼，怎么可能整天烧香拜佛。"

老马头这么一激动，围观人群中的老头老太太纷纷点头赞同道："对对，肯定是她，她好像叫崔丽霞，原来是农机厂的，就是不知道大师怎么度她。"

这时"小徒弟"说道："师尊曾经在佛前立誓，要超度999名枉死之魂，之前已经超度了712名。师尊能够通过诵经作法，将各种亡魂超度出无法轮回的苦海，送他们去往生。"

这时，老马头见围观群众表扬他说得很对，得意起来，还得意地看了我一眼，假装恭敬道："大师父，还请你稍等片刻，我去把那个崔丽霞找来，看看是不是你今天要度的有缘人。"

"小徒弟"替我回应道："小僧和师尊，会留到日落之前。"

|第二十章| 屋内施法

老马头看看太阳，太阳已经转西，但是距离落下还需要40分钟左右，老马头眯了眯眼，流露出一丝狡黠，对我说道："我20分钟就能回来，大师父你一定要等哈。"

半个小时之后，老马头和另一个老太太连劝带拖，把崔丽霞领了过来。崔丽霞看我一身喇嘛装束，倒也恭敬，对我双手合十，行了个佛门礼节，然后说道："大师你好，我是在家修行，不知大师找我，有何点拨。"

我睁开眼睛，这时有人议论道："这大和尚睁开眼了，他每次睁开眼，就是遇到有缘人了，看来这崔丽霞就是家中有枉死之人，哎呀，还是离她远点，她身上不是有个鬼。"

我心里也是一阵紧张，知道到了关键时刻，要是我们从黄老太太那里得到的消息有误，我们的判断有误，高广并不存在，或者高广并没有死的话，那么我只要开口说的第一句话，就立刻露馅，我们筹备了10天的所有计划就全部以失败告终了。但是这个时刻，箭在弦上，不得不发。

我看到章玫和洋子也都紧张起来，而杠精老马头则一脸奸诈地等着看我怎么度崔丽霞。

我缓缓开口，对崔丽霞说道："居士，丧子之痛，虽然难过，但是不入轮回，害人害己，居士应该明白。"

我话刚说完，围观的几十人突然鸦雀无声，偌大一个空旷的空间里，只有风声车声在耳边划过。所有围观的群众演员和真实群众，几乎全都屏气凝神，等着崔丽霞的回答。

要是崔丽霞矢口否定，那么我之前的所有努力就都毁灭；要是崔丽霞的反应是我说对了，那么我这个神汉在这项任务完成，消失之后，就该成为这里的老头老太太碎碎念许久的神迹了。

崔丽霞听到我直接说起了丧子之痛，本来无波无澜的表情如同一潭池水被丢下了石子，涟漪慢慢散开，脸上的悲痛开始一点一点浮现出来："大师，我以为我在家修行这么多年，能够超度孩子，也能让我把心放下，断了俗念，可是没想到，我烧香拜佛十几年，还是不能解脱。大师，请你帮帮我。"

讲真的，我刚才也是提心吊胆的，生怕崔丽霞当众否定我的说法，我还得找一堆别的说辞下台。好在崔丽霞的反应远超我的预期，让我强绷住内心的狂喜，让自己的表情继续保持大德大智，波澜不惊："居士，修佛在心不在口，如果不能悟透因果，灾厄难过，心魔难除。"

崔丽霞直接跪拜于地，对我说道："还请大师度我。"

崔丽霞这一跪，引得不明真相的群众中，有几个估计是在哪个庙都要拜佛的人，也跟随着纷纷跪下，我发现居然还有三个群众演员也跪在地上，不知道会不会要求加钱。

我只能按照原定计划故作高深，对崔丽霞说道："居士，贫僧有超度亡魂往生极乐的法门，不知居士可愿？"

崔丽霞叩首道："还请大师成全。"

我对崔丽霞说道："今晚10点，叫开启极乐法门，贫僧去你子灵魂处作法。"

崔丽霞好奇道："大师，我子的灵魂在何处？"

我猛地睁了下眼，对崔丽霞说道："时刻在你身边。"

我说完之后，不再说话，"小徒弟"装模作样地找崔丽霞记下地址和联系方式，等这一切都办完之后，太阳已经落山，我和"小徒弟"飘然离开，身后的围观群众和群众演员还远远地跟着走了几百米。

我们到达集合点，各路群众演员也都纷纷集合过来，其中跟着跪拜的几名群众演员纷纷说道："大师，你是不是本来就是有本事的，根本用不着我们配合？"另一名群众演员说道："老师，你接不接演戏的活啊，我认识好多导演副导演，刚才你扮成大师的时候，那气场简直就是真的大师。"还有群众演员说道："你们不要瞎说，也许老师就是大师。"

我没理会这些群演，现在只需要这个机灵的"小徒弟"配合，其他群演都可以离开了。我们下一步就是要进入崔丽霞的家里，开坛作法，为了让崔丽霞说出实情，章玫还准备了一个神秘装备，让我们的下一步计划能够顺利进行。

晚上10点，我、章玫、洋子和"小徒弟"四人出现在了崔丽霞的小区里。为了避免被早就等着的围观群众发现破绽，这次除了我和"小徒弟"做喇嘛打扮之外，章玫和洋子也打扮成了喇嘛，只不过章玫女扮男装，打扮成了一个俊俏的喇嘛，而洋子则暗藏高广的硅胶头套，外套宽大的喇嘛袍，跟在我和"小徒弟"身后，并不引人注目。

小区里果然连平日里早睡早起锻炼身体的杠精老马头等几名老头老太太，在崔丽霞的单元门口等着看热闹，老马头还跑过来和我套近乎，啰里啰唆地说来说去，就是既然他前世也和我有缘，那么他是不是可以进去看看我们怎么做法事超度亡魂，我照例不理不睬，由"小徒弟"弄几个玄而又玄的理由就将眼巴巴的老头老太太挡在了崔丽霞家门外。

我们走进崔丽霞家，顿感香烟缭绕，如同真在寺庙中一样。章玫则从随身携带的包袱里拿出两炷特制高香，替换了崔丽霞家中地藏王菩萨像前供奉的高香，崔丽霞一脸好奇，"小徒弟"对她解释道："居士，这是在佛祖像前供奉了九九八十一天的高香，是师父超度亡魂专用的。"

崔丽霞这才变换脸色，一脸虔诚地对我们表示感谢。我们按照电视剧里法师的样子，先把崔丽霞客厅里的沙发茶几搬开，随后用黄布围出一个空间来，我和崔丽霞在里面的蒲团上五心朝天盘膝而坐，章玫、"小徒弟"、洋子则在外面护法。

不久，崔丽霞家中的灯光都被熄灭，我们只用五星烛台上点燃的蜡烛照明，昏暗的烛光下，我压低声音，嘴里轻哼着"那支高香赶紧起作用，那支高香赶紧起作用"的台词念咒，崔丽霞则双眼紧闭，满脸虔诚。

10分钟左右，黄布帷帐外突然开始弥漫白雾，不大一会儿，白雾已经充满客厅，涌入黄布帷帐，雾气昭昭，仿佛进入了另外一个世界。

又过了片刻，一阵阴恻恻的声音若有若无地传了过来："妈妈。妈妈。"

崔丽霞猛地睁开双眼，只不过眼神涣散，如在梦中，这时崔丽霞还有些清醒，对我问道："大师，我仿佛听到广儿在喊我？"

我一脸严肃地吹牛皮："贫僧已经施法，给你打开天眼通，能让你母子相会，相会之后，人鬼殊途，就此了结即可。"

崔丽霞从蒲团上站起来，就要寻找声音来源，要与儿子人鬼相见，眼见脚步已经迈到黄布帷帐边上，我忙开口阻止："贫僧的法力，只能维持在这帷帐之内，让你们母子团圆，出了帷帐，你所见到的一些就都是镜花水月了。"

崔丽霞赶忙退回，在黄布帷帐中等候，很快，一阵阴风吹来，五根蜡烛同时熄灭，再亮起来的时候，就已经是荧荧绿光，气氛更是烘托得如同身处鬼屋一样。

|第二十一章| 完美收工

　　崔丽霞再次听到背后有人喊妈妈的声音传来，猛地转身，结果看到了一名十五六岁的少年站在身后。崔丽霞想过去一把抱住，却被少年退后躲开，我再次开口说道："人鬼殊途，你是活人，阳气太旺，你会伤了你儿子的鬼体。"

　　崔丽霞连忙站住不动，对"高广"问道："儿子，你是不是好辛苦？"

　　"高广"阴恻恻的声音传来："妈妈，我好不甘心。"

　　崔丽霞突然一下子跪下，对"高广"说道："儿子，是妈妈太胆小，是妈妈对不起你，是妈妈不敢和你爸爸去拼命。"

　　崔丽霞刚才这句话，真是把找也惊呆了，洋子那边明显顿了一下，但是很快继续按照台词说道："妈，我不甘心！

我不甘心！我不甘心！"

洋子的台词最为简单，只需要不断地重复"死得好冤，我不甘心"之类的就可以了，而章玫则需要当导演、编剧、道具、剧务、群演，好在章玫没有台词，没有那么多烦恼。

崔丽霞啜泣着说道："儿子，我也不知道你是怎么死的，是你爸爸告诉我你死了，还说你是去游野泳意外死亡的，等我再见你的时候，就是一个骨灰盒了。我当时感觉不对劲，可是我没勇气去报警，也不知道该怎么办，只好整日烧香拜佛，想超度你。"

洋子继续说道："妈，我好恨，我好恨啊！"

崔丽霞听到洋子的这句话，更加难过地哭了起来，对洋子伪装的高广说道："儿子，妈就是豁出老命，也要从你爸爸那儿问出你的死因来。"

"高广"道："妈，我得走了。"随后雾气变大，"高广"的身影消失不见，烛光开始变正常了，幽绿的颜色也消失不见。

崔丽霞瘫在地上哭泣不止，这时白雾已经消散干净，我口诵一声佛号，说道："居士，贫僧施法，让你母子相会，你得满足冤魂的心愿，他才能进入轮回，你只须将事情的真相写在纸上，寄给我，由我在庙中念经之后焚化，冤魂心愿了断，就可脱离苦海，进入轮回去了。贫僧再念经超度，给冤魂来世积攒功德，好让他能来世平安富贵。"

崔丽霞这才平复了情绪，对我道谢，"小徒弟"对崔丽霞说道："居士，我和师尊游历红尘，居无定所，你也可以把真相用手机发给我，然后打印出来，由师父作法加持焚化，告知亡者。"

崔丽霞点头称是，转身加了"小徒弟"手机上章玫专用的微信。

我们作法完毕，告辞离开，结果看到门口围着老马头等人，老马头知道问我们什么都问不出来，就等着房门一开，毫不客气地进门追问崔丽霞："老崔，刚才怎么样，是不是已经超度了你家的冤魂了？"

我们还未走到电梯口，就听到崔丽霞把看热闹的群众往门外推的声音了。我们刚走进电梯，结果老马头就快步挤了进来，而且努力地往我跟前凑，对我涎着脸问道："大师父啊，刚才的法事是什么样的？有没有结果啊？"

我们四人都不说话，老马头居然毫不尴尬，一直絮絮叨叨地追问，直到我们离开小区，才嘟嘟囔囔地失望离去。

我们回到化妆工作室，由专业化妆师给我们卸去妆容，那"小徒弟"对我们笑嘻嘻地说道："甄老师，没想到拍电影的手法还能用来破案，我这回的群众演员当得，可比在片场跑龙套强多了。"

我礼貌地笑笑，回答道："一件十来年前的旧案子，我们想找出真相，确实得用各种办法。不过这次多亏了玫子，是她想出的这个好主意。"

　　"小徒弟"继续和我攀谈道："甄老师啊，其实我也看过直播，我也是你的粉丝。所以玫子姐姐在网上发布招募公告的时候，我是第一时间应征的，其他的群演也是我找来的。"

　　我这才对"小徒弟"重视起来，说道："原来是这样，我说怎么你和我配合得这么默契呢。咱们配合得这么默契，我却还不知道你叫什么名字呢。"

　　"小徒弟"笑嘻嘻地自我介绍道："甄老师，我叫蔡志昭，你叫我小昭就可以了。"

　　我哈哈笑道："小昭这个名字好可爱。"

　　蔡志昭挠挠脑袋，对我不好意思地解说道："我爸爸是个金庸迷，他特别喜欢《倚天屠龙记》里的小昭，所以就给我取了这么个名字，但是也还好，每次我向他人自我介绍说我叫小昭的时候，别人都能记住我的名字。"

　　我和蔡志昭卸完妆，去找章玫和洋子，毕竟女人的化妆卸妆都远比男人要麻烦复杂。我们到了女化妆间的时候章玫和洋子的脸上正涂满了卸妆油，两个小姑娘对我们笑道："甄老师，女孩子卸妆的样子怎么能让男人看到呢？"

　　章玫对蔡志昭说道："小昭，你这次表现得真是超赞的，一会儿姐姐给你发个大红包。"

　　蔡志昭嘿嘿一笑，说道："谢谢玫子姐姐，其实，我更想要的是加入你们的团队，我在剧组里也只去跟悬疑剧的组，在剧组里我演过各种各样的小配角，尸体、流氓、片儿警、路人。我特喜欢这个，有次偶然的机会，我看过甄老师的直播，感觉真是太酷了，可惜没机缘认识甄老师啊，没想到这次甄老师居然用装神弄鬼这一套去破案，真是太飒了，更加吸引我想加入了。甄老师，我这次表现得还不错吧？"

　　我对蔡志昭表扬道："小昭的现场表现非常棒，好几次我担心穿帮的时候，小昭都能应对得体。"

　　蔡志昭谦虚地说道："哪里，还是甄老师厉害，在现场面对不是演员的大爷大妈的质问诘难，都能应对自如，我才有底气继续演下去的。特别是后来那个老杠精，真是太厉害了，也就是甄老师能打发掉。完事儿后，我们还有好几个群演，都以为甄老师真有道行，根本就不需要我们来烘托氛围。"

　　洋子说道："甄老师还真有得道高僧的气场，在公园的时候，我明明知道那几个群演是咱们早就安排好的，但是听甄老师那么一讲，就是活灵活现，感觉和真的一样，到后来许多人跪下的时候，我都不由自主地跪了下去。"

章玫对蔡志昭说道："对了，小昭，甄老师的工作室，叫作老甄故事铺，平时就如同个静吧和咨询室，可没意思了，只有接案子的时候，才会有这么多好玩的事儿。你可以考虑在我们接案子的时候参与进来。"

　　蔡志昭频频点头，对章玫说道："那真是太棒了，玫子姐姐，我先谢谢啦。反正我也才大三，现在当群众演员也是兼职，能和你们一起办案子的话，那肯定是和你们一起更有意思。"

　　章玫说道："嗯嗯，那就这么说定了，以后我要是有案子，就微信你，要是去的城市比较远，给你报销来回费用。"

　　蔡志昭高兴地说道："得嘞，玫子姐姐真讲究，这待遇比剧组可强多了。"

第二十二章 | 章玫用意

　　说话间，章玫和洋子已经卸完了妆，我们从工作室离开，喝了顿庆祝酒，蔡志昭和我们告别后自行离去，我、章玫、洋子三人回到住处，洋子脸上的表情明显轻松了许多，对我和章玫说道："甄老师，这次真是太感谢你和玫子姐姐了，我没想到这么快就确定了高广的存在，要不然，我都以为自己肯定是脑袋有问题了。"

　　章玫说道："现在这件事儿有意思了，既然高广不是洋子幻想出来的人，那么王可是不是也真实存在呢？如果说高广是因为洋子爸爸的问题，有意抹掉了痕迹；那么王可呢，总不能说洋子的初中同学集体撒谎，把一个活生生存在过的人，就那么给说没了？"

　　我对洋子问道："洋子，关于高广的事情，现在只需要等崔丽霞去和你爸爸用各种手段逼问真相，然后微信发过来就可以了，甚至就算我们不知道高广死亡的真相，也没有关系，因为对于洋子最重要的事情，就是确认高广到底是不是存在，只要确定存在就可以了。但是关于王可，洋子你还想继续查下去吗？"

洋子不假思索，对我和章玫回复道："甄老师，要是不耽误您的时间的话，您还是帮我查一下吧，哪怕只要证明王可是不是存在都可以。要是这两件事都解决了，我就可以把心中的所有负担都放下，轻松地开启新生活了。"

章玫抓住洋子的小手，认真温柔地说道："洋子妹妹，你放心，我们一定帮你把真相都查出来。"

章玫又转头对我说道："甄老师，你看洋子这么楚楚可怜，是不是心肠一软，说什么也要帮洋子查下去呢？"

我无奈地对章玫说道："好吧，那我们就查下去。"我心说，怎么章玫对洋子的案子这么上心，其实我对这个案子兴趣不大，就算是知道了高广非正常死亡，那也是陈年旧案，而且高广身负原罪，就算是死于非命，似乎也不能让我感觉到同情。自从老周黑化自杀之后，我对真相的执念好像突然间消失了，有些真相，知道了又怎么样呢？相对于任何一件事情的结果而言，我对真相已经没有太多激情，除非这个真相，能够改变最终结果。

每当我面对自己这个可怕的念头的时候，都有一种英雄迟暮，雄心已死的失落感，虽然我绝不是什么英雄，也没有太多雄心，我只是感觉自己不再年轻，再也不像当年为了追求一个真相，可以三四天不眠不休，可以调动自己所有的社会资源和聪明才智，可以为了普通人的正义而奔走呼号。随着时间的流逝，我经历的增多，我发现我正逐步地变得功利，我不清楚这样的变化对我来说是好是坏，但我知道，这就是生活。

我看着章玫眼中火一样的热情，更多的感慨是年轻真好，只不过，对于章玫想要我继续查案，我更多的感觉是在陪着两个年轻的生命去体验生命。

我想到这里，就不再纠结章玫到底为什么想要帮洋子把案子查下去了，既然因为这个案子和洋子有机缘，那就继续把这个案子查下去好了。

洋子见章玫和我都同意继续调查王可是否真实存在，高兴起来，对我们说道："真是太感谢甄老师和玫子姐姐了，这几天，和你们在一起查案的感觉真好，我甚至都后悔当初没有报考警校了。"

我没有继续和两个姑娘说笑，而是正色说道："既然咱们决定要查下去，那么现在高广是不用管了，可是王可呢，我们至少得找个合适的理由，分别或者集中问一问你的初中同学和老师，看看他们怎么回答关于王可的问题。"

章玫再次打起哈欠，对我说道："甄老师真是敬业，咱们今天还是早点休息，明天再讨论下一步计划吧，我今天是真的睁不开眼了，我要躺在被窝里，一觉睡到自然醒。"

我也一觉睡到了上午10点，这是我没想到的，我居然也能睡到这么晚。我洗了个澡，换了套干净衣服，感觉到肚子饿了，但是上午10点这个时间，再吃个早饭，那午饭就不用吃了。要是直接去吃午饭，那时间还有点早，既然怎么吃东西都不合适，那么我还是饿饿等等吧。

我也不知道章玫和洋子有没有起床，估计就算是起了床，也是瘫在床上划拉手机呢，那我还是也回床上躺会儿，等这两个女孩子把美容觉睡足，然后梳洗打扮，再考虑这顿午饭怎么吃的问题。但是很快，我就想到了一个可怕的可能，那就是这两个女孩子可能12点才爬起来，然后洗澡化妆就到两点了，女孩子好像完全可以不用一天准时准点地吃三顿饭，一天只吃一顿饭就可以了，但是过惯了规律生活的我，一个38岁的老男人肯定不行，我要是再熬到下午两点吃午饭的话，那一定是感觉要饿死了，所以为了避免饥饿难熬，我想起客厅里有章玫买来的半盒薯片，我决定到客厅，先把这半盒薯片吃掉。

想到那半盒薯片，我感觉肚子里咕噜咕噜地叫得更起劲了。我把身体从床上挪动下去，又挪动到了客厅，在茶几上拿起那半盒薯片，掏出薯片扔到嘴里嘎吱吃了起来。还别说，人在饿的时候，吃什么都觉得好吃，哪怕是这种我嗤之以鼻的垃圾食品。

我一边咀嚼着薯片，一边想着，这人啊，吃饱了饭才会有各种思绪，要是饭都吃不饱，就根本不可能想那么多的事情，所以这人呢，到底是吃饱饭好，还是不吃饱饭好呢？

我正在一边咂摸薯片的滋味一边想着"高深"的人生哲学问题，冷不丁听到章玫的笑声在耳边响起："甄老师，我居然能在有生之年，看到你吃薯片，这可真是活久见啊。"

我把头转过去，正看到章玫俏生生地站在沙发一侧，头发上还滴着水滴，看来是刚洗完澡。嗯，章玫的确是刚洗完澡，因为我再往下看去，发现章玫的身上，只裹着一件浴巾。

章玫感受到了我的眼光，下意识地把浴巾裹得紧了一点，脸颊上还荡起了一阵红晕："甄老师，我刚洗完澡，想出来看看你有没有醒，是不是饿了，所以还没来得及换衣服。"

我把眼神挪回来，对章玫尴聊道："玫子，你对洋子的这个案子很有兴趣啊，无论如何都要把真相查下去。"

章玫对我说道："甄老师，其实我不是对洋子的案子感兴趣，我是对办案中的你感兴趣，你自己可能感觉不到，其实，你在认真办案的时候，特别帅，特别迷人。"

第二十三章 | 同学名单

　　章玫说到这里，低下头去，露出一丝羞涩，但是很快就抬起头来，对我继续说道："甄老师，其实你不知道，自从周叔叔出事死掉，多多姐姐入狱服刑之后，你的状态一直都不太好，包括在直播的时候，时常有些恍惚，而且你也时常心不在焉的，我不知道你是怎么回事，但是我知道你肯定不太好，所以我想让你找回激情满满的状态，结果正好洋子因为自己的案子找上门来，所以我想你在查案的过程中找回曾经的自己。你刚开始查洋子的案子的时候，还是有些不愿意动脑筋的，所以我只好勉为其难，先顶上咯，不知道这算不算是抢了甄老师的戏份呢？嘿嘿，不过，我发现，在这个案子中，我也没有那么笨啦，我也发现了不少关键的细节，也想出来了几个好主意。直到我拉着你假扮得道高僧，从崔丽霞那里套出实情，我才感觉到，我心中的甄老师回来了。甄老师，你自己可能不知道，你假扮高僧的时候，那叫一个帅气逼人，我偷偷地把视频片段分享到了你的粉丝群里，你的粉丝们纷纷表示要找你度苦度厄呢。哈哈，我也没想到，甄老师，你居然还有当'神棍'的天赋呢。"

我被章玫的真心所感动，也被章玫的娇憨而逗笑，一时之间，感觉我理解的老去，也许只是我自己认为自己老了，其实生活中，只要心中有激情，哪里都是舞台；也许，真相需要我们挖掘出来，就是因为真相渴望谱写一个好的结局，所以，不管真相带着什么样的血与火，只要我们勇敢地去追寻真相，拥抱真相，我们最终都能坦然地面对真相。

我把我关于真相的思绪分享给章玫，没想到章玫说道："甄老师，你可真是个钢铁直男，人家和你说了那许多话，还以为你会感动得过来一把拥抱我，没想到你给我讲了一堆的大道理。"

我再也忍俊不禁，哈哈笑了两声，站起身来，掸掉身上的薯片渣，走到章玫跟前，紧紧地抱住了章玫。虽然我心无邪念，但是温香软玉入怀，却让我有了一种很温暖的感觉。

章玫俏目眨动，对我说道："甄老师，也许命中注定，你就是要用自己的才学，去帮助人们，找寻渴望知道的真相，你的使命就是这样的；我的使命就是和你一起，完成你的使命。"

我一时语塞，没想到平日里细心周到，对我体贴入微，把我的工作生活都打理得井井有条的章玫居然能说出这么有哲理的话来。

我和章玫正沉浸在某种微妙的情绪中无法自拔，然后就看到洋子一脸吃惊地看着我们，说道："甄老师，你终于还是和玫子姐姐恋爱了吗？你得掉多少女粉丝啊？"

我和章玫赶紧分开，洋子继续笑嘻嘻地对我们说道："甄老师和玫子姐姐不用担心，我发誓，不会把刚才看到的一切说出去的。"

章玫却转身过去，一把抱住洋子，对洋子说道："其实刚才，我是和甄老师讨论出一个好办法来，所以才拥抱一下表示庆祝，而且我很喜欢抱抱啊，抱抱好温暖啊。"

洋子也夸张地对章玫说道："玫子姐姐小心，你的浴巾要滑下去了。"

我连忙把脸转向一边，章玫则尖叫一声，轻打了洋子一下，快步跑回房间换衣服去了。

洋子再次看向我的眼神，少了那种距离很远的尊重感，多了不少关系拉近的亲密感："甄老师，我刚才觉得你也是个有血有肉的人了，而不是我原来感觉到的如同你所说的，理性得如同一台机器一样冷冰冰的人了。"

我不由自主地摸摸自己，对洋子说道："这句话我没听懂。"

洋子扑哧一笑，对我说道："就是说甄老师，我感觉你变可爱了。"

一名20岁出头的小姑娘，给了一个"可爱"的评价，我还是理解不了。

好在章玫已经换好了衣服出来，这才缓解了尴尬："洋子，你不知道，我刚才看到甄老师，一个大男人，都饿得吃昨天剩下的，不对，是前天剩下的半包薯片了。所以，咱们还是先去填饱肚子吧。啊，这几天甄老师太费脑子了，咱们去吃点鱼给甄老师补补吧。"

一说到吃，洋子的欢乐立刻就充满了全身："我知道这附近有一家很好吃的杂鱼贴饼子，那叫一个香。"

嗯，杂鱼贴饼子的确好吃，一个大铁锅，肉汤、各种鱼、调料一层一层地铺好，在座位面前现做，等鱼肉的香味飘出来之后，再把饼子贴在铁锅边上，任由鱼肉的汤汁浸透了饼子，饼子贴着，鱼肉已经可以先吃了，等我吃完了鱼肉，就可以用已经贴出香味来的杂粮饼子来填缝了。

我们三个人，真是扶着墙进饭店，扶着墙出饭店了。

饭吃饱了，就想运动，我们来西安快10天了，连西安的古城墙都没上去过，这次正好吃多了，我们索性直奔古城墙去散步。

古城墙上，我们三人边走边聊，讨论怎么调查王可的路径。

洋子说道："要不我准备个同学聚会，然后把所有能联系上的同学都找出来，每个都问一问？"

我摇摇头道："这样不好，第一，聚会的氛围偏向于叙旧和情感交流；第二，集体问事情，容易有记忆诱导，也就是本来有印象或者没印象的人，也可能被其他人带走接走。所以最好的办法其实还是分别去问。"

章玫说道："分别去问也有麻烦，那就是咱们不知道你的同学谁和谁私底下关系好，就算咱们随便问了其中某一个人，其他人也可能知道。"

洋子发愁道："我还以为这件事会很简单，现在实际看来，也没那么容易，那咱们该怎么办啊？"

我说道："咱们还是要分别去问，不过不要那么大范围，而是找几个关键的人，比如说，和洋子比较熟悉的，和洋子、王可同桌过的等人，另外，我们要找个比较好的理由，这个理由要足够不引起别人的怀疑。"

章玫对洋子问道："洋子，我记得你上次说，参加过同学聚会，问过不少同学，好像还有老师，他们都否认王可的存在。你当时是问了所有人吗？"

洋子摇摇头道："怎么可能问过所有人，毕竟当时大家都忙着叙旧，我也只是问了问和我坐在一起的几个人，本来想问问黄雅芝的，可是根本就联系不上她。"

章玫说道："那咱们这样吧，回去后，洋子把上次同学会的名单列出来，然后把打听过的人再列出来，随后咱们一个一个分析。"

第二十四章 | 全体询问

我们坐在桌子上，洋子在一张纸上，对着毕业合影把人员名单都写了下来，并且把同学聚会的时候，问过的人都画了圈标记了出来。

当时的同学聚会，班里连学生加老师，一共42人，有两个同学没有去，其中一个就是黄雅芝，剩下40个人，所以分成了四桌，每桌10个人，洋子刚好和老师在同一桌上，也就是说，洋子问过九名同学和一名老师。

我问洋子道："你们是怎么分配座位的？是自由结组吗？"

洋子想了想，摇摇头道："不是的，是班长分配的，按理来说，和老师坐在一起的应该都是当时的班干部课代表什么的，但是不知道为什么，把我也安排在那一桌了，也许是因为桌子没坐满，所以就让我填了空。"

章玫问道："也就是说，在你所坐的那一桌里，就只有你不是班干部，其他的都是班干部？"

洋子再次回想确认一下，肯定地回应道："对，那天我所在的那桌上，就只有我一个不是班干部，我坐在那里，本来感觉很尴尬的，因为我平时成绩不算好，也不是很喜欢靠近老师和班干部，所以我和那些同学并不熟悉。但是那天，班长就偏偏给我安排在了那一桌。"

我在洋子整理聚会情况的那张纸上，画了一个问号，然后标注道：被特意安排在班干部和老师那一桌上。

我再次问洋子："洋子，那你是把其余八名同学和老师，全部都问了一遍吗？他们所有人都是单独回答的吗？"

洋子摇摇头，对我回答道："也不是，毕竟当时是在聚会中，我只是在饭桌上提了那么一嘴，然后班长周妍、副班长王海冰、学委刘娜很肯定地回答，我们的同学里没有王可这个人，和我们一起聚会的班主任吴老师，表示说，对王可没有印象，其他同学基本上都是点了个头，表示赞同。"

章玫问道："那也就是说，洋子你并没有对每个同学都询问确认，实际上给你肯定回复的，就只有你刚才说的三个同学和一个老师？"

洋子回应道："对，我当时听到这个说法的时候，先是觉得奇怪，随后因为有高广到底存不存在被我爸爸和所有亲戚否定这件事，所以我就开始怀疑自己，也就没好意思再去和其他同学确认。我后来之所以再次相信是我的记忆出了问题，一个很重要的原因就是我把初中毕业照找了出来，把照片中的所有同学都找了一遍，的确没有找到王可。"

我继续问道："你初中时候，关系好的同学多吗？或者有谁是和你和王可两个都玩到一起的人？"

洋子晃晃脑袋，对我无奈地说道："我上初中之前，发生了高广欺负我的事情，所以整个初中我都是比较沉闷的，在同学堆里我也比较孤僻，并不怎么爱和其他同学交朋友，比较要好的，一个就是我怀疑到底存不存在的王可，一个就是黄雅芝。"

章玫赞同道："我上初中的时候，因为父母离婚，也自我封闭得厉害，当时也没有什么朋友。洋子这一点，我挺理解的。"

洋子说道："对，我那会儿就缩在教室的角落里，要么和王可谈恋爱，要么就和黄雅芝聊天。黄雅芝那会儿也是心事重重，无心学习，所以我们两个人才走得很近。"

我对洋子道："那这样吧，洋子，你把你方便问的同学先画出来，然后挨个发消息问一下关于王可的事儿。然后，你再找可能知道黄雅芝的联系方式和下落的人。我觉得，许多答案，咱们都可能从黄雅芝那里获得。"

洋子奇怪地问我道："甄老师，那我同学聚会那天，回答我王可不存在的那几名同学和老师，我们不再问一遍了吗？我其实特想你和玫子姐姐陪我再去问一遍，我就想看看他们说的到底是真话还是假话。"

我听到洋子说这句话，感觉洋子还真是个宝宝，既然人家几个人都那么回答，要么就是他们早就有回答的预案，要么就是几个人本就是一伙的，一人回答，其他帮腔。这样的情况下，不管去问几遍，都是一样的回答，而且我们没有其他人的证言，也没有其他证据，人家怎么说怎么是，都没法反驳，所以再问几遍都没有什么意义。

我并没有对洋子直接说出刚才所想，毕竟洋子这个年纪，历练还是需要自己去体会，特别是人心人性，不经过多次体会，终归还是存在幻想和侥幸心理的。我对洋子微微一笑，说道："既然他们几个都已经回答过了，那就说明他们几人观点一致，咱们现在要找的是和他们观点不一致的人。"

洋子好像听懂了，又好像没听懂，所以最后就是对我嘿嘿一笑，说道："还是甄老师说得有道理。"

章玫对洋子继续问道："对了，洋子，那你后来又是怎么怀疑王可是存在的呢？"

洋子从手机里找出一幅图片，对章玫说道："玫子姐姐，就是这个，我找到了王可向我表白的时候，在我的笔记本上写的'我爱你'三个字，但是我也查过人格分裂的相关知识，就是说如果王可是我幻想出来的人的话，那么我也可能是自己给自己写'我爱你'这三个字，而且这三个字和我的笔迹还会完全不同。但我内心深处更愿意相信这三个字就是当年王可写给我的。"

我和章玫看着图片里那还算工整的三个字，明显是男孩子的字体，刚劲有力。不过这张图片还真算不上证据，所以我们不能单凭这三个字就确定王可存在。

我们三人又继续商量了一阵子，最后确定，无论用什么办法找出真相，基础都是先由洋子去把该问的人都问一遍，我们才能根据这些人回答的态度或者内容，来判断下一步该做什么。

次日，洋子拿着手机过来，对我和章玫说道："甄老师，我要迷了，也许王可真是我幻想出来的人，因为我昨天发过消息的23名同学，回复了18名，都回复我没印象有个叫王可的人，其余5名同学一直没有回复，我打微信电话也不接。

"而对黄雅芝的下落和联系方式，全班所有同学都没有一个人知道的。"

我和章玟互相看了一眼。章玟对洋子说道："洋子，那你还记得黄雅芝家住在哪里吗？或者你们有没有同学册、通信录什么的？"

洋子一拍脑袋，对我们说道："那我得回趟家找了，要是我妈没把我那个旧箱子扔掉的话，那就还能找得到的。"

| 第二十五章 | 初中闺密

两个小时后，洋子回来了，手里拿着一个本子，本子上还印着少女如花的图片。洋子高兴地对我们说道："甄老师，玫子姐姐，我找到了，我找到我的同学册了，黄雅芝在这本同学册里写过了她当时的住址，但我记得那会儿她是和奶奶一起生活，她奶奶家里没安电话，所以她没给我写她的电话号码。"

洋子把同学册中黄雅芝写的那一页翻了出来，黄雅芝的字迹娟美秀丽，给洋子的祝福就是希望洋子能每天都快快乐乐的。而黄雅芝的地址则是在长安县某个小区。

洋子对我们说道："说起来，我的小学初中还是读的农机厂子弟学校呢，黄雅芝的爸爸还是妈妈来着，我记不太清了，也是农机厂的职工，所以黄雅芝在农机厂子弟学校上学，后来农机厂破产了，黄雅芝爸妈去南方打工，好像是出了什么事儿，都死了。黄雅芝就只好和奶奶相依为命，奶奶没什么文化，也没有退休养老金，所以奶奶为了供黄雅芝读书，就去卖菜，我还记得黄奶奶当初被城管追得满街躲的事儿，黄雅芝看到自己奶奶这么辛苦，其实早就不想读书了，只不过是因为自己太小，而且连初中都没毕业的话，就算是出去打工也没有人要的。所以虽然黄雅芝成绩不错，但她就是想早点赚钱，初中毕业之后，我就听黄雅芝说过，她要和她们楼里在南方做买卖的一个叫红红姐的女人去南方赚大钱。"

洋子断断续续地给我们讲述黄雅芝的下落，我怎么感觉这个黄雅芝可能被那个叫作红红姐的女人拐骗了，要么是被卖到了偏远山区，要么是被骗到南方成了失足女，要真是这样的话，想找到黄雅芝的可能性就太低了，甚至是不可能。

不过我们现在唯一能做的，就是先去黄雅芝在同学册里填的地址碰碰运气，毕竟初中对于洋子来说，也差不多快10年过去了，这10年时间，城市变迁，人口流动，整个世界变得我们自己都快不认识了，要在这样的时代变迁背景下，去寻找一个当年初中毕业就被人骗走见世面赚大钱的小女孩，那简直是大海捞针。

我开上车，由洋子导航指路，直奔黄雅芝当年填写的那个老旧小区。

路程并不远，开车也就20分钟，等我到了之后，心想万幸，还好这个老旧小区，没在日新月异的地铁线或者商业区的开发范围之内，所以小区还存在。

这世上所有的老旧小区似乎都有一个共同的特点，那就是老保安，破围墙，晒太阳的老人家。而我们要想打听消息的话，找这些老人家最为方便，毕竟我们要打听的是10年前的人了。

我们按照黄雅芝所填的地址，找到了具体的房子，我看着房门上贴着的春联和福字并不陈旧，可以判断出这套房子里还有人生活。我们敲了敲门，明显听见了房门内有动静，门镜内有人往外看，但是并没有吭声，也没有开门。我们再次敲了敲门，门内才传来一个女孩的声音："你们是谁啊？找谁啊？"

章玫对门内说道："您好，我们想找一下住在这里的黄雅芝。"

门内的女孩说道："黄雅芝？这里没有这个人住，我们租了这套房子，不知道房东认不认识。"

章玫继续说着好话："小姐姐，黄雅芝对我们特别重要，您要是能问问你的房东她的联系方式什么的，我们会非常感谢你的，我们可以给你发个大红包。"

门从里面打开了，一个十八九岁，看起来很像饭店服务员的姑娘对我们说道："真有红包吗？真有的话我就问问房东。"

章玫点头说道："对，要是问到了，我给你发200元，问不到也给你发50元。"

那姑娘立刻就拿起手机，打起了电话，并且按了免提，好让我们听见："王姐，我是租您房子的小郑，哎，您好，我这边没东西坏，我肯定按时交房租，嗯，您先听我说，是这样，我想问一下，您认不认识一个叫黄雅芝的，有人找她，挺急的。"

房东回复道："黄雅芝？原房主就叫黄雅芝，我从她手上买的这套老房子，有人找她干什么，是要债吗？那你告诉他们，她这套房子早就卖给我了，要债的话甭来这里，和我没关系。"

那姑娘耐着性子继续问道："那王姐，您要是还有那个黄雅芝的联系方式的话，能不能麻烦您发给我一下，我把黄雅芝的联系方式给那几个人，就省得他们堵着您房子找麻烦了。"

房东道："我一会儿就微信发你，你给那几个人，然后你告诉他们，他们要是再敢闹事儿，就报警，让警察抓他们，现在不让暴力追债。"

那姑娘"嗯嗯"道:"您放心,我知道的,谢谢您。嗯嗯,我等您微信。王姐那我先挂了哈。"

姑娘挂断电话,对我们嘻嘻笑道:"看来我今天能赚到这200元了,顶我一天半工钱呢。"

不一会儿,姑娘的微信提醒响了起来,姑娘拿起手机,给我们看:"你看,这是个图片,是房东从房屋买卖合同上拍下来的,肯定是真的,但那个叫黄雅芝的是不是还用这个手机号,我就不确定了。"

章玫拿手机对姑娘说道:"咱俩加个微信,你把图片发给我,我把红包发给你。"

姑娘高兴地和章玫加了微信,不大一会儿,姑娘喜笑颜开地对我们说道:"谢谢叔叔和小姐姐,要是有事儿找我打听,就给我发微信。"

章玫也笑着说道:"妹妹真可爱,那我们先走了,拜拜咯。"

我们从楼里出来,为了保险起见,由洋子出面,用西安话和晒太阳的几位老奶奶打听关于黄雅芝的情况,那几名老奶奶很是热情,把知道的情况都告诉了我们:原来黄雅芝奶奶已经于5年前去世,黄雅芝出去打工,回来继承了这套老房子,不久黄雅芝就把房子卖掉,曾有老街坊问黄雅芝在哪里打工,有没有恋爱,黄雅芝只是答复在广东当厂妹,干的是组装手机的活。

　　我们感慨万幸，毕竟黄雅芝还在人世，而且我们拿到了黄雅芝的联系方式，也就是说只要黄雅芝的联系方式不变，我们就肯定能找到她。其实每当这个时候，我就会不由自主地想起老周来，要是老周在的话，只要有这个人的身份证号或者手机号码，他都有办法把这个人找出来，甚至都能把这个人的住处和经常活动地点找出来，老周这种老刑警找人的能力和人脉网络，我估计我这辈子都做不到了，而且更可悲的是，可能我再也不会遇到老周这样的人了，如果老周没死，哪怕他还在监狱里，我们都可以去找老周想办法，但是老周死了，那么他生前所拥有的一切，也都灰飞烟灭了。

第二十六章 家属二区

　　我从对老周的思念中回过神来，对洋子说道："洋子，你现在按照刚才得到的那个号码，联系一下黄雅芝吧。"

　　章玫一脸坏笑地问我："甄老师，你刚才在想什么啊，连洋子已经给黄雅芝打了电话都不知道？你是在想多多姐姐吗？"

　　我耸耸肩膀，叹了口气，回答道："倒也算和多多有关系，多多只是坐牢，我们还能见到她。我想起的是老周，要是老周还在的话，咱们想找到黄雅芝，根本不需要这么复杂。算了，不说这么伤感的事情了，说也没用，老周都已经故去大半年了。洋子，你刚才联系到黄雅芝了吗？"

　　洋子对我说道："我刚才给黄雅芝打电话，打了好几遍，打通了都没人接，我用这个号码搜索微信好友，发现头像正是黄雅芝，加了黄雅芝的好友。到现在为止，她都没有通过呢，也不知道是怎么回事。"

我看看时间，正是下午4点，这个时间，手机不能接通，倒也有可能是厂妹工作，毕竟流水线上，不允许使用手机。

章玫说道："也许是工作时间不允许使用手机，洋子你也不用太担心，咱们等一等吧。"

洋子说道："那咱们现在做什么呢？"

我对洋子问道："洋子，那你记忆中的王可，有没有住址和电话什么的。毕竟你们两个是男女朋友关系，总会有地方保证找得到彼此的吧。"

洋子摇摇头说道："我们当时毕竟是初中生，而且我记得王可说过，他爸妈管他特别严格，特别是对早恋这种事儿，所以他都不敢和他爸妈说起我来，那时候大人有手机了，但是我们初中生没有的，手机还是个贵物件。不过我和王可都是在一个十字路口的商场门口集合，那个十字路口距离我和王可的家都不太远。"

章玫问道："那洋子，王可给你写过同学册吗？写过的话，同学册上应该有地址吧？"

洋子摇摇头："说来也是奇怪，我翻遍了所有初中的同学册，还真是没有王可的，也是因为这个，我也怀疑过王可是不是真实存在。至于王可说的地址，好像是农机厂第二家属楼，可是我不知道他家长叫什么名字。"

我好奇道："农机厂还有第二家属楼？这个农机厂到底有多大规模，那这里是农机厂的第几家属楼？"

洋子回答道："这是农机厂的老家属楼。农机厂好像有5个家属楼，我听我爸说过，农机厂鼎盛时期，有上万人的规模。"

我笑道："我小时候也是在矿区长大的，当时我们矿区家属楼分为一工房、二工房、三工房、东工房、南工房等好几个工房区，这个工是工人的工。那个时候的国企就如同一个小社会一样，有医院，有子弟学校，有企业内部的商店。"

洋子说道："我初中入学的时候，还是农机厂小学、农机厂中学，我初中毕业的时候，这些学校已经不属于农机厂了，农机厂已经没有了，学校也成了地区学校，后来改名十八中了。我上学时候的同学，家长都是农机厂的职工，我毕业的时候，再来上初中的学弟学妹，就已经是就近划片入学了。"

章玫打断我和洋子的童年回忆说道："甄老师和洋子妹妹都是城里长大的，我则是村里跑大的，不过咱们现在是不是应该去农机厂第二家属院碰碰运气，万一能找到听说过王可的老街坊老邻居，也就不枉此行了。"

我和洋子不约而同地对章玫竖起大拇指："还是玫子（玫子姐姐）考虑周全。"

半个小时后，我们到达了农机厂第二家属楼，当我们看到眼前的情景，不由得有失望也有希望，失望是，农机厂第二家属区正在拆迁，六栋楼已经拆掉了五栋半楼；希望是，还剩下的那办公楼里，居然还有两家钉子户，是农机厂家属楼的老职工。

现场负责拆迁的工人告诉我们，现在不可能强拆，只能等拆迁工作组的人去不断地做工作，但是那两家钉子户老头老太太极其难惹，工作组的人每次都是被骂得狗血淋头地出来，那半栋楼早就已经断水断电，结果没想到两边儿的人，居然买来了柴油发电机，接了工地的自来水管用水。

工地不让穿行，我们又绕着拆迁区走了一大圈，这才绕到残留的那半栋楼后面。我把车停好，走到这半栋楼跟前，才发现楼前已经被挖掘机挖出来了将近两米深两米宽的大坑，看来拆迁房虽然不能强拆，可是也是用尽了办法，想让钉子户知难而退，可是钉子户也很厉害，居然沿着挖开的土坑也挖出了两条斜坡，还扔了几块破旧的大衣柜板，作为临时道路，省得阴天下雨，坑内泥泞无法出行。

我们看着坑底的简易道路，不由得感慨人的智慧是无穷无尽的，这样的生存环境，都能够让人克服，是我不敢想象的。我们沿着人为搭建的小路，走下坑底，又爬到了对面，看着已经少了一半的六层高的老工房，虽然破烂，却依旧结实，裸露出来的钢筋虽然已经锈迹斑斑，但是却比我们平时看到的建筑工地的钢筋粗了一倍不止，不由感慨在大国企时代，工厂自己的建筑队给自己工厂盖的房子的质量还是能有保证的，因为盖房子的人自己也住在这里，而且盖房子的过程本身就是被全体工人监督的。

我们走到剩下的单元门口，闻到了一股晚饭的味道，这种老工房是不通天然气的，楼里的钉子户总不能把煤气罐扛了上去吧。

我们的身影刚出现在窗户口，就看到一个老头从窗户探头出来，对我们吼道："我告诉你们，不给我们分三套房，我们就是不走，你们谁来都没用。对了，另外还得给我们每家200万元补偿。"

照例还是洋子出面："大爷，我们不是来催您拆迁的，我们是来打听人的。"

老头蒙了一下，对我们的语气和缓起来："打听人？怎么跑这儿来打听人了？这里都快拆完了，就剩下我们两家四个老的了。你们要打听谁？"

洋子说道："大爷，您知不知道，有个叫王可的，现在和我差不多大，10年前十四五岁，好像是住4号楼的。"

老头挠了挠自己满是白发的脑袋，仔细回忆了下，对我们说道："还是个小孩，当年的小孩，那我可真不知道，我那会儿哪注意到孩子们的姓名啊，不过我可以问问我老婆子，毕竟孩子们叫什么，娘儿们通常知道。老婆子，出来一下。"

一阵脚步声过后，一个瘦小枯干的老太太也走到了窗口，对老头子唠叨道："我刚歇一会儿，就让你看着锅，你都得把我喊起来，真是不心疼人，一辈子过去了，也没学会心疼人。"

老头嘿嘿笑道："不是做饭的事儿，是来了仨后生，和我打听咱们院儿里，是不是当年有个半大小子叫王可，我哪知道那些崽子的名字，这不是问你来了。"

第二十七章 意外发现

老太太这才"哦"了一声，随后说道："叫王可的？这么多年过去，这里的人都搬走了，这一时半会儿哪里想得起来。"

老头说道："刚才那姑娘说，好像是住在4号楼的。"

老太太在屋子里转了个圈，对我们说道："4号楼姓王的，好像是有一家，那家有个儿子，不过他儿子叫什么，我就不知道了，我只知道4号楼那姓王的，是我们农机厂的会计来着，农机厂破产之后，他们全家就都不在这儿住了，听人说，全家都去南方了。"

"王会计"这个名字我听着怎么这么熟悉，但一时之间就是想不起来，章玫接过话题追问道："奶奶，您确定整个4号楼只有一家姓王吗？毕竟姓王的那么多。"

老太太露出不耐烦的语气说道："我当然确定，整个院里就没有我不认识的人，因为我原来负责这个院里抄水表的，哪家哪户我都认识，而且那时候整个家属院里住的人，都是我们农机厂的，那时候也不兴出租，是谁住就是谁住，要是我不确定，那就不可能有人确定了。"

章玫笑嘻嘻地对老太太说道："那太好了，谢谢您，奶奶。"

我们从老头老太太这里得到了一个王会计的线索之后，转身离开，离开的路上遇到了拆迁工作人员站在深坑对面用个大喇叭喊话："刘师傅，赵师傅，现在因为你们两家没有拆迁，6号楼的其他住户没法拿到拆迁款，没法搬到回迁房，所以请你们两家不要只顾自己，还要考虑大家。"

我们走上车，想想自己都没问刚才和我们打听消息的老头姓什么，章玫对我说道："甄老师，我刚才联系了商业局家属楼的黄阿姨，从她那儿得知王会计有个儿子，但是叫什么名字，她并不十分清楚，不过她可以帮咱们打听打听，看看原来农机厂的老姐妹，有没有知道的。"

我心说怎么我听到这个"王会计"的名字感觉这么熟悉呢，原来是在商业局家属楼遇到的那两个提供消息的老太太那里知道的。

我对章玫和洋子说道："咱们有没有必要再去见那个

黄阿姨一面呢？"

洋子说道："咱们还是去见见吧，我对这个黄阿姨感觉很亲切，也许是因为她曾经和我爸是老同事的关系。"

章玫也赞同道："咱们还是去见一见，我总觉得当面沟通的时候，比电话微信沟通要强许多。当面交流，可能不少事儿就想起来了。"

我对章玫和洋子笑笑说道："既然咱们三个人中两个人都决定去找那个黄阿姨面谈，那么我就少数服从多数，现在就开车过去，既然咱们横竖都跑一趟，那还不如连丁老太太也一并拜访一下呢！"

章玫对我笑道："甄老师什么时候这么民主了，原来不都是甄老师指哪儿我们打哪儿吗？怎么这几回都是问我们打算怎么办呢？"

我呵呵一笑，说道："其实我感觉最近状态不是很好，对查案提不起太大兴趣，可是这世间总有那许多事也许需要我们去处理，那么总得有人能顶上啊，老甄故事铺的招牌还是得打下去的。"

章玫奇怪道："甄老师，你可不要这样，你那好几万的粉丝都还等着你去直播查案经过呢。"

章玫沉默了一阵，对我说道："甄老师，我知道你为什么有这样的情绪了，因为周叔叔和多多姐是不是？"

我没有正面回答，而是继续案情说道："咱们还是把两个老太太都见一遍比较好。"

章玫也没有继续我刚才的颓废情绪，也是就案情说道："甄老师，那两个阿姨给咱们提供的信息可以互相比对，这样更方便咱们找出事情的真相来。"

我点头赞同道："多人证言肯定要比单人孤证更可靠，既然咱们要去把两个老太太都见一见，那么就分开去谈，这样的话，避免两个人在回忆过程中互相影响，到时候没法判断两个人说的话到底哪个更精确。"

章玫说道："如果要公开交流的话，我就先不联系丁阿姨，等咱们和黄阿姨聊完，我再联系丁阿姨，免得她们两个有别的什么想法。"

洋子刚才听我和章玫对话，本来没有吭声，一直等我们继续讨论案情，才开口说道："甄老师，你是不是这两天查案子感觉累了，要不今天咱们问完两个阿姨之后，我带你和玫子姐姐去泡个温泉，然后按个摩，放松一下，我请客！"

我从汽车后视镜里看到章玫亲昵地揉了揉洋子的头发，嬉笑道："洋子妹妹，温泉必须安排上，但是甄老师请客，你不知道，甄老师在直播间里多能赚钱。"

洋子说道："我也挺不好意思的，这么多天甄老师和玫子姐姐为了我的事情跑来跑去的，而且我知道我那点钱根本就不够用的。"

章玫笑嘻嘻地说道："洋子妹妹不用多想，你可是老甄故事铺开张以来，第一个幸运粉丝呢。咱们先不用讨论这些事情了，先去查案子吧，也许今天就可以解开王可到底是不是真正存在过的谜团呢。"

洋子点点头道："也是，说起来，要是真能揭开谜底，我都有点激动呢。毕竟王可这个人在我的记忆里太深了，我青春期时候所有的美好记忆都是来自他。"

说话间，我们已经到了商业局家属楼，章玫已经提前联系好黄老太太，黄老太太要我们直接去她家。我们三人在小区门口的超市买了点水果，拎着就去了黄老太太家里，黄老太太听到我们按单元门铃声，就已经打开了家门迎接我们，看到我们手里还拎着水果，就很高兴地对我们说道："你说你们能有事儿想起老婆子来，老婆子就很高兴了，还拿什么东西呢？"

章玫寒暄道："黄阿姨，您客气啦，我们又得麻烦您，给您带点水果是应该的，不过您放心，红包还是会有的，哈哈。"

黄老太太听到"红包"这两个字，有些不好意思，对章玫说道："你们真是太客气啦，上次要你们的红包，最主要是咱们第一次认识，还不熟悉。现在咱们认识了，也可以说算是朋友了，我怎么能要你的红包呢。"

我对50后、60后的客气寒暄一点兴趣都没有，没想到身为90后的章玫居然对整套客气流程也十分精通，同样是90后的洋子就做不到，只是在一旁尴尬地拎着水果，似乎连放在什么地方都不知道。

第二十八章 | 再访老太

    章玫和黄老太太终于寒暄结束，那袋水果也放在了餐桌上，我们分宾主落座，黄老太太对我们直接说道："说起那个王会计来，我记忆不多，但是印象很深，除了他在老吴门口下跪那件事之外，我原来还在农机厂的时候，就听说过王会计和厂长吵过架，吵架的原因好像是厂长想把自己招待的一些费用做成厂子的费用报销，但是王会计不干，搞得厂长很尴尬，厂长早就想把王会计换掉，要不是老书记保着王会计，估计他早就被调到车间去了。

    "我那会儿因为什么想方设法调到商业局来着，我想起来了，是因为农机厂效益越来越差，最长的时候，有半年发不出工资来，所以那会儿厂子里有点儿关系，有点能耐的人都纷纷调走或者下海去了，剩下的人，要么就是本来就快退休的，要么就是实在没有出路也没什么手艺的，反正靠着国企，横竖都得有人管饭吃。

"我调走之后，没两年，老书记就退休了。老书记退休之后，企业管理体制改革，厂长兼书记了，在农机厂里，更是无人敢惹的一把手，他说东，没人敢说西，我听人说，厂长好像是当时的吕副市长的远房亲戚，后台硬，背景强，所以没人管得了。

"但是王会计在这种情况下，都和厂长顶着干，而且据说，王会计一直在给局里、市里写举报信，说厂长贪污公款，挪用公款，那事儿闹得挺大，厂长本来想让王会计下岗，但是好像王会计手里有本账，要是厂长让他下岗了，他就把账交给纪委，所以最后厂长也没敢怎么样。"

我问道："当年那个厂长叫什么名字？后来怎么样了？"

黄老太太给我们倒了茶水，揉着太阳穴，继续讲述道："当年那个厂长，好像叫金什么中，对，我想起来了，叫金敬中，王会计叫王志国。金厂长后来，那可厉害了，好像是这样，农机厂破产改制，改成股份制，随后金厂长通过关系从银行里贷了一大笔款，把农机厂的大部分股份都买走了，那农机厂就成了金厂长自己的。又过了几年，农机厂被一个要造汽车的上市公司收购了，金厂长拿了好多钱，从那之后，金厂长就在市里开了个金太阳大酒店，听说当年市里有头有脸的人都是酒店里的常客，那酒店里什么服务都有，真正是有钱人的天堂，一边的片儿警想去扫黄，都能被保安顶出来，随后扫黄的片儿警就会被自己的上级调走。党的十八大之后，听说没这么豪横了，但是人家的日子过得也不错，肯定是咱们老百姓比不了的。"

章玫问道："黄阿姨，那王会计呢，后来怎么样了？还有，他儿子是不是叫王可呢？"

黄老太太说道："他儿子叫什么，我可真不知道，王会计人很闷，但是很正直，从他手里接过的账，没有一笔是有错的，所以他在厂子里没什么朋友，也不和大家聊天活动，所以他家的情况，知道的人太少了。

"王会计在厂子破产改造那年，听说是去深圳打工了。我还听人说，王会计到了深圳，一个月就给5000元，那可是2005年，我们下岗的职工，一个月生活费才480元，我们都替王会计感到高兴，有好些人还羡慕王会计有本事，不然的话怎么能赚那么多钱呢？"

洋子突然问道："黄阿姨，王会计去深圳打工这件事儿，是从谁那儿最初传出来的，您知道吗？"

黄老太太仔细地回忆了一番，对我们说道："哎哟，这可真想不起来了，就是突然间传出来的。王会计去了深圳，好像连他们家那套老家属楼拆迁，都没回来签字，后来是蒋为民副厂长出面给签的字，说是王会计去深圳前，把厂子分的那个房子私下转给他了，但是他也联系不上王会计，所以他拿着合同给拆迁的人看了看，拆迁的人让他写了个一切责任由他承担的保证书之后，就把王会计那套房子的拆迁款给了他。就这样，王会计的房子被拆了，大家也没见过王会计。而且王会计去深圳的时候，也还没用手机，所以就此断了联系，这之后，还真是谁也没有再见过王会计了，包括王会计的老婆孩子。"

我好奇地问道："王会计在西安的父母亲人呢，总不能连这些人也遇不到？要想找到一个人，从他的亲戚入手，总是会有线索的。"

黄老太太对我们说道："说起来，这个王会计是苦命人，他十七八岁的时候，老家闹水灾，然后父母都死了，村里觉得这小伙子可怜，就在部队招兵的时候，推荐他入伍当兵了，他转业之后到的农机厂，在农机厂一干就是20多年，他能当会计，也是老书记特别赏识他，送他去参加的会计培训班，然后才把他从车间工人提拔成会计的。"

章玫说道："那他的老婆呢？应该也是你们厂子的吧。"

黄老太太说道："他老婆，好像是20世纪80年代从陕北过来的，一直在厂食堂当临时工，踏实能干，干净利落，就是和王会计一样，也是个不爱说话的，每天干完活就走。王会计老婆的家里人，好像在榆中山里的一个村里，具体情况我们就更不知道了。"

洋子说道："黄阿姨，您再仔细想想，王会计的儿子，您是不是知道一点点。"

黄老太太喝了口水，又在客厅里转了一圈，这才对我们说道："我想来想去，好像就想起来，那孩子也是1994年的或者1995年的，王会计他们全家去深圳的时候，那孩子上初中，而且是在农机厂子弟中学念的书，因为我女儿也是在那儿念书的。至于其他的，我可真是想不起来了。"

我和章玫互相看了看，确认在黄老太太这里，问不出太多的情况来了，决定起身告辞，好去找丁老太太再问一遍。黄老太太见我们起身，也不再留我们，很是高兴地把我们送到门口，我们在楼道里等电梯的时候，黄老太太突然对我们说道："你们可以再去问问老丁，因为老丁调到商业局之前，在农机厂工会干过，当年工会会组织活动，要是王会计参加过活动什么的，没准老丁知道得会更详细一些。"

10分钟后，我们又拎着新买来的另外一袋水果，走到了丁老太太的门口。丁老太太对门正是胖婶的老姐妹吴雪，我们上次来找吴雪问崔丽霞事情的时候，吴雪还给我们翻看了不少的老照片，没想到我们这次出现在这里的时候，吴雪的房门上已经贴上了警方的封条，昭示着这里曾经发生过凶杀案。

　　丁老太太的房门上，也悬挂上了刻着符咒的八卦镜。我们按响了丁老太太家的门铃，几秒之后，丁老太太给我们打开了门，对我们感慨说道："这老吴出了事情之后，我每次开门，都得赶紧关上，虽然我不太信鬼神，但是这事儿出在对门儿，我还是觉得对门甚至楼道里都阴森森的。你们年轻，还不怕这个，我这上了岁数的，感觉可明显了。你们来就来，还带什么东西啊，真是太客气了。"

第二十九章 | 见过王可

照例由章玫寒暄之后，我们再一次直奔主题，对丁老太太问起了王会计的事情。

丁老太太对我们说道："王会计那个人，特别正直，但是为人不怎么爱说话，在那么大个厂子里，和他熟悉的人没有几个，要说唯一熟悉点儿的，可能就是我了。因为我当年在工会干过，工会发放慰问品，还有工会报账，都是我和王会计打交道，但就算是这样，我和王会计说过的话，加起来，可能也超不过100句。

"你们说王会计是不是有个儿子，我记得是的，但是你说王会计的儿子叫什么名字，我可真是一点都想不起来了。毕竟整个厂子那么多人，孩子也很多，我肯定记不住所有人的名字的。"

　　我们再次问了问丁老太太关于王会计去深圳打工的消息最初是从谁那传儿出来的，丁老太太说道："王会计好像是全家就突然间不见了，就在厂子破产改制的时候。至于最早是谁传出来的，王会计去深圳打工的事儿好像是蒋副厂长说出来的，蒋副厂长说，王会计和他办理了买断工龄手续之后，自己说得去深圳打工，说王会计的一个战友在深圳开公司，正需要人，他就过去了。"

　　洋子对丁老太太焦急地说道："丁阿姨，您仔细想想，您印象里到底有没有王会计的儿子的信息，或者您有没有见过这个男孩儿。这对我很重要。"

　　丁老太太好奇地问道："你不是高国栋的小女儿，怎么除了对崔丽霞的事情想知道外，对王会计的儿子也这么有兴趣呢？"

　　洋子对丁老太太回答道："丁阿姨，我对王会计的儿子感兴趣，是因为我们打听到，王会计的儿子可能是我的初中同学，也是我的初恋男友。"

　　丁老太太好奇道："那就奇怪了，既然王会计的儿子是你的初中同学，还是初恋男友，那么你们俩之间应该很熟悉才对，自己就会有联系方式的，怎么你还要打听他呢？"

　　洋子看了看我们，又看了看丁老太太，深吸了口气，才说道："丁阿姨，这件事说起来容易，但是理解起来难。您还是先帮我仔细想想，您印象中到底有没有这么个男孩子吧。求求您了！"

丁老太太见洋子吞吞吐吐，越发感觉奇怪，追问道："既然说起来容易，那你先说说，没准你说了什么，就能让我想起点什么来呢。至于理解不理解，虽然我这个老太婆不一定马上想明白，但是我也没那么落伍，多听听还是就能明白的。但是现在，你们就让我使劲地想，那个王会计的儿子到底怎么样了，一时半刻之间，我是真的想不起来。"

我知道女人的八卦心起来，那在这个八卦弄清之前，是什么事儿都做不下去的，而且这个心思起来了，纵是十万金刚也压不住的，什么事儿都得往后放，现在丁老太太对洋子的事情好奇起来，如果不给她讲清楚的话，丁老太太的思维就如同进度条卡住的程序一样，这个是说什么都没法往前进的。

章玫也看出来丁老太太对洋子的事情的八卦心理，是说什么都没法不满足了，于是开口说道："丁阿姨，洋子的事情的确有些匪夷所思，我们也正是为了帮洋子把事情搞清楚，才会找到遇害的吴雪阿姨，还有您，还有黄阿姨的。"

章玫这句话，更加把丁老太太的好奇心勾了起来，丁老太太对洋子说道："洋子啊，你还是先告诉阿姨，到底发生了什么事情吧，也说不准老吴就是因为这个出的事情，要是真有什么事情，也得让我这个老太婆有所防备才好啊。"

洋子见我和章玫示意她告诉丁老太太，这才下定决心对丁老太太说道："丁阿姨，我原来找您问起我爸爸前妻崔丽霞是不是和我爸爸有个儿子的事情，因为是这样，在我的记忆里，我是有一个同父异母的哥哥的，叫作高广，但奇怪的是，我爸爸、妈妈，甚至我奶奶，却都告诉我，我爸爸只有我这么一个女儿，根本没有一个什么同父异母的哥哥，这件事让我对我自己的记忆产生了怀疑，但是刚一开始的时候，我还以为真的是我的记忆出了问题。可是后来，我在一次初中同学聚会的时候，和我的同学们聊起我的初中同学、初恋男友王可，我的同学们也告诉我，我们班里并没有这么一个男生，这让我再一次对自己的记忆产生了怀疑，可是在我的记忆中，我真真切切地记得，王可是在我八年级的时候，陪着我去我奶奶家问我的同父异母哥哥高广的事情来着，结果我的同学却说根本没有王可这个人。这个时候，我甚至都认为我的脑子出了问题，所以我就想把这所有的事情都搞清楚，高广和王可这两个人到底存在不存在。"

丁老太太听到这里，打断洋子问道："那这真是奇怪了，怎么可能一个活生生的人，被另一群人说不存在呢。唉，对了，那你前段时间和我们打听崔丽霞的事情，后来查明白了没有，崔丽霞是不是有个儿子，而且还是你的同父异母哥哥，叫高广的？"

洋子点点头，对丁老太太说道："高广是真实存在的，我们想了点办法，从崔丽霞那里确认了。所以，在高广这件事上，我爸、我妈、我奶奶一起骗了我。如果高广是真实存在的话，就应该证明我的记忆是没有问题的，那么王可呢，是不是也是真实存在的呢？我们费了好大力气，才查到王可可能是王会计的儿子，但是我们问到的人里，谁也不知道王会计的儿子叫什么名字，我们想起来，上次和您还有黄阿姨聊天的时候，你们说起过王会计这个人，所以才来找您问这件事情。"

丁老太太更加奇怪地问道："那为什么你爸爸妈妈要欺骗你高广不存在呢？那高广这么多年又哪里去了？一个活生生的人，怎么可能就凭空消失呢？"

我对丁老太太解释道："丁阿姨，是这样，经过我们的调查，可以确认，高广应该在10年前已经死了，但是具体的死亡原因还不知道。"

丁老太太动容道："10年前就死了？死了就死了，洋子爸爸妈妈直接告诉洋子高广已经死了不就好了，干吗还神秘兮兮地说不存在这个人呢。这真是太奇怪了。"

洋子说道："至于我爸妈为什么不告诉我高广已经死了，而是神神秘秘地和我说高广不存在，我也想不明白。只能等以后再去问了，但能确认高广是存在的，对我来说就已经很不错了，解开了我很多心结。所以，丁阿姨，现在我们要是能确定王可是不是存在的话，那我的另一大半心结就可以解开了。所以还是拜托您，一定要努力地想想，会不会有什么线索，这个线索对我太重要了。"

　　丁老太太的思绪这才从搞清楚洋子的八卦中转移回来，使劲地想了想，对我们无可奈何地说道："王会计的儿子叫什么名字，我还真是不知道。但是我总觉得，我应该见过他儿子，就是想不起来，在哪儿见过。"

|第三十章| 关键照片

    洋子听到丁老太太说起在哪儿见过王会计的儿子，激动起来，坐到丁老太太身旁，拉着丁老太太的胳膊摇晃道："丁阿姨，您一定要帮帮忙，帮我仔细想想，虽然您不知道王会计儿子的名字叫什么，但是您可以把王会计儿子的样子告诉我，我看看和我记忆中的是不是一样的。这样我也能确定啊。"

    洋子刚说完这句话，丁老太太猛地拍了一下自己的脑门，哎呀一声，说道："我想起来了，我想起来了，我是在什么地方见过王会计的儿子了。你们等我一下，我去找。"

    丁老太太起身，去了自己的卧房，我们在客厅里等着，洋子已经急得站起来搓手了，就等着丁老太太，看看能找出来什么线索。

一阵翻箱倒柜的声音结束之后，丁老太太拿着一个满是灰尘的相册走了出来。

丁老太太把相册摊在茶几上，翻到后面几张，指着其中一张很大的合影，对我们说道："你看，我想起在哪儿见到过王会计的儿子了。这是我们2002年去华山爬山的合影，是工会的活动，王会计破天荒地带着老婆儿子参加了活动，虽然在这次工会活动中，王会计一家只是跟着队伍爬个山，也不怎么和一起去的同事聊天，但是一起和大家合影了。"

丁老太太指着合影中的一个中年男人对我们说道："你们看，这就是王会计。他旁边的那个小男孩就是他儿子，他儿子旁边是他老婆。"

王会计戴着一个厚厚的眼镜，面色阴郁，国字脸，中等个子，穿着很老式的白衬衫和黑裤子。王会计老婆的穿着打扮也很朴素，妥妥的一个劳动妇女的形象。王会计的儿子也是绷着小脸儿，没什么笑意，而且被光线晃得眼睛都睁不开。

洋子则盯着照片，很是愣怔了一会儿后，突然流下泪来，对我们说道："这就是王可，我记得，王可那时候就是这个样子，而且王可的脖子上有道疤，王可说是小时候，他妈妈在家炸油条的时候，把他放在一边，不小心用热油给烫伤的。你看这张照片上的王可，脖子上的疤痕很是明显。"

丁老太太把照片从相册里抽出来，戴上老花镜仔细地看去，对我们说道："还真是，这小男孩的脖子上有一道疤，还是很明显的疤，你们都看看，应该不是我眼花看错。"

　　章玫先把照片接过去，看了几眼后递给了我，对我说道："甄老师，你看看，的确在这个小男孩的脖子上，有个很明显的疤痕，这种疤痕大概率是属于同一个人的。"

　　洋子说道："丁阿姨，太感谢您了，您这张照片让我的另一半心也放下去了。"

　　丁老太太听到这个答案，对洋子说道："洋子，如果说王可也是存在的，那么你的同学为什么要骗你说不存在呢，这其中我老觉得有事儿，你把你的同学怎么说的，给我好好讲一下。"

　　洋子也不再犹豫，详详细细地把自己在同学会上的情形给丁老太太也讲述了一遍。

　　丁老太太听完之后，想了一会儿，对洋子说道："我怎么都觉得这件事儿背后有什么事儿，但是一时半会儿却想不明白问题在哪里。因为一个人是不可能凭空消失的，可是为什么周围的人要把他说成不存在呢？这种违反常识的事情，肯定是有问题的，但是问题出在哪儿呢？"

　　章玫看看手机，已经晚上9点，对我比画了一个告辞离开的手势，见我悄悄地点了点头，立刻对丁老太太说道：

"丁阿姨，您看今天也不早了，我们就不打扰您休息了，您要是想出什么地方不对劲，回头和我微信联系，您看怎么样？"

丁老太太看看时间，对我们说道："还真是，这一聊都9点了。那这样吧，洋子，咱们娘儿俩也加个微信，你回头把对你说王可不存在的同学和老师的名字用微信发给我，我再仔细想想，我要是想到什么，就再联系你们。"

我们告辞出来，在去停车场的路上，我对章玫和洋子说道："有一点，我也觉得奇怪，那就是丁老太太和黄老太太都没有老头呢？家中只有她们自己？看她们的年龄，也就六十四五岁，她们的丈夫都过世了吗？"

章玫对我哈哈笑道："甄老师，没想到你观察入微，居然都观察到丁阿姨和黄阿姨家中只有一个孤老婆子，但是据我观察，应该是我们来找她们的今天，她们的丈夫都在旅游的路上。因为我在她们两家的客厅里发现了同样的老年旅游宣传单。"

洋子说道："甄老师，玫子姐姐，既然我已经能确认王可是存在的，那咱们可以去泡温泉按摩了。至于黄阿姨和丁阿姨是不是有老伴儿，那就不用想啦。你们可能体会不到，我刚才看到照片的时候，感觉自己心里一阵轻松。所以咱们去放松一下吧。从我想查明白事情来说，现在已经查明啦。"

半个小时之后，我们到了温泉度假酒店，分别在男宾部女宾部换好了泳衣披着浴袍出来，在温泉池子里泡温泉，这时身体舒畅，疲惫一扫而空。

我闭上眼睛，放松了一下，这才看到章玫和洋子穿着很是性感的两截泳衣，章玫的腰肢纤细，两腿修长，真个是亭亭玉立，美女入浴。泳衣根本就挡不住洋子姣好的身材，好在我们泡温泉的时间，并没有什么人，不然的话，还不知道得有多少登徒浪子，看着两个姑娘，得跑过来要联系方式了。

想让一个男人一下子恢复精力，重塑对整个世界的兴趣的事物，莫过于美女这样美好的事物了。

女孩子对男人的眼光有着天然的敏感，章玫和洋子应该也都感受到我的眼光在她们的身上扫了一遍。两个女孩子都不好意思地低了低头，手本能地捂了捂胸口，但是很快就互相撩水打闹去了。

两个女孩子总算在戏水中发泄完了这段时间的查案压力，也躺在浴池里，任身体舒展。

我们在温泉里泡了两个小时，已经凌晨两点，我本来以为我会困得睁不开眼，但是结果反而不困了。我们到了按摩房，章玫对我坏笑道："甄老师，要不你自己一个房间按摩，我和洋子去另外的房间休息，不然的话，这里按摩的小姐姐不方便对你推销其他服务的。"

我看着章玫坏笑的俏脸，说道："为了避免来给我按摩的小姐姐对我推销其他服务，你们两个还是和我这个老男人在一个房间里，一起按摩好了，哪里都不许去。"

| 第三十一章 | 温泉按摩

　　不到5分钟，包间响起敲门声：　"先生您好，我是29号技师，我现在方便进来吗？"

　　进来的是一个在昏暗的灯光下看起来二十八九岁的姑娘，问我是选泰式还是港式按摩。

　　我对姑娘说道：　"什么按摩都可以，主要是我最近感觉身体疲惫，你让我放松一下就可以。"

　　姑娘对我笑道：　"先生看来真是只想按摩，其实我们这里只要加个钟就可以有服务的，肯定能够让先生放松，先生需要吗？"

　　我摇摇头，坚定地拒绝道：　"那个不需要，你只是给我按两下就可以了。"姑娘没再坚持推销，而是真的让我先趴在按摩床上，给我认真地按了起来，不得不说，这姑娘虽然也老想推销服务，但按摩也是真的会按摩，按的那两下子，还是让我很舒服的。只是过了没5分钟，姑娘就开始絮絮叨叨地和我聊天："先生，你看我赚钱也不容易，这么晚了，你让我赚个加钟的钱，好不好吗？你们这些大老板，都是赚钱容易，而且都很有钱的，也不在乎这三百两百的。"

我本来闭着眼睛，自我分析自己为什么状态这么差，应该是因为老周死去，多多坐牢，让我感慨人生无常、世事难料。不过还好章玫始终陪伴着我，帮我打理工作，照顾我的生活，甚至连我女儿的学习都管了起来。我也能感觉到章玫对我的情义，但是不知道为什么，我就是对章玫迈不出那一步。

这按摩的姑娘不管是生活所迫，还是好逸恶劳，在按摩房对我反复推销，虽然惹得我比较厌烦，倒是也可以转移我的思绪。

我对按摩的姑娘说道："姑娘，给你加个钟可以，但是服务我就不需要了，你要是觉得按摩辛苦，可以坐下来，给我讲讲你的故事。"

按摩姑娘蒙了一下，盯着我的脸，确认我不是开玩笑，而是认真的，眼神中虚伪的卖笑逐渐消退了下去，取而代之的是一种受到了尊重的暖意："先生，你真是个好人，你这样，我反而不好意思加钟，来赚你的钱了。"

我对按摩姑娘笑道："正如你所说，这三百两百，我也不会在乎，那我就用这三百两百买你的故事好了。"

按摩姑娘不好意思地对我说道："先生，我的故事说起来没什么，也很俗套，就是一言难尽，想起来都是苦楚。不过，既然先生想听我讲，那我就认真地赚先生这258元吧，我先去通知前台加个钟。"

按摩姑娘打了加钟电话之后，眼光扫过我放在床头柜上的香烟，对我问道："先生，我可以抽一支你的烟吗？我一想起那些事来，就想抽烟。"

我把香烟拿起来，掏出一根，递给按摩姑娘；又掏出一根，叼在自己嘴上，按摩姑娘拿起打火机，先给我点上，之后又给自己的烟点着。

按摩姑娘深深地吸了一口，然后吐了出来，才再次开口说道："先生，我小学六年级的时候，爸妈出车祸去世了，我和奶奶相依为命，本来我的学习成绩还是不错的，但是家遭大变，我奶奶一把年纪，还要去卖菜和捡破烂来供我念书，我每次读书的时候，眼前都会浮现奶奶佝偻着腰，低头俯身在地上捡饮料瓶的样子，从那之后，我就再也学习不下去了，这样我的成绩，自然就一落千丈。不过老天爷对我还好，虽然我成绩不好，但是我相貌漂亮，拥有女人天生的资本。但是我当时年纪太小，也很容易被人骗，就在我想着怎么早点赚钱，能够少让我奶奶少受点累少受点苦的时候，我一个在南方打工的邻居姐姐，找我攀谈起来，总是对我说，等我初中毕业，就带我去南方打工，南方的工资是西安的好几倍，我打工赚钱的话，就能让我奶奶过上好日子了。

"我15岁初中毕业，背着我奶奶，跟着那个邻居姐姐，踏上了去南方的火车，我满以为，只要我肯吃苦，肯干活，就能很快赚到自己的第一份工资，然后我留下吃饭的钱之后，就全给我奶奶汇过去，让我奶奶不用一把年纪还要干活挣钱。

"可是等我到了深圳之后，那个邻居姐姐带我去的却不是工厂，因为她告诉我，工厂的厂妹一个月也就赚2000元，还三班倒累死累活，并且我才15岁，没有工厂敢用我的。所以最后，她把我带去了夜总会，并且把我介绍给了一个40岁的老男人，那年我15岁，我第一次就卖了5000元，我从来没见过那么多钱。虽然第一次糊里糊涂的，也很疼，但是我看着那5000元，也就把心中的恶心和愤怒暂时忘记了，直到后来，我知道我的邻居姐姐收了那老板8000元的红包，我才明白过来，我是被那个姐姐给卖了。

"从那之后，我就在夜总会上班，每天过着晨昏颠倒的生活，中午12点以后起床，下午两三点吃饭，五六点上班，陪着客人吃吃喝喝，有人要我出台，我挑着顺眼的，也跟着出台，好处是，钱真是拿得快；坏处是，没过多久，我就第一次被抓了，我之前积攒的几万元，全交了罚款。等我出来之后，我原来上班的夜总会老板也被抓了，罩着他的官员也被抓了，我也失业了。

"那一年我刚好18岁，刚成年，我还想着我不能再这样堕落下去，应该去找个正经工作，结果我发现，在招工市场，我的初中学历，只能找到组装手机或者电脑这样的流水线工作，我过了3年只要赔笑陪吃陪睡就能赚到大把钱的日子，让我去过每个月工作28天才拿几千元的生活，我发现我根本就过不下去。"

| 第三十二章 | 技师经历

　　"于是我很快辞了工作，想想自己还算漂亮，还有点存款，要是学点电脑什么的，没准能去当个前台或者文员，于是我上了半年的速成班，学习了基本办公软件的使用，去应聘文员，结果我居然应聘成功了。我应聘去一家新开的软件公司做前台，每天看着憨憨的码农，就觉得好笑。但是很快，我就发现我笑不出来了，因为我的工资每个月只有4000元，房租付完，吃饭都成问题。没有办法，我决定晚上去兼职，不过我这次决定，我只兼职素场，就是只坐台，不出台。为了避免被我的同事们碰到，我还专门去了一个隐蔽的KTV兼职，当然在这个KTV里，被人动手动脚吃豆腐是难免的，就这样，我白天做义员，晚上做兼职，每个月能有一万多元收入，我的生活能勉强过得去了。

"3个月后，我在前台接待的时候，被公司新来的经理看上，调我去做他的秘书。我在夜总会和KTV上班的时候，见过不少这样的老板或者经理，他们也有人对我提过，要包养我，或者要我去他们的公司上班，职位就是秘书。而且我见过的男人太多了，所以当那个经理的眼神在我身上扫了三遍之后，我就知道他打的什么算盘了。但是想着，有一个人肯包养我，总比我在KTV被那么多人上下其手要好得多，所以我就答应了那个经理，果然很快，我的职位变成女秘书之后的第二个星期，那个经理就开始带我出去喝酒吃饭，与他的客户应酬，我还很担心，他的客户里以前有我的客人。结果还好，我都没遇到，我故意在他的朋友和客户面前表现出什么都不懂，很纯真、很呆萌的样子，更惹得我的经理对我格外喜爱，导致后来，他居然像模像样地来追求我，我也知道，他的年纪，肯定早就结婚生子了。他对我的追求，也不过是老男人在小姑娘面前找到了青春的感觉，我也知道怎么讨他的欢心。而且那个时候，我也没认真谈过恋爱，我从15岁就开始进入那个行当，也从来没有遇到过认真追求我的男人。当那个经理半真半假地追求我的时候，我也是动心了的。就这样，在他追了我两个月之后，我答应了他，这之后，我过了一年多的白天当秘书，晚上当情人的日子，那个经理每次晚上出来和我偷情的时候，我都感觉好笑。对这个出钱养我的男人，也多少有些心疼，我有时候也会煮点面给他吃。

"好景不长，我们的事在一年半之后，被经理老婆发现了，我也知道，经理能当上经理，是因为经理老婆的爸爸是这家软件公司的大客户，最后我被经理老婆带人打了一顿之后赶了出去。

"我丢了工作，丢了经理给我租的房子，好在我把经理给我的钱大部分都存了起来，因为我经历过自己的钱一下子就没了的感觉，所以我一直能攒点儿钱，这样不至于被赶出来之后，只能流落街头。

"我找了新的住处，对那个经理还有点留恋，所以我白天联系了那个经理，但没想到的是，我的号码被拉黑了。我换了个新号码打过去，没想到那狗男人居然让我不要再骚扰他，从那一刻起，我再也不相信男人，不相信感情了。不过我后来才知道，之所以那个经理对我态度那么凶，是因为他老婆找人查了我的底细，把我当过小姐的事情告诉了那个经理，从那一刻，我就明白了，我只要在这个泥坑里打过滚，就再也没有男人会真心对我了，他们只是想玩儿我罢了，既然他们想玩儿，那么我赚钱好了，等我赚到足够的钱，就开家小店，自己过日子。于是我连去找一个男人包养我的想法都没有了，我再次去了夜场挣钱，我开始放纵，再也不爱惜自己的身体，终于有一天，医生告诉我，我这辈子都没法怀孕了，短暂的难过之后，我还庆幸自己省事了，不过幸运的是，我没得过脏病。

"又过了两年，我发现我虽然才二十四五岁，但是在夜总会或者KTV，也竞争不过那些十八九岁的小姑娘，我才意识到我的青春饭可能没我想得能吃那么久，所以我开始想着转行，就来学按摩了，毕竟等我年老色衰的时候，还能给人正经按摩赚点钱。不过对我来说，最好的办法，还是多攒点钱，我这么多年混社会，也知道了不少人的赚钱方法，我看来看去，发现最适合自己的事情，就是买两套房子，做房东收房租，这样自己不出来上班，什么都不用做，也能养活自己。深圳的房价太高了，我怎么做都买不起，所以，当前年我奶奶过世之后，我就下定决心回来西安了，我把那套老房子卖掉，用那笔钱首付了新区的两套房子，然后我每个月要多赚钱还月供，所以我才这么拼，不挑客人，谁来都推销自己，只要能让我多赚点钱，我都会很开心，因为我只贷款了10年，我现在已经还了5年，再还5年，我就可以过自己想过的生活了。"

按摩姑娘讲述的过程中，几乎抽光了我一整盒烟，我静静地听着她讲，看着她讲到自己伤心事的时候，眼中流出眼泪。这姑娘讲完之后，对我说道："先生，我还没怎么给你按摩呢，光顾着说自己的那些破事儿了。这些事情，我说出来，感觉自己也一阵轻松。先生，现在还有一个钟的时间，也就是60分钟，你是想我再给你按摩按摩，还是让我让你放松放松呢？我应该还算是漂亮的，难道一点都不吸引先生吗？"

我对这姑娘说道："真不用啊，那你休息一下吧，你吸引得到我，但是我不喜欢这种，我得和一个女人有感情，才能水到渠成地进行下一步。"

按摩姑娘直勾勾地看着我说道："先生，你是不是嫌我脏呢？还是你真是传说中的好男人呢？"

我说道："我说不上是什么好男人，也不是嫌你脏，而是年龄到了，已经对纯粹的欲望没有太大感觉了。对了，姑娘，照你这么说，你就是西安本地人是吗？"

按摩姑娘对我点头道："我听得出来，先生你不是西安人，所以我才敢对你说出我就是本地人的事情来，要是你是本地人，我就冒充是别的地方的人了，不然的话，万一遇到可能认识的人，我也得假装他们认错人了，不然的话，那可真就尴尬了。"

我正在和按摩姑娘聊天，就听到敲门声响起："甄老师，你是不是加钟了啊？现在我们进来方不方便啊？"

原来是章玫和洋子做完按摩了，我对门外喊道："你们进来吧，我很方便。"

章玫的坏笑声从门外传到了门内："甄老师，要不是我收到了崔丽霞的微信，我也不想来打扰你的。"

章玫话音刚落，就拉着洋子走进了房间，对我啧啧说道："甄老师，你绝对想不到，高广是怎么死的？"

洋子却对着按摩姑娘惊讶道："黄雅芝，是你吗？我是洋子啊，你怎么在这里？"

| 第三十三章 | 原来是她

我猛然想起来，这个按摩小姐说起的关于"初中学习不下去""奶奶卖菜捡破烂""和邻居姐姐去南方打工""回来卖房了"的要素和黄雅芝的经历完全匹配，只不过我没有想到这个世界居然这么小，来给我按摩的居然是洋子一直想找的黄雅芝，虽然我不能完全确定这个按摩小姐就是黄雅芝。

果然，这按摩的姑娘开始否认道："小姐，我想你认错人了，我不是什么黄雅芝。"

洋子拿出手机，对按摩的姑娘说道："雅芝，我找你有重要的事情。你不要否认了，我这里有你的电话号码，打过去就知道了。"

洋子话音刚落，已经按下了拨号键，那按摩姑娘的手机虽然静音，但屏幕却亮了起来，并且显示有电话呼入。章玫眼明手快，一把拿起手机，看了看号码，对按摩的姑娘说道："这正是洋子的电话，你还真是洋子一直找的黄雅芝啊。"

黄雅芝见没法否认，颓丧地坐在另一张按摩床上，双手掩着脸，无奈地说道："洋子，我真没想到，咱们姐妹再次相逢，居然是在这个地方，你也知道了我是做什么的。其实我不承认也没什么用了，刚才你们的这位先生，已经花了两个钟的钱，听我把我的经历都讲给他了。"

洋子一把抱住黄雅芝的肩膀，说道："雅芝，你知道吗，我就怕你出事了。现在能遇到你，真是太好了，至于你做什么工作，那有什么关系。咱们好好聊一聊吧，我真的有很重要的事情找你。"

章玫凑到我耳边，悄悄地对我说道："甄老师，其实我一开始就猜测这个黄雅芝很可能是被人骗去做小姐了。"

我对章玫回复道："我也是这么想，只是真没想到，居然这么巧能遇到。"

章玫打趣我道："那说明甄老师最近桃花运旺，而且这个桃花运还是能帮助破案的。"

章玫对我说完之后，对洋子和黄雅芝说道："洋子，你饿不饿，咱们要不去找个地方边吃东西边说吧，现在咱们穿着洗浴服在按摩房里叙旧，感觉怪怪的。"

洋子赞同道："好的呀，雅芝，咱们一起去吃东西吧，你出得来吧？"

黄雅芝回答道："我当然出得来，对我来说，只是提前下班而已。我知道这附近有家24小时的火锅店，咱们去吃火锅吧。"

黄雅芝这个提议得到了洋子和章玫的赞同，而且这三个姑娘好像半夜都不会困倦的样子。我却开始有些犯困了，果然中年人和年轻人根本就不是同一个物种。

但这次吃饭过程中，洋子一定会向黄雅芝提关于王可的问题，所以我撑着也要一起去。我强打精神，跟着三个女孩子去了24小时火锅店。火锅这种东西对我来说，就是水煮菜和肉，我也不明白好吃在哪里，但是好像我认识的所有女性生物，都爱吃这个东西，上至我妈，下到我闺女，都喜欢吃火锅。

到了火锅店，店员的服务饱满热情，还给我们找了个小包间，火锅水开了之后，服务员就知趣地退了出去。

三个姑娘叽叽喳喳在火锅的香气中很快就成了好姐妹。

洋子端起啤酒，对黄雅芝说道："雅芝，先干一个，庆祝咱们姐妹能够重逢。"

黄雅芝和洋子重重地碰了碰杯，高兴地说道："真没想到，咱们姐妹还有重逢的一天，虽然我内心五味杂陈，但心底还是很高兴的。"

章玫笑嘻嘻地说道："你们两姐妹久别重逢，先干了这杯，我和甄老师一会儿再一起喝一杯，庆祝你们姐妹重逢。"

黄雅芝和洋子两人咕咚咕咚地喝完一杯啤酒，又吃了几口涮肉和青菜，章玫喊着我端起杯来，四个人又喝了一大杯。几杯酒下肚之后，气氛很快就热闹了起来，很快，三个姑娘的脸蛋都红扑扑的了。

吃喝过一阵之后，黄雅芝才问起洋子："对了，洋子，你说有很重要的事儿问我，到底是什么事儿啊？你刚才说，你为了找我，还专门找到了我初中时候的家，是从买我房子的那个人手里拿到我的手机号码的。费了这么大周折，那肯定是有很重要的事情了，可是我想不出，我在什么事情上能对你这么重要。"

洋子说道："雅芝，你还记得我初中时候的初恋男友王可吗？"

黄雅芝立刻就回答道："当然记得啊，你们俩那么好。你找我说很重要的事，就是这件事吗？这算什么大事儿啊！"

洋子"嗯"了一声说道："可是雅芝，你知道吗？咱们班长廖强，副班长张文娟，学委刘艳，生活委员王小刚，还有其他几个课代表，统统都信誓旦旦地对我说，咱们初中并没有一个叫王可的同学，对了，还有咱们初中班主任，也说根本就没有王可这个人。"

黄雅芝奇怪道："那真是睁眼说瞎话了，他们为什么要撒谎呢？那你问过其他同学了吗？总不能其他同学也都撒谎吧。"

洋子回答道："我问过其他同学，其他同学对我关于王可的问题都没有回复，有两个回复的，也说记不清了，虽然王可平时就坐在教室后排，成绩不突出，没有特长，人也不帅，但是也不至于就成了透明人，让人看不到的。我唯独联系不上你，为了这件事，我一直想找到你，因为那时候，咱们三个还经常在一起遛操场聊天的。"

黄雅芝又喝了口酒，说道："是啊，现在想起来，虽然十四五岁的时候，什么都不懂，整天傻乎乎的，但那个时候却是最快乐的。人长大了之后，就感觉不到快乐了。"

洋子说道："雅芝，你还记得我和你说过我的同父异母的哥哥高广吗？"

黄雅芝说道："记得啊，你说你还不清楚他那个时候对你做了什么，还是我看了生物课本才告诉你的，他欺负了你。我还记得，你对我说你脑海里清清楚楚地记得你的这个哥哥对你做的事儿，你还记得你爸爸带着你们两个去回民街吃烤串，但是你爸妈后来却对你说，你根本没有这么一个哥哥，所以你很苦恼，你怀疑自己的脑子出了问题。你还告诉我，王可陪着你，又去了你奶奶家问你这个同父异母的哥哥高广的事情，但是连你奶奶都说你没什么同父异母的哥哥，你爸就只有你这么一个女儿。"

第三十四章 人生变数

　　洋子说道："我的家里人告诉我记忆中的高广不存在，我的同学告诉我记忆中的王可不存在，我有两年因为这件事情都要疯了，我还去了医院检查脑子，医生说我的脑子没有问题，建议我去看精神科。直到我找到甄老师和玫子姐姐帮我调查，这才在前几天查出来，高广是存在的，而且刚才，玫子姐姐还收到了高广的生母，也就是我爸爸的前妻崔丽霞发来的消息，知道了高广的真实死因。"

　　黄雅芝"啊"了一声道："什么，高广死了？"

　　洋子点头道："对，我和玫子姐姐去找甄老师，也是为了告诉甄老师这件事，没想到遇到了你。"

　　章玫对我说道："甄老师，崔丽霞发来的是好多段的语音消息，我没法转发给你，我和洋子都一条一条听完了，这才想着去你那里和你说，不是故意去打扰你的。"

我对章玫说道："说重点。"

章玫嘿嘿笑道："重点马上就来，甄老师不要着急。重点就是，崔丽霞当时受到了甄老师假扮的得道高僧的指示，一定要搞清楚高广的死因，高广的灵魂才能超度，所以崔丽霞豁出去了，找到洋子的爸爸高国栋每天去闹，要是高国栋不肯告诉她高广的真实死因的话，她就弄桶汽油，和高国栋同归于尽，高国栋这才被逼无奈，对崔丽霞说出实话。原来当年高国栋知道高广欺负洋子之后，把高广带到了郊区，吊在了树上，用皮带狠狠地教训。没想到高广被吊起来的时间太久，而且被高国栋抽打的时候，口水呛到了喉咙里，意外死亡了。高国栋害怕之下，把高广的尸体就地掩埋了，骗崔丽霞说高广干了坏事，离家出走了。对自己的妈妈，也就是洋子的奶奶说了这事。洋子奶奶为了掩盖自己儿子杀人的真相，索性就和高国栋商量好，这件事就此不提，但是又担心洋子长大之后明白过来，问起高广的事，容易惹麻烦，索性一不做二不休，对洋子就说根本没有高广这个人，反正当初高国栋也欺骗洋子母亲说自己没有孩子。至于其他的亲戚朋友，只要少来往，就更不会在意这个高广到底存在不存在了。崔丽霞知道真相，已经报了警，然后把整个事情的经过发消息给了我，要我帮忙和大师汇报之后，在佛祖面前禀明真相，好超度高广的冤魂。"

章玫说完，洋子说道："对，我也没想到高广是这么死的，我爸其实是知道高广对我做了什么的，只不过他不想我这个哥哥被送到少管所，或者判刑，所以打算自己教训一顿，然后让这件事就这么过去。"

我说道："可是天网恢恢，疏而不漏，10年前，高广受到了惩罚；10年后，高国栋也难逃法网。"

黄雅芝说道："甄老师说得对，我见的人多了，越发感觉，报应两个字，真是只有早来与迟到，但是绝对不会不来的。就好比当初骗我下水的那个姐姐，前两年已经死了，死在了争风吃醋里，被她包养的小白脸用榔头砸碎她的脑袋死掉了。"

黄雅芝说完之后，轻叹了口气："也不知道我这辈子这么命苦，是不是在受上辈子造孽的报应；也不知道这个报应是不是快结束，我能过上几年安生日子了。"

我对黄雅芝说道："姑娘，我看你的面相，是先苦后甜之相，而且你30岁之后，开始转运，会过上好的生活的。"

黄雅芝听我这么说，高兴起来，对我说道："甄老师，原来你不只会查案，还会看相算命。甄老师，你的微信多少，我要给你发个红包。"

章玫笑道："我们甄老师扮起得道高僧的时候，甚至都有围观群众不由自主地跪拜的。"

黄雅芝一脸虔诚地对我说道："甄老师，我不是为了加你好友才这样说的，我有段时间到处烧香拜佛，无意间去了一家寺庙，那个寺庙的老和尚说，不管是谁，只要能给别人相面算命，本质上都是沾染了这个人的因果的，所以必须给他红包；还有，甄老师能够把得道高僧扮得像，说明甄老师本来也和佛家有缘，只是甄老师现在还没有开悟，不知道自己和佛家的缘分。甄老师可能就是那老和尚说无法而不悟道的人，但是甄老师早晚都会明白的。"

我突然对黄雅芝这个女孩子有兴趣了，想到在泥坑中打滚了这么多年的人，居然有这样的悟性，我忍不住对黄雅芝问道："那雅芝，那位高僧有没有点化你呢？"

黄雅芝点点头说道："那高僧说，我与佛有缘，只不过是在35岁之后，现在还在以身度劫，就是注定了我这身子，要经无数人侮辱，高僧说，这是我前世杀戮太重，所以这辈子要受被我害死的人的侵犯。直到我遇到不肯侵犯我的人，那我的劫难就算过去了。其实甄老师，今天我数次引诱于你，没想到你都没有对我产生任何欲念，你是不是我命中注定的那个人？不过说来也很奇怪，在遇到甄老师之前，我还一直把这个泥坑当成个工作，但是遇到甄老师之后，我却感觉我再也不想回去'上班'了，我刚才算了算，我那两套房子已经交房了，还是精装修房，也就是都可以拎包入住的，我每个月要还的房贷不到8000元，我把其中一套租出去，差不多每个月能出租4000元左右，这样的话，我只需要自己负担4000元的房贷，完全不用再做这一行了，毕竟在西安这个城市，就算是送外卖，一个月也有八九千元呢。甚至我可以先把两套房子都出租出去，再去找一份包吃住的工作，比如说住家保姆、饭店服务员之类的工作，这样的话，我就可以把赚到的钱都攒下来，也不用做这个行当了。"

章玫说道："雅芝，我听得有点毛骨悚然，不过听到你不打算再从事这个行当了，我很替你高兴啊。"

洋子也说道："雅芝，你不用那么复杂，我为了从我妈的管控中逃出来，特意在西安找了一个离家很远的工作，所以我得租房子住，你和我合租一套房子，咱们每个人一个月才1000多元，咱们姐妹在一起合租，一起生活，多好。然后你再考个自考，你那么聪明，肯定能考过的。你有不会的题目，我还可以帮你，就好像初中你帮我一样，这样咱们两姐妹又可以在一起了。"

黄雅芝高兴起来，对洋子说道："洋子，你不嫌弃我的过去吗？要是你不嫌弃的话，咱们两个人一起合租，那真是太好了。"

洋子说道："雅芝，我怎么会嫌弃你，我知道你是被骗才误入歧途的。"

　　洋子用纸巾帮黄雅芝擦掉她流下的眼泪，用力地抱了抱她。

第三十五章 | 深入调查

黄雅芝站起身来，端起酒杯，对我们三人敬了一杯，说道："甄老师，看来你真是我命中注定的那个人，洋子，谢谢你，玫子，也谢谢你，刚好去找甄老师，让我和洋子相遇。"

我们对黄雅芝说道："雅芝，这也是你的好事，祝贺你。"喝完酒后，我对黄雅芝说道："我从你的眼神中看出，你真的下定决心，结束之前的经历了。"

黄雅芝说道："是的，甄老师，我已经下定决心了，我现在就去辞掉这份'工作'，只不过我的全部家当就是一个行李箱，我要是辞了的话，现在没有地方住，不知道洋子你现在有没有租到房子，我得先搬到你那里去了。"

洋子说道："我还没有找房子，因为一直没找到合适的合租室友，我自己住的话，我妈肯定不放心，找个陌生人的话，我也不踏实。而且我这段时间，都被高广和王可是否真实存在这件事搞得很痛苦，我得先把这件事解决，才能走向人生的下一步，所以我先请来了甄老师和玫子姐姐查清这件事。我这段时间短租了一套房子，和甄老师、玫子姐姐住在一起的。雅芝，你可以先把行李搬到我们那里，然后咱们明天就去我公司附近找房子租房子，找好后就可以搬过去了。正好甄老师在西安租了车子，可以帮你把行李先拉过去。"

一夜没睡，我感觉我的脑袋都转不动了，不回去睡个大觉的话，是什么事都做不了的。正好洋子说先回住处休息，那么就不管什么事，都先放到一边，我们先回去休息了。

三个女孩子商量定了之后，行动倒是迅速，我们买单离开饭店，黄雅芝回到温泉酒店，用了一个小时就把自己的箱子拉了出来，我帮她把箱子放进车子的后备厢，随后强打着精神，终于在上午9点的时候，回到了住处，我感觉自己的眼睛都睁不开了，往床上一躺，就闷头睡去了。

这一觉一直睡到了晚上10点，我是被活活饿醒的。

我爬起来，出了卧室找东西吃。整个房间都静悄悄的，不知道那三个女孩子，是在睡觉还是出去逛街了。我看到餐桌上居然有两个肉夹馍，十分高兴，我把肉夹馍拿起来，发现是凉的，肉夹馍下面还有一张字条："甄老师，我知道你一定会饿醒的，所以给你准备了两个肉夹馍，你回头放进微波炉里热两分钟，冰箱里还有牛奶，你也热一下，就可以吃了，我们三个出去蹦迪了，你吃饱了就继续睡觉吧。章玫。"

我忍不住咧嘴一笑，心说章玫真是贴心，连我会被饿醒都预测到了。我按照章玫的留言热好了牛奶和肉夹馍，吃饱了之后，爬回床上，再次睡了过去。

这次睡到了第二天上午10点，我终于感觉到我睡足了。起来之后，洗了个澡，走出卧房门，看到门厅里章玫、洋子和黄雅芝的高跟鞋都在，知道几个姑娘坑儿够了，回来了。

我半躺在沙发上，一边划拉着手机，一边想着午饭吃什么，要不要叫章玫她们起来的时候，听到章玫的卧室门打开了，章玫打着哈欠出来对我说道："甄老师，你好早啊，我昨天又是凌晨4点睡的，真是要困死了。"

我见章玫睡眼蒙眬，头发蓬乱，知道章玫没有梳洗打扮就出来了，估计是听到了我的动静出来。

章玫坐在我旁边，对我说道："甄老师，和你汇报个事情啊。"

我看了章玫一眼，对她说道："你突然用这个词，肯定是已经自作主张，然后才来告诉我。"

章玫嘿嘿一笑，对我说道："原来那个聪明机智、洞察人心的甄老师并没有消失，居然已经知道我的意思了，甄老师你真是太厉害了。"

我对章玫说道："你还是直接说重点吧。等等，你先别说，让我猜猜——肯定是洋子想继续查下去，查出王可被那么多人撒谎说不存在的奥秘，但是洋子不好意思直接对我说，所以先找你做工作。"

章玫一下子挽住我的胳膊，对我眨了两下眼睛："甄老师，你怎么什么都知道了？那你还知道什么？"

我无奈地说道："我还知道，你已经答应了洋子，现在来请我也答应她。"

章玫故意瞪大眼睛，对我娇笑道："甄老师，我崇拜的熟悉的甄老师又回来了，我真是高兴死了。甄老师，你看洋子那么可怜，你肯定会答应的是不是。"

我问章玫道："咱们在西安已经两周了吧，总算是完成了洋子委托的调查，查清楚了高广和王可都是真实存在的，能够这么快调查清楚，也有运气的成分。现在想调查清楚王可的难题，还不知道需要多长时间呢。咱们这么调查下去，什么时候是个头呢？"

章玫对我笑道："甄老师，这个我和洋子讨论过了，咱们再调查两周，如果两周后没有结果，那咱们就结束，本来也是答应洋子，帮她调查一个月的啊。甄老师，你就答应了吧。这样，你答应帮洋子调查，我回头给你煲汤好好补补。"

我对章玫无奈地说道："你连截止日期都和洋子商量好了，那就是早就想好怎么说服我了，我还能不答应吗？"

章玫嘿嘿笑道："甄老师，什么都被你猜到了，这么说，甄老师你是答应了啊。而且这两周的调查，还有黄雅芝加入，要是人手不够的话，我还可以把那个小昭找来，这样的话，咱们就有足够的人手，不会在调查过程中那么辛苦了。"

我说道："既然只有两周时间，那么今天下午就制订下一步的调查方案吧，你们三个小妮子就不要睡懒觉了。对了，我猜洋子想继续调查的目的，并不是想查明真相那么简单，而是想找到王可吧。"

章玫打了个响指，对我笑道："甄老师，又被你说对了。另外，黄雅芝还有事想找你帮忙，要是这个忙你都能猜到的话，那甄老师，你可真是神人了。"

我翻了个白眼，对章玫说道："黄雅芝找我帮忙，估计是易经术数，算命看相那一套东西咯。那她不是还想听我在这方面的忽悠，就是她原来认识的那些小姐妹想找我看相咯。"

　　章玫伸出双手，鼓起掌来，对我说道："甄老师，你睡醒之后，还真是神人啊，连这些事情都猜到了，小女子对甄老师的崇拜，真是五体投地了。那这件事情就这么说定啦，我去喊她们起床啦。甄老师，你想，三个大美女陪着你去查案，你多开心呢。嘿嘿！"

第三十六章 | 集体说谎

黄雅芝素颜出现在我面前的时候，我一时都没有认出来，没法把眼前这个清清爽爽的姑娘和前天在温泉酒店遇到的浓妆艳抹的按摩技师画上等号。

黄雅芝注意到了我的错愕表情，对我嫣然一笑，招呼道："嘿，甄老师，你起得好早。"

我看看时间，已经是12点半，只好笑笑说道："早，雅芝。"

1点的时候，我终于吃上了外卖，当我把三个汉堡都塞进肚子的时候，章玫打趣我道："甄老师还是'老当益壮'，这三个巨无霸几分钟就吃完了。"

我把嘴里的最后一口面包咽下去，又吃了两个奥尔良鸡腿，感觉肚子充盈，总算没有饥饿感了，这才喝着饮料对章玫等三个姑娘说道: "既然咱们决定去调查王可被人为抹去之谜,那么一会儿吃完东西,咱们就把手头的线索好好地捋一遍,讨论一番,决定下一步该怎么调查。"

三个姑娘咻咻地笑道: "一切都听甄老师的啦。"

我心想你们拉我下水,现在又说都听我的,张无忌他妈果然说得对,女孩子都是骗人的,越漂亮的女孩子越会骗人。但是我已经答应章玫,帮洋子再调查下去,那就索性打起精神,把王可的真相挖出来。

午餐后,三个女孩子麻利地把餐桌清理干净,随后纷纷把自己的手机、平板、纸笔摆在了餐桌上,章玫还给我准备一张大A3纸和黑色粗笔,用来记下我们讨论的方案。

我一时哭笑不得,暗想女孩子们虽然在一起叽叽喳喳的,可是一起合作整理房间的时候,却效率极高,并且她们身上的香味在房间里氤氲不散,着实让人感觉心旷神怡。

大家准备好以后,我说道: "现在经过我们调查,洋子的初恋男友是真实存在的,那么反过来说,也就是洋子同学上次聚会时候对洋子所说的关于王可根本不存在的事情,就必然是谎言。谎言这个东西,有个体谎言,也有集体谎言。

"个体谎言很容易理解,每个人不管出于什么目的,或虚荣或自保或存不良心等,会有意无意地说谎骗人,小到给自己迟到找理由,大到犯罪之后抵死撒谎;小人物撒谎骗骗家人朋友，大人物撒谎祸国殃民。每个人都会出于各种理由多多少少地撒谎，撒谎也不是什么了不得的事情，对于个体来说，撒个谎什么的，很容易戳穿，但大多数时候是没必要戳穿的。

"可是集体谎言就具有研究性了，因为一群人对同一件事撒同样的谎，那就说明，这个谎言对这一群人具有同样的价值。集体谎言也并不罕见，我们常见的邪教和传销，就是集体谎言的具体体现，邪教是鼓动一群愚民相信没有逻辑的神迹，传销则是蛊惑信众相信自己能快速暴富，可是深陷其中的人们，则很容易自己接受谎言并且加入其中，再传播谎言，当这些人一起对新加入的人集体说谎，这其中有集体意志对个体意志的压服，也有集体证明谎言成立对个体判断的误导。"

黄雅芝突然举手打断我道："甄老师，你不要嫌我笨，我毕竟是初中毕业就不再读书了，但是你说的集体谎言那个我没听懂，甄老师你能不能讲得让我更明白一些。"

洋子也附和道："对，甄老师，你刚才说得太深奥了，我也没太听懂。"

章玫也笑嘻嘻地说道："甄老师的灵魂又回来了，不过甄老师，这次你解读得的确是深奥，我跟了你这么久，也没有完全听懂，你能不能举个例子说明呢？"

于是，我只好耐着性子详细解释："这事儿很容易理解，我举个例子，比如说这支笔，你需要黑色的笔，但我这支笔是蓝色的，我瞪着眼睛对你说这就是黑色，你肯定不信。可是如果章玫也过来和我一起说，这就是黑色，雅芝你可能就要动摇自己的判断了。这时候假如洋子也说这支蓝色的笔就是黑色的，你可能会认为自己的认知出了问题。这就是集体谎言对你的判断误导；如果我们想对你有压迫感的话，那么我们三个人还可以一起，对你信誓旦旦地说，这支笔绝对是黑色的，一定是你错了，你和我们看到的颜色不一样，那肯定是你的眼睛出了问题，你应该去看医生检查一下。这就是集体谎言给你的压力传导。"

洋子说道："啊，甄老师我懂了，就好比如果只有一个同学对我说王可不存在，我的第一反应一定是他脑子出了问题；但是这时候第二个同学也说王可不存在，我就开始怀疑自己了；可是很快，九名同学和老师都对我说王可不存在，那我就真的怀疑是我的记忆出了问题，所以我自己都跑去医院检查了。"

黄雅芝说道："那我也懂了，就好比说我曾经从事的行当，一名姐妹对我说，干这行又轻松来钱又快，女人也没什么损失，我还很抗拒很怀疑，但是两名姐妹拿着钱来对我这么说，我就开始动摇自己原来相信的东西，等到我周边的人都过来告诉我同样的话的时候，我也赞同那一套了，而且还会变成和她们一样，对新下水的姑娘使用同一套说辞。可是直到我发现自己的经历让我不可能过上普通姑娘的普通幸福生活之后，我才明白，原来所谓的轻松来钱快，付出的代价是身体健康的影响和一生的幸福难以获得，但是我的人生却再也回不去了。"

章玫对黄雅芝安抚道："雅芝，你的人生才刚刚开始，不要想那么多以前的事情了。"

我也说道："其实人生的改变都是人心的改变，心变了，取舍变了，言谈举止变了，命运也就变了。"

黄雅芝的眼神中充满了坚定，对我和章玫重重地点了点头。

我继续说道："咱们说回案子，我刚才简单地讲述了集体谎言的特点，但是在王可的这起案子中，对洋子集体撒谎的九名同学和一名老师，却完全不符合我刚才所说的传销或者邪教的情形，而这10个人的说谎中，存在这几种可能：一、10个人在撒谎这件事上，有着共同利益需求，所以不约而同地撒谎；二、10个人中有几个人有意撒谎，其他人是被误导，跟着随口一说；三、10个人当中有一个人或者最多两个人有意地误导其他人，和他们一起撒谎。"

我说完之后，章玫问道："甄老师，为什么第二种可能和第三种可能是两种可能，这不都是10个人中的部分人有意识撒谎，其他人无意识撒谎吗？"

黄雅芝和洋子也纷纷点头，表示不理解为什么这么划分。

|第三十七章| 原来已死

　　我解说道："为什么第二种和第三种可能是两种可能，因为其中的关键点是，第二种可能是其中三个人及以上主控聊天话题，其他人只是事不关己，随口附和，并没有被这几个人故意误导，而第三种可能则是其中的一个人或者两个人合谋撒谎，然后在洋子问起王可之前，就已经有意引导其他人了。至于为什么一个人或者两个人要与三个人及三个人以上相区分，因为我们对集体谎言的盲从往往需要对至少三个人集体撒谎，因为人类的大脑是有错觉的，比如说多数错觉，假如说，你就同一件事问了两个人，两个人给你的答案完全相反，那么你还是感觉没法判断，这时候如果你问了第三个人，那么只要这第三个人偏向于其中任何　个，你一定会本能地选择那个看起来多数人选择的答案。所以三个人及以上才可以做到集体谎言的无意识诱导，而一个人或者两个人则做不到，要想做到别人相信这一两个人的说法，就必须用些手段，也就是故意诱导，才可能实现目的。"

三个姑娘纷纷做出"原来是这样"的表情，随后换了崇拜的眼神看着我。不管怎么说，看着三个姑娘对我满眼是星星的样子，感觉还是很好的。

洋子问道："那现在怎么判断这10个人的谎言中，到底是哪种可能呢？"

章玫说道："洋子问到了关键点，我想这10个人之中，肯定存在着什么共同点，那么这个共同点就是关键。"

黄雅芝说道："共同点这个事情，该怎么查呢？"

我说道："共同点调查，不过是两个办法：一个是叫大规模背景筛查，从被调查对象的人际关系、利益关系还有活动规律来找出线索，而另一个方法就是分别反复谈话，就如同《三国杀》游戏一样，通过一轮一轮的发言判断筛选。"

章玫喃喃道："我理解为什么甄老师前段时间情绪低落了，要是周叔叔还在的话，第一种大规模排查的方法，也能实现了，而现在，我们就只能采用第二种方法，一轮一轮谈话。"

我无奈地说道："这也是我对继续调查下去感觉力不从心的原因，就算我们按照第二轮调查方式，反复一次一次地谈话确认，我们也做不到，因为我们只是普通人，没有执法权。我们所能凭借的也不过是洋子和那10个人的旧日同学关系，人家甚至随便找个没时间或者不在本地的理由，就可以把我们搪塞出去了。"

我刚说完，三个人的情绪都低落了下来，因为所有人都知道我所言非虚，这样的大规模调查，只有公安机关才能做到，我们是做不到的。

洋子发愁道："那可怎么办啊，难道王可就这样人间消失，还被一群人撒谎说根本不存在吗？我们能不能去报失踪呢？"

我说道："报失踪的利害关系人去报案，一般都是直系亲属或者夫妻。我们谁都不是王可的利害关系人。"

洋子叹口气道："那我们就一点办法都没有了吗？"

章玫说道："也不是完全没有办法，只是现在没有合适的渠道和人而已，要是能有公安系统的熟人，可以找人帮忙查一查王可的资料，或者找到什么寻人调查公司，也可以想办法查出来。要是周叔叔的话，他打几个电话，就把这些资料都找出来了，但是现在，我们的确是没有太好的办法。"

黄雅芝突然开口对我们说道："我原来认识一个客人就是做调查的，他还给我发过一个红包，让我在温泉酒店盯着一个常去的男人，如果看到那个男人和另外一个女人在一起的话，就偷拍下来，发给他。不知道这个人有没有用。"

章玫和洋子看了看我，我回答道："现在这种情况，也只能死马当活马医，雅芝，你联系一下这个客人，看看能不能帮我们查出一些情况来。"

黄雅芝见对我们发挥了作用，脸上浮现了一丝自信，立刻拿起手机，联系那个做调查的客人去了。过了两分钟，黄雅芝高兴地对我们说道："联系上了，他说查人下落，只是查信息的话3000元，需要找到现在的住址下落的话6000元。"

我对黄雅芝说道："你问问他有没有营业地址一类的，咱们去当面和他聊。"

黄雅芝又去联络，片刻后回复道："他说有地址，但是要咱们先把要查的人的情况发过去，比如说这个人的身份号、手机号码、地址什么的，他查出来的话，再约咱们过去当面交钱拿资料。"

王可的这些资料就只能是洋子提供了，可是我没想到洋子对我摊摊手，说道："我们那时候太小了，都没有申办身份证，所以王可的身份证号我没有，那时候也没有手机，所以他的手机号我也没有。现在咱们能知道的，就是王可在那个拆迁区的住址了，上次和那两个老人家打听的时候，我特意记了下来，不知道有没有用。"

洋子把地址发了过去，同时我们也给那个私家侦探转了1000元定金。对王可的资料调查，我们也就只能等待了。

在等待的时间内，我们和洋子一起整理了同学会上那九名同学和班主任老师的资料，打算从中找出突破口，先找出最容易盘问出实话的人去见面询问。

两个小时之后，黄雅芝兴奋地对我们说道："那个客人要我们现在有时间的话去他的调查事务所，他查到了些东西，让我们带着尾款过去。"

我们迅速按照定位找到了一栋写字楼里的调查事务所——凯文调查事务所。

调查事务所规模不大，应该也就是老板加两名调查员，其中一名女职员把我们带进了老板的办公室，应该就是这个叫作凯文的私家侦探。

我们落座之后，私家侦探直接先发了名片给我，名片上印着，凯文调查事务所主任：林凯文。

我说道："林先生，您是有调查结果了吗？"

林凯文点点头，同时悄悄地扫了章玫、洋子两眼，对我说道："对，我根据你们发过来的地址，找到了这个地址和这个姓名的人的信息，你可以把尾款2000元转给我了。"

章玫奇怪道："林先生，您怎么不问一下，我们是不是要找到这个人的下落呢，怎么直接只做3000元的生意了呢？"

我却知道林凯文这么说的意思："林先生，你说查到王可的信息，是已经死亡了是吗？"

林凯文看我的眼神闪烁了一丝光亮，稍微笑了笑道："这位先生贵姓，你是不是同行呢？"

我笑道："免贵姓甄，说得上半个同行。"

林凯文道："我通过关系查到，你们要查的这个王可，已经在2003年9月24日注销户口，注销原因是死亡，而且我还顺便查到，注销户口的不只他一个，而是他全家。全家人的死亡原因是一氧化碳中毒。他们死后，尸体在城南火葬场火化。"

|第三十八章| 是否调查

　　随后林凯文把电脑的显示器转过来，让我们过去看，我们看到电脑上是一张勉强还算清楚的图片，图片里拍的是电脑屏幕，屏幕上是查询页面，备注一栏上，正是王可一家人的户口注销原因（意外死亡）。

　　我们用手机拍下了那张图片，因为林凯文拒绝把图片直接发给我们，担心万一我们传到网上给他找麻烦，而我们自己拍下来的，就算是把这种违规操作曝光出去，也是我们自己搞的事情，和他没有关系。

　　我们把尾款支付之后，带着林凯文提供的卷宗离开。刚从写字楼里出来，洋子再也克制不住悲伤的情绪，蹲在地上就哭了起来。章玫和黄雅芝一左一右，一个拍着洋子的肩膀，一个轻抚洋子的后背，两个人轻言细语地不断安慰着洋子。

洋子哭了好一阵子，直把路过的人都吸引了过来，又过了一会儿，才在章玫和黄雅芝的搀扶下站起身来。黄雅芝的眼圈也红红的，毕竟死去的王可也是她的同学，我甚至都能想象出来，当年这三名成绩垫底的少男少女，聚在一起聊着青春的烦恼和希望，没想到10年过去，三个人居然人鬼殊途，洋子还算好的，只是怀疑自己的记忆出了问题；黄雅芝初中毕业，就被人骗去下海成了失足女；王可就更简单了，直接全家死光光。

洋子泪眼婆娑，哽咽着对我说道："甄老师，王可死了，为什么我的那些同学还对我说他不存在呢，他们肯定是对我撒谎的，我恨他们。他们为什么要撒谎呢？"

我对洋子说道："撒谎肯定是有各种原因的，最主要的原因莫过于，王可全家的死不能暴露出来。"

黄雅芝问道："甄老师，王可全家的死不能暴露出来是什么意思？"

我回答道："就是有些人其实早就知道王可全家死掉了，但是如果王可全家死掉的消息传了出来，会对这些人有某种影响，是他们不想看到的，所以他们索性利用集体谎言原理，用谎言把王可从这个世界上抹掉了。"

洋子抽泣着说道："甄老师，你说他们怎么那么坏呢，人都死了，居然还撒谎说人根本不存在。"

章玫忧心忡忡地说道："也许整件事，根本没那么简单，王可一家的死根本不是意外。"

洋子的哭泣因为章玫这句话暂停了下来："玫子姐姐，你说王可一家的死不是意外，难道说王可一家是被人害的？"

章玫眼神看向远方，说道："我是这么理解的，如果王可一家真的是意外死亡，那么当年整个农机厂肯定需要完成一系列的丧葬工作，至少要通知王可一家的远近亲属，签字之后才能火葬，这样一系列的事情操办下来，不可能没人知道，可是王可一家都死了10年了，从咱们打听出来的消息来看，农机厂的人却认为王可爸爸王会计带着一家人去深圳打工了。还有特别神奇的事情，就是王可一家在农机厂家属区的房子，都被转让给了那个蒋为民副厂长，而且这个副厂长还信誓旦旦地说，王会计就是因为要去深圳，才把房子转让给他的。王会计一家都已经死了，还怎么转让房子给他呢，而且他一个副厂长，不可能不知道王会计一家死亡的事情。"

洋子彻底止住了眼泪："玫子姐姐，你的意思是，那个副厂长在说谎？"

我解说道："从时间上来看，王可一家也不可能那么早就把房子卖给那个蒋副厂长。你想想，如果你打算去一个新的城市的话，一定会先在这个城市落脚，试一段时间，然后再看看自己是不是适合在这个城市生活，如果能够在这个城市过得不错，你才会把自己原来城市的房子都处理掉，再彻底和之前的城市说再见。而王会计人还没去深圳，怎么可能把自己的家就这么卖给别人呢。所以我们至少可以判断那个蒋为民副厂长是说谎的。"

章玫也说道："现在能确定的就是农机厂原来的蒋副厂长是说谎的。"

洋子擦了擦眼泪对我们说道："那我们怎么去找蒋副厂长当面质问，其实是不是就是问了也是白问？那个蒋副厂长肯定也不会承认的，要不我们直接报警？"

我摇摇头道："报警是没有用的。第一，王可一家死亡，死亡原因都已经确定，事隔10年，我们就算报警，也等同于重新翻案，而翻案本身就等于和当年的办案人员较劲，难度太大；第二，那个蒋副厂长完全可以对外宣称是王会计已经将自己的房子卖给他之后意外死亡，他出于担心房子成为凶宅砸到自己手里的原因，所以对外隐瞒王会计一家死亡的真相，所以对外宣称王会计远赴深圳打工，所以举家迁走了。"

洋子的脸上一下子闪现出了绝望，黄雅芝叹了口气说道："人嘴两层皮，怎么说都是理。我想就算我们去质问那些说王可不存在的同学，他们只需要对我们轻飘飘地说他们记错了，我们也就没有办法了。"

章玫说道："其实查清真相非常之难，其中一个原因就是我们可能问到的所有人都在撒谎，就算谎言被当面拆穿，他们也只需要轻飘飘地说一句自己可能记错了，或者记不清了，也就过去了。"

洋子的眼泪再次涌了出来，痛苦地哽咽道："甄老师，是不是根本没有什么好办法，这件事就这么算了？"

我说道："如果是警察，启动案件调查之后，是可以通过大规模排查来获取真相的，但咱们是做不到的，更何况，王可一家的死，如果真的是意外呢？毕竟咱们不能通过一个蒋副厂长说谎就认定他和王可一家的死有关系。"

洋子说道："那咱们是不是不可能查明王可一家死亡的真相了？"

我无奈道："10年前的案子已经结案，没法去查了。就算我们假定王可一家不是意外死亡，而是被谋杀，那么也存在这种情况，那就是王可一家本来就是真实的煤气中毒，只不过打开煤气的人是外来的，是谋杀的。可是当年没有调查或者没有查到的话，10年之后的今天，我们根本没可能调查清楚。除非当初王可一家的死亡原因，并不是煤气中毒，而是死于明显的杀害，身上有明显的伤痕，但当初出警的警察是黑警，把真实死因抹掉了。"

洋子又燃起了希望，对我问道："甄老师，如果真是这样的话，咱们还可能调查出来吗？"

我说道："如果真是这种情况，那王可一家的尸体肯定没有经过法医正规验尸，而是用最快的时间送去火葬场火化了，如果这种可能性存在的话，咱们就只能去火葬场寻找当年火葬王可一家的烧尸工询问了。这还要碰运气，因为烧尸体对于烧尸工来说，也只不过是一份工作，他们大概率不会对一具尸体的死因有兴趣，而是见到尸体后赶紧把尸体推进火化炉火化，收工下班。除非那具尸体有什么特别的情况，让烧尸工印象深刻，才能在10年之后还能记得住。"

|第三十九章| 火葬场内

章玫接过我的话头说道："还有，10年过去，我们不一定能找到当年的烧尸工，当年的烧尸工也不一定记得。就算烧尸工记得，但王可一家的尸体并没有什么不同之处。"

洋子用力把情绪憋了憋，再次说道："甄老师，咱们就先想办法去查一查火葬场的烧尸工好不好，如果烧尸工能确认王可一家的确是煤气中毒死的，那我就问问他们葬在哪里，去给他们烧点纸，王可从此以后就在我的记忆中封存。如果能在烧尸工身上找到其他线索，那咱们再说，好不好？"

我看着洋子眼神中的恳求，懂得王可对于洋子来说非常重要，于是同意道："好的，那咱们就进一步想办法去火葬场寻找当年的烧尸工，看看能不能有什么线索。"

章玫说道："可是咱们在西安人地两生，怎么才能去火葬场打听事情呢？也不能就贸然跑去火葬场直接问10年前的事情。"

我对写字楼指了指，没有说话。章玫道："甄老师，咱们是要雇用那个林凯文帮咱们调查吗？"

我说道："也许不是帮咱们调查，而是帮咱们找到那个烧尸工，然后咱们自己去问。"

黄雅芝则若有所思，拿出手机，好一阵翻看，随后抬起头来，有些害羞地对我们说道："甄老师，玫子姐，洋子，我找到了一个还算熟悉的客人，是城南火葬场的办公室主任。"

我大喜过望，对黄雅芝问道："雅芝，你和这个火葬场的办公室主任熟悉吗？能请他帮这个忙吗？"

黄雅芝羞涩道："熟悉，他是个40多岁的离异大叔，自从在温泉酒店遇到我之后，就几乎每周都来一次，就为了找我，后来还请我吃饭，约我逛街，找我诉说他离婚后的孤单寂寞冷，我见他可怜，也时不时地安慰过他。虽然他挣钱挺多的，但他对他的工作单位很是自卑，就因为是和死人打交道的。他这个工作对他再婚的确有影响，他前妻就是因为老觉得他身上跟着脏东西，忍受不了，最后才和他离婚的。他在和我聊天说话的时候，还认真地问过我，是不是也会害怕他的工作。我一开始本着能拉一个熟客的心态，能在他身上多赚点钱，所以耐着性子哄他，但是后来接触多了，我看着这个40多岁的男人居然自卑得像个孩子，就有些心软，也就真心和他交流了，他见我不害怕他的工作，对我就更喜欢了，他甚至不嫌弃我的过往经历，还认真地追求我来着，可是他毕竟比我大将近20岁，我担心他只是玩儿，并不是认真的，所以一直都没接他的话茬，还好他很绅士，见我不接茬，也就不再提起，不过还是经常找我。凭女人的直觉，要是我找他帮忙，他能帮得上的话，会非常高兴的。"

洋子一把拉起黄雅芝的手，恳求道："雅芝，你快联系你的朋友，请他帮忙，他40多岁，10年前30多岁，没准还真知道些什么。"

黄雅芝也动容道："洋子，你放心，我这就联系他。"

黄雅芝说完，转身去打电话："产哥，我是雅芝。对啊，有事想找你帮忙……你在哪里，在办公室，那我们去你办公室找你吧，什么，不害怕，何况有产哥在，我有什么好害怕的啊。"

黄雅芝打完电话，对我们说道："咱们走吧，现在就去城南火葬场。那哥们姓产，他手底下都叫他产主任。"

虽然我不太信怪力乱神，但是走进火葬场这样的地方，还是本能地感觉到一阵寒意，章玫的反应就更加明显，已经开始瑟瑟发抖了。洋子探寻真相，从下车开始，脚步飞快，朝着火葬场的办公楼走去。

那个产主任已经在办公楼入口等着我们，产主任身材矮胖，相貌平平，这类男人对黄雅芝这样的美女是没有抵抗力的。果然，产主任本来面无表情，但是当他看到黄雅芝的身影越来越近的时候，脸上的笑容如花朵一样越开越盛，直到黄雅芝走到眼前，产主任下意识地吸了口气，眼睛微闭，似乎在享受着黄雅芝身上的香味。

我判断出来，这个产主任对黄雅芝是喜欢到了骨子里，因为两性之间的喜欢，往往是从味道开始的，这种味道看不见摸不着，难以形容，但就是只要一闻到，就神魂颠倒，难以自拔。这个产主任表现得非常明显，黄雅芝从15岁开始，就一直在男人堆里打滚，对男人的这种状态自然很是熟悉，黄雅芝对产主任秀眉一挑，展露出笑容道："产哥，这是我的几个朋友，这个是洋子，是我的初中同学，我们想向你打听一个事情，这个是甄老师，这个章玫，我们是一起来搞明白10年前的一件事的。"

产主任和我客气地握了握手，随后带着我们去了自己的办公室。产主任的办公室不算小，得有个20多平方米，还有一组沙发用来会客，一般来说，火葬场这种单位，办公室主任可以说是上下通达，左右逢源，产主任应该是个能办事的角色，但是我从产主任的姿态来看，他反而是个比较腼腆并不是很擅长交际的性子。

果然，这产主任给我倒完茶后，眼神就一直在黄雅芝身上打转，没有和我们寒暄客套。黄雅芝被产主任看得很是害羞，打破尴尬，对产主任直接问道："产哥，我就开门见山地问您了，10年前，这个火葬场是不是火化过一家三口，那一家三口中的两口子是农机厂的会计和食堂职工，他们都死于煤气中毒。"

产主任脸上浮现出了不愿意回想往事的洋子，回答道："我原来在民政局工作，因为那时候性子耿直，得罪了领导，所以才被发配到了火葬场，当这个办公室主任，我在火葬场工作了没两年，我前妻就和我离婚了，所以你们要问10年前的事情，我是真不知道。"

洋子本来满怀希望地看着产主任，等着产主任做出肯定的回答，结果没想到产主任10年前并不在火葬场。

黄雅芝则对产主任说道："产哥，你知不知道这个火葬场里，有谁是工作了10年以上的烧尸工，可能知道10年前的事情的。"

产主任转身，从柜子里拿出一个文件夹，从里面拿出一张纸，放在办公桌上，拿了根笔，在纸上找着什么，黄雅芝凑过身去，我、章玫、洋子就只好坐在沙发上，干巴巴地喝茶。

不一会儿，产主任站起身来，对黄雅芝说道："这是火葬场的职工名册，在火葬场里工作10年以上的烧尸工，就只有这个师傅了，丁万钢丁师傅。他今天晚班，如果他没有和别人换班的话，他还在。我先打个电话确认一下。"

　　产主任说完，从办公桌上拿起固定电话，拨了几个号码，电话接通后，说道："喂，我是产长江，哪位？哦，小姜啊，丁师傅在吗？好的，你让他来我办公室一趟。"

| 第四十章 | 老烧尸工

产主任挂掉电话，对我们说道："一会儿，我就对丁师傅介绍，你们几位同志想问几个问题，不说你们是做什么的，这样他容易说实话，你们就含糊过去，严肃点问他就好。对了，那个甄老师，我看您比较适合问问题，就由您来问好了。"

我点头同意道："好的好的，多谢产主任帮忙。"我心想，这个产主任真不是看起来那么简单，刚才那一番工作安排表现出来的精明能干，还真说得上是脸生猪相、心头敞亮。

不大一会儿，敲门声响后，一个身材敦实的50多岁的男人得到产主任的回应后走了进来。这男人脸上长着一颗指头大小的黑色痦子，痦子上还有一根粗长的汗毛，看起来就让人感觉很不舒服。

男人瓮声瓮气地对产主任问道："产主任，你找我啥事？"

产主任坐在办公桌后一本正经地说道："丁师傅，这几位同志需要了解一下10年前火葬场火化过的一家人的事情，那家人中的小孩子叫王可，男的是当年农机厂的会计。丁师傅，你是火葬场的老人儿，我想要是有人知道些情况，也就只有您知道了，所以就请你来帮忙回忆一下，有没有印象。"

丁万钢答应一下，转过头来看着我们，我们几人都站了起来。我对丁万钢说道："丁师傅，你不用紧张，想起什么如实地说给我们听就可以了。丁师傅，你坐下，咱们聊。"

黄雅芝搬了把椅子放在丁万钢身旁，对丁万钢说了声："丁师傅，您请坐。"

丁万钢赶忙接过椅子，还趁机摸了下黄雅芝的手，同时悄悄地把黄雅芝从上到下打量了一遍。丁万钢坐下之后，眼神先看向章玫，随后又看向洋子，最后在洋子的胸口停顿了几秒，才恋恋不舍地把眼光挪到我身上，对我说道："领导，你问吧。我能想起来的，肯定都说出来。"

洋子在丁万钢猥琐的眼神下，已经下意识地捂了捂胸口。我对丁万钢问道："丁师傅，刚才产主任已经对您问过了，就是10年前，您有没有印象，有一家人是因为煤气中毒送来火化的。这种一家人都火化的事情应该并不常见，我想您应该会有点印象的。"

丁万钢挠挠脑袋，从上衣口袋里掏出一盒红塔山，想抽一支，但是看看房间里的三个姑娘，就又把烟塞了回去，我见状从口袋里掏出一盒苏烟，抽出一根后，把剩下的大半盒烟，都递给丁万钢道："没事儿，丁师傅，我也抽烟，您也点根烟，想想这件事儿。"

丁万钢高兴起来，嘿嘿笑道："我刚才是想抽两口来着，但是没好意思，既然领导也抽，那我就不客气了，领导这烟可是好烟，我得多抽几根。"

我对丁万钢说道："没事儿，丁师傅，这盒烟您就装兜儿里抽，甭客气。"

丁万钢见我把烟送给了他，越发高兴道："领导真敞亮，那我得认真地好好想想了。"

丁万钢说完，点上一根烟，塞到嘴里，先是美美地吸了一口，闭上眼睛品了品烟气，过了足足有一分钟，才睁开眼睛，对我们开口说道："领导你说的10年前那一家人，我还真有印象。"

丁万钢的"真有印象"这几个字刚说完，洋子的眼神立刻就明亮了一下，章玫则拿出录音笔，开始录音，黄雅芝坐在了产主任的办公桌对面，但是眼睛却看向丁万钢，等着丁万钢说出当年的往事，产主任的眼神却直勾勾地盯着黄雅芝清雅秀丽却妩媚万千的俏脸。

我也吸了一口烟，用眼神示意丁万钢继续说下去。丁万钢继续说道："正如领导您刚才说的，一家三口都死了，送过来火化的，还真是不多，我在这座火葬场干了十五六年，也就遇到过这么一起，所以印象深刻。

"我人长得丑，学习又不好，也没什么文化，找不到什么正经工作，好在天生胆子大，赶上火葬场招人，就来这里上班了，这么多年，我亲手送进炼人炉里的死人也得一万多个，从来没害怕过，但就是这一家三口，真把我吓着了。

"我见过各种各样的尸体，什么自然老死的，车祸撞碎的，上吊自杀的，跳楼摔成泥的，水里泡大了的，男女老少，全都见过，上至活到100多岁的老太太，死了后身上都没什么肉了，烧起来特别慢；也见过两三岁的小孩，一会儿就烧没了。至于其他各种不得好死的尸体，我每年都得烧个几十具，都没有那一家三口那感觉。

"那一家三口是半夜被送来的，当时火葬场还是霍场长，霍场长平时都不值班，下班就走了，把事儿都交给别人办。但是那天霍场长居然凌晨两点跑来火葬场，把我喊起来，让我抓紧时间，把那三具尸体烧掉，而且告诉我，我只管烧尸，手续他回头自己去办。我一个烧死人的，领导说话，自然就听。咱们火葬场里，有专门给死人化妆的，就是为了让死人走之前体体面面、漂漂亮亮的。但是霍场长告诉我，这一家子也没家属，化妆没用，赶紧烧了就是了，我看没有什么别的钱挣，就把那三具尸体推进停尸房，因为火葬场晚上只开一间炼人炉，我还得把三具尸体一具一具地推进去烧掉。因为这三具尸体没有家属，所以连个纸棺材都没有，最后连骨灰盒好像都只用了一个，还是霍场长自己从库房里取出来的。

"霍场长一开始好像还要盯着我烧尸体才肯走，我当时晚上刚喝了酒，本来睡得好好的，正犯困呢，所以想着怎么偷个懒，可是霍场长在旁边盯着，我没法偷懒，所以我就在推尸体进炉子的时候，不小心把盖尸布给弄掉了个角，尸体的脸露了出来，那脸色铁青，而且脖子上好像还有血。男尸的眼瞪得老大，但是没有神采了，死人的眼睛就是这样，而且男尸表情狰狞，我见过这么多尸体，都没见过男尸那么吓人的表情，我本来是想吓吓霍场长，让他别盯着我，可是没想到把我自己也吓了一跳，我看到了男尸的脸，霍场长也看到了，果然，霍场长看到之后，他就不想在现场盯着我烧了，而是对我叮嘱，把三具尸体烧完，告诉他一声，然后他就回自己的豪华办公室睡觉去了。

"烧一具尸体得一两个小时，烧完了还得捡骨灰，所以这三具尸体烧完，得五六个小时，等烧完了就白天了。好在霍场长说，这一家子就用一个骨灰盒，倒是省了点儿事儿。我当时困劲上来了，把男尸推进去烧之后，琢磨着自己先去睡一觉，等第二天8点醒了，先告诉霍场长烧完了，反正他也不会自己看骨灰到底是几个人的。回头白天，没事儿的时候，我再慢慢烧，这样省了一个晚上盯着五六个小时。

　　"男尸烧完不久，附近发生了长途客车的大车祸，那车上死了30多人，都被交警队送来火化了，我本来想偷懒，结果却连续加班了3天之后，才找到空隙把剩下的那家女的和小孩推进炉子里烧掉。好在霍场长以为那一家三口早就烧完了，也没再过问这个事情，只是霍场长后来带了个人把那一家三口的骨灰带走了。"

第四十一章 | 揭穿谎言

"我在烧那一家三口的时候，捡到了男人衣服里掉下来的工作证，是农机厂的会计。我看了一眼后，就把工作证也扔进炼人炉里了。所以你们一说起10年前的一家三口，还是农机厂的会计，我才能确认，你们问的就是那一家三口。"

我等丁万钢说完，问道："你后来没掀开剩下的那对母子的盖尸布，看看另外两具尸体？"

丁万钢的眼睛眯了一下，摸了摸鼻子，又想了一会儿，对我说道："我印象里没有，因为那男的死样已经吓了我一跳，所以我就不想再看剩下的女的和孩子的样子了。"

我对丁万钢点点头道："好，丁师傅，您想想，还有其他的东西能告诉我们吗？"

丁万钢又点着一根烟，吸了两口，对我们说道："其他的我就想不起来了，我当时也就是把他们一家三口推进炉子里烧了，然后把骨灰扒拉出来，其他的我真没印象了。"

我又从其他的角度问了几个问题，丁万钢再也说不出什么来，我对丁万钢说道："好的，丁师傅，谢谢您，您记下我的电话号码，要是想起什么来，就告诉我。"

丁万钢把那盒苏烟塞进裤兜，起身告辞离开。

产主任等丁万钢离开，对我们客气地关心道："你们得到答案了吗？"

我对产主任笑道："产主任，麻烦问您一个问题，刚才丁师傅说的霍厂长，现在还在火葬场吗？"

产主任说道："这个霍场长，你们是找不到了，他5年前喝酒猝死了，也是在这里火葬的。刚才丁万钢说的话，我也听到了，我也认识当警察的朋友，按照丁万钢那个说法，你们要问的农机厂的王会计一家三口，还真不一定是煤气中毒死的，可是这件事都过去10年了，什么证据也都在炉子里烧没了，单凭丁万钢这几句话，你们想调查或者翻案，基本上不可能。"

我说道："您说得对，但是我感觉丁师傅还有些事儿瞒着我们，这样，我们回去再捋，要是需要找您帮忙的话，再和您说。"

产主任说道："甭客气，你们是雅芝的朋友，那也就是我的朋友，我能帮上忙，肯定使劲。不管怎么说，那一家三口里死的也有雅芝的初中同学。你们要是没吃晚饭的话，晚上我做东，咱们一起吃个饭吧。"

我们都清楚，产主任是想和黄雅芝吃饭的。我看了看黄雅芝，用眼神询问黄雅芝怎么打算，没想到黄雅芝聪明伶俐，对产主任说道："他们三个还要去调查别的事情，我今天晚上请产哥吃饭吧。"

我、章玫、洋子三人知趣地先行告辞离开，号称还要调查别的线索。我们三人上了车之后，洋子问我："甄老师，是不是能确定王可一家肯定不是意外死亡的？"我点点头道："只要丁万钢说的不是假话，那么王可一家大概率是被害的，但是我们没有任何证据，还是什么都做不了，而且他们一家的骨灰盒都被那个已经死了的霍场长带人领走了，现在就是想找到王可一家葬在哪里都做不到了。"

洋子难过地说道："甄老师，王可一家是不是那个蒋副厂长杀的，咱们有没有办法让蒋副厂长承认，你说咱们对付崔丽霞的方法，能不能用到蒋副厂长身上？"

我摇摇头，说道："对付崔丽霞能用装神弄鬼的方法，是因为崔丽霞信这个，如果王可一家真是这个蒋副厂长害的，他还能出面冒领王可一家房子的拆迁赔偿款的话，说明这个人心狠手辣，肯定不信鬼神的。但是从蒋副厂长能出来冒领拆迁款的事情来看，说明这个蒋副厂长很贪财，什么钱都敢要。"

章玫叹气道："咱们也不可能用钱去收买他说出实情来，而且咱们都没办法去验证他的实情。"

我们已经饥肠辘辘，好在路上好走，我们开到住处附近的商场，随便找了家店，填饱肚子，准备回到住处先行休息。章玫在路上就已经问我，为什么认为丁万钢没有说实话，我答应吃完晚饭再给她和洋子讲解自己的判断。

我们进了房间，各自先回卧房换衣服，毕竟我们刚去了火葬场，总觉得身上的衣服都有种怪味。我已经打算等洗完澡后，把身上这套衣服扔掉了。

我洗完澡换完衣服之后，来到客厅，刚坐在沙发上，洋子湿着头发拿着手机来到客厅对我兴奋地说道："甄老师，商业局家属楼的丁阿姨刚才给我发了个消息说，她明白对我说王可不存在的那几个同学不对劲的地方在哪里了。"

洋子说完，把手机拿到我眼前，找出微信，点击语音播放："洋子啊，我想明白了，你给我的那几个在你同学聚会的时候，对你说王可不存在的同学的家长全是当年农机厂的厂长副厂长等厂领导。"

我对洋子说道："对你说王可不存在的同学的家长全是当年农机厂的厂领导？那这就有集体谎言的共同点了。"

洋子说道："甄老师，你说，王可一家是不是被当年这几个人共同谋害的，所以他们才会集体撒谎，说王可不存在？"

我回答道："很有可能，但还有另外一种可能，那就是他们做了这种伤天害理的事情之后，不想面对自己这样歹毒的一面，所以强迫自己忘记了王可一家的存在，所以对于他们来说，他们是真的不记得王可一家的存在了。所以他们的集体说谎，本质上，也是在自己骗自己。"

洋子说道："甄老师，我们下一步还能做点什么？做点什么都行，我想为王可做点事情。我现在闭上眼睛，都是王可请我帮他申冤了。"

我无奈地说道："申冤二字，谈何容易。刚才所说的一切都只是咱们的推测，真相到底是不是这样，都还不能确定，更不要说找到谋杀的证据了。"

我和洋子正在聊天的时候，章玫穿着睡裙来到了客厅，问我和洋子："甄老师，洋子，你们讨论出什么来了？甄老师，你赶紧给我讲讲，你怎么觉得那个姓丁的烧尸工不对劲，还有，他有什么不对劲？"

我说道："洋子说想给王可申冤，我说很难，现在什么证据都没有。关丁那个烧尸工丁万钢，你们对他的印象是什么？"

章玫不假思索地回答道："猥琐好色。"

洋子也点头说道："对，特别色。"

我继续说道："丁万钢如此猥琐，而且虽然他已经50岁了，却依然欲望强盛，你们看他长相丑陋，行为猥琐，要是我没猜错的话，他肯定是独身，娶不到老婆的。"

章玫继续问道："娶不到老婆和他有所隐瞒有什么关系？"

我回答道："一个欲望很盛的男人，娶不上老婆，他怎么解决自己的欲望？"

|第四十二章| 猥琐本性

章玫嘻嘻笑道:"那当然简单了,男人想解决自己的欲望,又没有女朋友或者老婆,那就是要么靠手,要么靠找小姐咯。"

洋子摇摇头,说道:"我想,他大概率不是靠手的,我从他偷瞄我胸口的眼神感觉他肯定是得有女人才能泄欲的。"

章玫故意做出一副色眯眯的样子,凑到洋子的胸口往里看去,玩笑道:"真的好大,难怪那个丁万钢看得都咽口水了。"

洋子的难过情绪被章玫驱散了一点,害羞地推开章玫的手道:"玫子姐姐,别闹了,甄老师还在旁边呢。咱们还是听甄老师继续讲丁万钢吧。"

我咳嗽一声，继续说道："丁万钢如果是去嫖娼的话，需要什么？"

章玫说道："嫖娼就是花钱找女人，他要是去嫖娼，当然需要钱啊，烧尸工收入不是还算多吗？"

我摇头说道："烧尸工收入再多，也不过是和丁万钢差不多的人比要多，最多也不过是一万多元一个月，这个钱要想靠嫖来宣泄欲望，是肯定不够的。丁万钢肯定得想别的办法弄钱，或者想别的办法泄欲。"

章玫好奇道："想别的办法弄钱，甄老师你说丁万钢还有兼职？想别的办法泄欲？还有什么办法？"

我说道："想别的办法用钱，肯定不是兼职，从他对我给的那盒烟的贪婪表现，还有他讲述中的在完成霍场长的要求加班烧尸的偷懒想法来判断，他肯定不是个吃苦耐劳去赚钱的人，而是个好吃懒做想发财的人。"

章玫和洋子异口同声说道："还真是，我也听到了他说的偷懒。"

我继续说道："既然我关于他好吃懒做，贪财成性的判断能够成立，他去兼职赚钱的可能性就基本上排除了，那么他就只有另外一种谋财的方式——那就是从他经手的死者身上搜捡财物。"

章玫不由自主地缩了缩身子，说道："甄老师，你的意思是丁万钢会从死人身上找钱或者值钱的东西？他就不怕被死人缠上，或者死人诈尸？"

我说道："他说过自己，还好胆子大，而且他在把王会计的尸体推进炼人炉之前，为了吓唬霍场长，还故意把盖尸布碰掉了，所以他肯定不会害怕。我现在想来，他所说的要偷懒所以想把霍场长吓走的话，应该就是在撒谎，他想把霍场长吓走的目的，是为了等霍场长走后，把剩下的王可母子两人的尸体再搜捡一遍，特别是王会计老婆的尸体。"

洋子问道："为什么对王会计老婆的尸体，还特别要搜捡一遍，甄老师，你是不是说丁万钢其他的泄欲方式是对女死人……那个？"

章玫已经蜷缩在沙发的一角坐下，怀里抱着抱枕，瑟瑟发抖地说道："如果真是这样的话，这个丁万钢真是个恶心的大变态。"

我耸耸肩膀，继续说道："他是不是变态，恶不恶心，是他的个人特征，破案的话，则需要根据他的个人特征来推测他的行为模式，然后找到咱们想要的真相或者证据。

"其实对于丁万钢来说，女性死者不只是满足他兽欲的一种渠道，还是他搜捡财物的更好选择。因为一般女死者身上，通常都会有比男人更多的金银首饰，男人身上最多有块名表，可是佩戴很值钱的名表的男人并不多，而且就算有，男人身上的名表也可能会被家人取下卖掉或者送人。女人则不同，戴在手上的戒指和镯子，可能会在死后难以取下，家属悲痛之余，也存着这些首饰给死者陪葬的心思，所以在女性死者身上获得财物的概率，要远大于从男性死者身上获得的概率。"

章玫说道："就是说，丁万钢想方设法把霍场长支走，其实并不是想偷懒，而是为了在王会计老婆身上找到值钱的首饰，还有……"

我说道："这可能才是真相，那么我们也就可以得出结论，不管丁万钢是为了钱还是欲望，都肯定会把王会计老婆和王可的尸体都仔细地看过甚至摸过，那么王可母子尸体的具体情况，他肯定是知道的，而且按照他的说法，是那一家三口给他的印象很深，都能让他害怕，但是他却只讲出来了王会计的尸体表情，所以在王可母子的尸体上，他肯定是有所保留，并没有说真话。"

洋子说道："那咱们还能去问他吗？能问出来吗？"

章玫摇头道："问肯定是去问，但多半是什么都问不出来，因为他说出来，就等于承认了他做的那些肮脏的事情，他怎么可能轻易地说出来。那些事说出来，他肯定会丢了工作，甚至会被判刑的。"

洋子道："那就一点办法都没有吗？我太想知道真相

了，我都能感觉得到王可求我去帮他。"

我看着洋子可怜巴巴的眼神，心生恻隐，说道："办法也不是完全没有，不过肯定要产主任帮忙，而要产主任帮忙，必然是黄雅芝开口。"

洋子看了看手机说道："也不知道雅芝今天晚上回不回来了，我现在感觉产主任不管雅芝让她做什么，他都会答应下来的。"

洋子话音刚落，门打开了，黄雅芝满面春光地走了进来，对我们说道："我听到洋子说起我来了，你们是在担心我吗？"

洋子说道："雅芝，你回来了啊，我们不用担心你，因为你要么就去那个产主任家里了，要么就是产主任会把你送回来。话说回来，雅芝，你今天晚上的约会如何啊？"

黄雅芝开心地说道："产主任对我肯定是真心的，我从他看我的眼神中能够感受到，我真没想到，40多岁男人的眼神中，居然也能冒出爱情的小火苗。"

章玫笑道："那雅芝，你要不就认真考虑一下产主任，老男人通常都会比小男孩更疼人的。"

黄雅芝说道："就算是答应他，我也得先找个正经工作，彻底脱离原来的圈子，不然的话，你别看现在我在他眼里怎么都是宝贝，可是如果有人在他面前说出我的旧事，那么男人心里的疙瘩，是怎么都过不去的。我得好好把自己洗白才能考虑。男女这点儿事，我自己有数。你们刚才是不是在讨论那个变态丁万钢啊，快和我说说，你们讨论出什么来了？"

洋子好奇道："雅芝，你怎么知道丁万钢是个变态的？"

黄雅芝说道："一开始我只是以为丁万钢是个色狼，但是产主任告诉我，丁万钢在火葬场名声很差，有一次，还有家属找他闹事，因为他好像摸过女尸，把女尸的衣服弄乱了，被家属发现了。"

章玫说道："那个产主任肯定没和你说完整，丁万钢不只是摸女尸，而是会对女尸做更令人发指的事。"

黄雅芝做出一副恶心的表情道："那可真是个大变态了！"

|第四十三章| 决定偷拍

洋子说道："甄老师刚才从丁万钢说的话推断出来，丁万钢会在死人身上偷金银首饰，还会'奸尸'。对了，甄老师，你还没说怎么才能让丁万钢说出实话来。"

我本不想把怎么具体操作说出来，但是看着洋子可怜巴巴的表情，再加上我对王可全家死亡的案子有兴趣，所以对洋子说道："方法只有一个，那就是咱们拿到丁万钢偷东西和侮辱尸体的证据，只要证据在手，就不愁丁万钢不说实话。"

洋子喃喃道："证据？这个证据怎么拿到呢？咱们总不能去现场抓现行吧。"

章玫说道："现场抓现行，我可不行，我一进火葬场就感觉浑身起鸡皮疙瘩。火葬场没有监控吗？只要拿到视频就可以了啊。"

洋子说道："视频？对了雅芝，你能不能问问产主任，火葬场的停尸间有没有监控，咱们能不能看？"

黄雅芝说道："他说过，停尸房里是没有监控的，因为担心拍到可怕的东西。"

章玫又哆嗦了一下，说道："这大半夜的，还是不要说这个了，我都担心得睡不着了。"

洋子说道："雅芝，你能不能找产主任帮忙，让咱们在停尸房偷偷录视频。"

我说道："这种事是不能直接对产主任说的，会给他找麻烦的。咱们可以这么操作，那就是雅芝假装要去参观停尸间，然后把偷录设备装在停尸房，这个偷录设备能用手机远程控制，这样就不用再去把偷录设备取回来查看了。"

章玫说道："这种设备很容易弄到，咱们在西安找个电子城就可以买到了，剩下的就是如何把偷录设备放进去了。这件事还是只有雅芝能做到。"

黄雅芝说道："我可不敢自己进去停尸房放东西，而且我提出参观停尸房的话，他肯定不会让我自己进去的，他肯定也要陪着我去，我也不可能有机会自己去放东西。"

章玫说道："雅芝说得有道理，咱们可以找个理由一起过去，然后雅芝再找机会把产主任喊走，甄老师和洋子进去把东西放好，我就不去了，我肯定会吓坏的。我可以和你们一起去买偷录设备。"

我说道："那就用这样的理由好了，洋子说想凭吊纪念王可，但是不知道王可的骨灰去哪里了，所以决定在王可曾经待过的停尸房祭奠一下。这样就有理由去停尸房了。"

章玫说道："OK，那就这么决定吧。我不和你们讨论停尸房的事情了，我要回房间睡觉了。明天我负责买偷录设备，买完就回这里，火葬场我是不去了。"

偷录设备内置电池和流量卡，直接绑定我的手机，我用手机就可以远程看到那里。章玫把这个设备给我们调试完之后，立刻就跑掉了。

我把这个香烟盒大小的偷录设备充好电，装在裤兜里，按照卖家的说法，这东西可以用电池监控一周时间，我估计怎么都够用了。

我和洋子还有黄雅芝再次去了火葬场，黄雅芝把洋子想去停尸间祭奠王可的想法说出来之后，产主任表示很理解，立刻就带着我们去了停尸间。停尸间基本上都是锁着的，只有尸体运来或者运走的时候，才有当班的烧尸工用钥匙打开门进去工作。

产主任作为火葬场的办公室主任，自然有火葬场所有地方的备用钥匙。产主任带我们进了停尸间之后，黄雅芝羞涩地对产主任说，在停尸间害怕得想上厕所，要产主任陪她去厕所，由我陪着洋子，在停尸间祷告祭奠。

产主任屁颠屁颠地陪着黄雅芝去了洗手间，我和洋子两个人走进了停尸房，洋子虽然破案心切，但是进入这种地方，一个女孩子还是吓得瑟瑟发抖地躲在我身后，拉着我的胳膊战战兢兢地走了进去。

我也是头一次进停尸房，进去之后，看到墙边一大排冷冻柜，估计是存放尸体用的，其余的空间则摆着八张单人床，其中两张床上躺着"人"，"人"身上盖着发黄的盖尸布，洋子也看到了尸体，瑟瑟发抖地抓着我的胳膊，同时嘴里念念叨叨："王可，你可一定要保佑我查出害你一家的人，要是有什么脏东西想害我，你在那边要保护我。"

我观察来观察去，只有冷冻柜顶上最为适合放置偷录设备，我找到了一个隐蔽的角落，可是要到达这个角落，就必须经过那两具尸体，我小声对洋子说道："我要去那个位置放监控，你在这儿听着动静，我得经过尸体，估计你不敢。"

洋子哆哆嗦嗦地点点头，对我说道："甄老师，你快去快回，我害怕。"

我快步走过去，背对着尸体，打开监控，踮起脚来，把监控放上去，有那么一刹那，我想着背后的死人会不会突然伸出手一把抓住我的腿。

好在什么事都没有发生，我放好监控之后，退到门口，打开手机，看到了我和洋子在监控中的画面，示意洋子完事儿了。

这时候，我们也听到了黄雅芝的高跟鞋声由远到近地传了过来，我和洋子走出停尸间，正好遇到黄雅芝和产主任回来。

黄雅芝丝毫不动声色，对洋子问道："洋子，你祭奠完了吗？"

洋子点点头说道："我祭奠完了，咱们走吧。"

产主任看着洋子苍白的脸色，说道："这地方一般人都会害怕的，何况停尸房里好像还有两具新送过来的尸体，其中有一个吃安眠药自杀的女孩子，才二十出头，可惜了，照片挺漂亮，而且家境很好，她家属还专门花了不少钱，让我们这里的化妆师给好好化妆，化妆师刚画完，推进去的。"

我们离开之后，黄雅芝找了个理由也和我们一起离开了。我们上了车之后，黄雅芝告诉我和洋子："我刚才在产哥的办公室里看到了烧尸工的值班表，那个丁万钢，每次都是值晚班，今天晚上也是当班。"

我们回到住处，章玫见到我们，问道："甄老师，你把监控放好了吗？"

　　我拿出手机，调出监控视频，对章玫说道："放好了，你要不要看看停尸房里的场景。"

　　章玫连忙躲开，对我说道："我才不要看，让洋子看吧。"

　　我说道："今天晚上咱们有事情可做了，得有人盯着监控，因为雅芝说，今天晚上丁万钢上班，而且现在停尸房里就有个挺漂亮的20多岁吃安眠药自杀的女孩子。如果我们的推断没错的话，丁万钢晚上肯定会去停尸间行动的。吃安眠药自杀的年轻女尸，而且刚被化妆师处理过，肯定对他有吸引力。"

|第四十四章| 拿到证据

洋子说道："这个监控是不是有自动录像功能，录像的话可以快进，咱们不用晚上盯着，不过保险起见，我晚上盯着，明天早上再告诉你们情况。"

"甄老师，你把监控远程设备的登录账号和密码给我，我用平板电脑去看，这样我可以打开录屏功能，就算是那个监控软件不能录像的话，我也可以用录屏录下来。"

章玫在洋子的平板电脑下载了监控软件，登录之后，洋子给平板充上电，打开录屏功能之后，问我道："甄老师，我刚才问了丁阿姨，能不能把那几个厂领导的联系方式发给我，我还是想找他们问问。丁阿姨找到了农机厂的一本通信录，把当年的厂领导的手机号码和地址发给了我。甄老师你说我要不要去找这几个人问问，哪怕他们不肯说实话，我也想代替王可去问问。"

我对洋子说道: "你这样去问，没有任何结果，他们大概率都不会搭理你，更不用说见你了。"

洋子叹口气说道: "难道王可一家就这么白白冤死吗？甚至连自己因为什么死，怎么死的都不知道？"

我说道: "怎么死的，咱们拿到证据，盘问丁万钢之后，就能知道了。因为什么死，就需要去查了。但是时隔这么久，想查明白，估计还是得问那几个嫌疑人。可是问题是，我们现在也只能先锁定一个嫌疑人，就是那个蒋副厂长。"

洋子说道: "甄老师，你说我能不能去吓唬一下蒋副厂长，他这么贪财，肯定会贪污受贿的，我就说我手里有他贪污受贿的证据，还有他杀人的证据，他会不会就范呢？"

我反对道: "这样你会很危险，如果王可一家被害，和蒋副厂长的贪污受贿有关系的话，那么蒋副厂长肯定不是一个人，而是一群人，他们关系广泛，有钱有势，只要查到是你做的，没准就会想办法把你也杀掉的。"

洋子说道: "甄老师，那咱们就一点办法也没有了吗？"

这时黄雅芝从卧室里走出来，加入我们的讨论说道: "洋子，其实也不是没有办法，我原来上班的一家酒店，那个老板背后就有官员保护，然后老板出了事，官员想不管，老板就用官员在酒店里玩女人的视频威胁官员，只要能找到这些腐败分子贪赃枉法的证据，交给纪委，他们做的什么坏事儿都能查出来。"

洋子说道："这样的证据，我们怎么可能会有呢？哎，甄老师，你说，要是王可一家真是被他们害了的话，是不是因为王可他爸王会计有他们贪污腐败的证据，所以被他们杀人灭口的？"

我点头道："这个倒是很有可能，因为杀人是重罪，对于贪财的腐败分子来说，杀人不是最好的选择，如果他们最后杀人的话，肯定是因为不得不杀人了。"

洋子刚想说什么，但是很快也想到了，说道："都10年过去了，就算王可他爸有什么证据，也早就没有了。"

我也无奈地说道："有太多案子，从线索和推断上说，明明知道是谁做的，是怎么做的，但就是没办法将犯罪者绳之以法，因为没有足够的证据。通常这种情况，要是杀人悍匪之类的，就是等他再次作案的时候抓获，然后之前的积案也随之破掉，毕竟对于犯罪者来说，犯罪的次数多了，出现破绽的可能性就会变大，终归还是会被抓获，这也是天网恢恢疏而不漏的道理。这样的做法对腐败分子来说，也同样有用，就是虽然我们没法抓住他所有腐败犯罪的证据，但是只要抓住其中一个，就能抓住他的把柄，然后破获其他的犯罪。"

洋子说道："甄老师，那如果我找人盯着这个蒋副厂长，只要找到他新的腐败证据，是不是就可以搞倒他，然后问出王可一家都惨死的真相了？"

黄雅芝说道："那可不一定，这些贪官都狡猾得很，你就算当面抓住他们，他们可能都会瞪眼不承认的。"

洋子轻叹了口气，对我说道："甄老师，您休息吧，我盯着监控。"

我现在安慰洋子，也不能起到什么作用，只好说道："洋子，有些事情是一步一步推动到那个程度，就会自然有办法的。"

连日奔波，我也很是疲惫，头一挨到枕头就昏昏睡去了。一觉醒来已经是上午10点，我洗完澡走出卧室，结果看到洋子和黄雅芝在客厅沙发上昏昏睡着。

我在客厅里的动静，章玫听到后走了出来，章玫对我说道："甄老师，洋子特别想知道当年发生的事情，你觉得有把握能查清楚吗？"

我摇摇头："10年过去了，我们现在只有线索和推断，很难找到真正的证据。"

章玫说道："我去叫醒她俩，看看昨天晚上在监控里有什么发现。"

洋子睡眼惺忪地睁开眼睛，对我说道："甄老师，我录下来了，但是我不敢看，你看一下吧。"洋子说完，打开平板电脑，点开一个视频，递给我看。章玫立刻吓得跑回卧室。

我把平板电脑放在餐桌上，随后坐下观看，只见视频里，停尸房的门被打开了，随后丁万钢蹑手蹑脚地走了进来，这个监控摄像头还是高清，连丁万钢的表情都拍得一清二楚，丁万钢满脸欲望地走到停放尸体的床边，先掀开了其中一个尸体身上的盖尸布，结果是个中年男人，丁万钢一脸骂骂咧咧不耐烦的样子，但还是把男尸的衣服口袋、脖子、手腕、手指都检查了一遍，丁万钢在男尸的手指上找到了一枚戒指，用力拧了拧，发现太紧，没有拧动，随后从裤袋里掏出一个类似牙膏的东西，挤了点在手上，然后抹到了男尸手上，攥着戒指反复滑动，几下就把戒指摘了下来，我这才判断出来，那个牙膏其实是凡士林，起润滑作用的，看来丁万钢做这样的事情轻车熟路，熟练得很。丁万钢把男尸身上的财物搜捡一空之后，再次用盖尸布把男尸盖好，这才满脸春风地去把另一具尸体的盖尸布掀开，掀开之后，一具绝美少女的尸体显露出来，少女紧闭双眼，如同安睡一样，脸庞柔美，身材玲珑，两腮还有着淡淡的红晕，在化妆师的处理下恍若活人。我在视频中仿佛看到丁万钢咽了咽口水，随后把女孩尸体脖子上的项链、手腕上的手镯等财物一一取下之后，又把女孩尸体的衣服一件一件脱下。

整个视频长达40分钟，丁万钢果然是个变态，居然把女孩尸体摆弄得像个硅胶娃娃，这个视频在手，我们不怕丁万钢不就范。

我唯一顾虑的就是，丁万钢为人凶恶，我们想逼他说出真相，还不能掉以轻心，得早做防范。

我和章玫去采购了电击棒等防身物品，随后给丁万钢打了电话，约他出来。安全起见，我们约在了一座茶楼最为安静的包间。

|第四十五章| 真相如此

包间之内，我把电击棒分给三女，安排章玫和洋子守在门口，站在丁万钢身后不远处，我自己也把电击棒放在手边，以防备丁万钢情绪激动，铤而走险。

丁万钢果然赴约前来，我们把平板电脑上的视频点开给丁万钢看了一眼，丁万钢一看到视频，脸色大变，站起身来，又坐了回去，对我们说道："领导，你不抓我，还给我看这个视频，到底是什么意思？"

看来丁万钢一直以为我们是警察，所以才没敢骤然发难。我对丁万钢说道："我们想知道10年前那一家三口的尸体，到底是怎么样，至于你其他的事情，我们没兴趣。"

丁万钢长嘘了口气，对我们说道："哎，10年前，我见到那一家三口的尸体，碍于霍场长在旁边看着，我只能先把那会计的尸体推进炼人炉烧掉，然后我故意吓走霍场长，留下另外两具尸体，就和你们在视频里看到的一样，我想在女尸身上找找有没有值钱的东西，要是女尸保存得好，模样还比较漂亮，我也可以玩一玩，但是当我把女尸的盖尸布掀开之后，看到女尸的整个脑袋都被砸瘪了，应该是被锤子或者榔头之类的东西砸的，我一下子就没了兴趣，我把女尸的脸盖上，然后看看女尸的脖子上有没有项链，发现没有，随后又检查她的手腕手指有没有首饰。还好，她的左手上戴着一枚金戒指，我拿起她的手，打算把戒指取下来，结果我发现女尸的十个手指头都被锤子砸瘪了，血肉模糊。我在取戒指的时候，不小心把手指头的一截都碰掉了，这场景真是把我也吓到了。这女尸活着的时候，肯定是被人打成这样的，这得是什么样的深仇大恨，让人这么打呢？

"我害怕极了，把金戒指拿走后，就赶紧把女尸推进火化炉里烧掉了。那之后就因为那场大车祸，一下子送来了好多尸体，有男有女，有几个女的还挺漂亮，然后我就弄那几个女尸去了，等我和其他烧尸工把这些尸体都火化完，我再去找那个小孩的尸体，发现已经被人烧掉了，那几天尸体太多，大家忙得焦头烂额，也没人愿意去掀开盖尸布看一看，所以停尸房的尸体，就一个接一个地送进火化炉烧掉了。这件事就这样了，我还记得这一切，实在是因为当时那具女尸的惨样子，也不知道是得罪了什么人。"

丁万钢说完之后，对我打探道："领导，不是产主任让你们调查我的吧，我以后再也不敢了。"

我对丁万钢说道："我说过，我对你的其他事情没有兴趣，我们是为了调查10年前王会计一家死亡的案子来的。你要是还能想到什么，就打我电话。"

丁万钢对我请求道："领导，那你能不能把那个视频删掉，这视频要是被人看到，我就完了。"

我对丁万钢说道："等我们把案子破了，这个视频就没意义了，自然就删掉了，你先走吧，我们还要调查别的事情。"

丁万钢还想说服我们把视频删掉，终归还是没有说出来，灰溜溜地走掉了。我们出于安全考虑，从茶馆的后门出去，走到停车场，快速地开车离开。

在车上，洋子对我问道："甄老师，王可妈妈为什么会挨打，连手指都被人砸碎了，那得多疼啊。"

我沉默了一会儿，说道："王可妈妈应该是被酷刑逼供，这样对付她的人，应该是想从她那里知道什么。"

洋子说道："这些浑蛋真是太残忍了！真没有人性！王可做鬼都不会放过他们的。"

黄雅芝说道："没人性的浑蛋挺多的，我就听我厂子里的一个姐妹说过，她们在重庆的时候，有个大姐大，要是底下的小姐不听话，就让打手把小姐打断四肢，脸上泼了硫酸，再扔到江里去。"

章玫说道："洋子，这些人惨无人道，没有人性，你自己千万不要轻举妄动，在咱们想到好办法前，千万不要自己去对付他们，你斗不过他们的。我和甄老师当年对付一个私企老板，都几次遇险，这件事没那么容易的。"

洋子说道："玫子姐姐，谢谢你的关心，我懂得的，我不会去冒险的，虽然我很想给王可报仇。"

我们回去之后，洋子勉强挤出笑容对我和章玫说道："甄老师，玫子姐姐，真是不好意思，为了我的事情，耽误你们这么久，现在我也知道王可确实存在，还知道他已经死了，那我委托的案子就已经完成了。"

我还以为洋子会求我们继续调查下去，没想到洋子居然和我们说调查完了。

我对洋子说道："洋子，君子报仇，十年不晚，还是要等待时机。"

洋子答应道："甄老师，你放心，我不会干傻事的。"

|第四十六章| 再起波澜

既然洋子已经决定撤销委托，我和章玫商量之后，决定就此撒手，毕竟陈案经年，而且证据几乎全无，我也只不过是开个破案直播的推理爱好者，并没有公安机关的执法权力，就算我们手里有着关键线索甚至证据，可是整个案子过去这么多年，当年此案早就已经确定是意外，具体经办此案的人员还不知道是什么情况，要是早已升职，位高权重，现在要是重启旧案，翻出当年那些破事儿，必然会引起强烈的反弹。

如果洋子最后查到的关于王可的案子是我的至爱亲朋，可能我还会有动力不畏阻力，不畏险阻，继续调查下去，只为了能帮我的至爱亲朋一雪冤屈，但王可却只是我的粉丝洋子的初中同学，而且全家遇害，洋子也已经撤销委托，我实在是没热心肠去管这个闲事。毕竟现实就是现实，而且我发现，当我在温柔乡中待得越久，就越不想去面对风险和麻烦了。

章玫看出我的疲惫低落，哄我道："甄老师，这件事总算结束，虽然辛苦，但总算是没有白来，还是成功地破解了高广和王可是否存在之谜。回头我把破案过程的视频剪辑出来，先发小视频，再做几场直播，一定大火特火。特别是甄老师扮演得道高僧那段，还不知道得吸引多少粉丝来顶礼膜拜呢。但是，在做这一切之前，咱们得好好放松放松。说起来，咱们还都没有好好逛一逛西安城，兵马俑没看过，大雁塔没登过。甄老师，你可要好好休个假，然后我好好陪你休个假。"

我转头看着章玫娇俏的脸庞、渴望的眼神，疲惫的心情也有所缓解，对章玫笑道："好呀好呀，其实我还想去一趟成都，去找找那个小酒馆。"

章玫见我也露出了笑容，对我高兴地说道："去成都呀，那更好了，我大三暑假，在成都打了两个月的短工，熟悉得很，完全可以给甄老师当导游咯。"

我对章玫也玩笑道："那太好了，咱们回头去成都找到那个小酒馆，然后好好地喝点酒，不醉不归。我也好久没有开怀畅饮了。不过今天，我打算好好地睡上一个大觉，还请玫子做好行程安排，我服从玫子领导就好。"

章玫笑着揶揄道："那甄老师，今天晚上要不要再去温泉按摩呢？"

我摇摇头道："这个还是不去了，还得废话聊天。我就想快快地睡个觉。"

西安这座古城，正如贾平凹先生描写的一样，到处充满了古朴与时尚的复合气息，街头上时髦的姑娘走在城墙边，白的腿、黑的发、红的裙、灰的砖，在火热火热的阳光下，映射出迷离的画面来。

我和章玫在西安又玩了3天，把西安最著名的几个景点都转过之后，乘坐高铁去了成都，这样高铁穿过秦岭山脉，在隧道里的时间要占一半，不过穿出隧道的时候，还是能透过车窗，看到山势险要，小村小镇远近点缀其中，别有一番味道。我们过了汉中，就进入了四川腹地，真是一片锦绣河山，那山、那水、那树、那田都透着妖娆秀丽。

我们进入成都市区，感觉到了扑面而来的带着湿气的热，即使秋日将至，还是热浪袭人。

章玫到了成都，还真是熟门熟路，带着我各处游玩，让我感受一下，为啥人说少不入川。

我和章玫正在锦里吃着冰粉，我的手机不合时宜地连响带振起来，我掏出来一看，是西安的一个座机号码，我本不想接听，却发现这个号码给我连续打了三遍电话："甄瀚泽吗？我是匡警官。"

我蒙了一下，没有反应过来："匡警官？您好，不好意思，我一时没想起来。"

匡警官道："甄先生，我是西安市长安区公安局刑警，咱们在西安的时候见过面的。"

我一下子想了起来，我、章玫、洋子三人拜访了吴雪之后，吴雪就被人杀死在了家中，所以当地警方还通过技术手段找到了我们临时住处的位置，并且对吴雪死亡前后我们三人的行踪做了详细询问。

我说道："匡警官您好，我想起来了，请问您联系我是什么事儿呢？"

匡警官在电话中说道："甄先生，您现在还在西安吗？"

我道："我不在西安了，我在成都。"

匡警官道："请问一下，那个叫洋子的姑娘是不是和你在一块呢？"

我道："我们已经分开了，不在一起。"

匡警官道："那你还有她的其他联系方式吗？如果有的话，请你提供给我。"

我道："你稍等，我看一下。"

我把电话放下，对章玫问道："玫子，你那儿有洋子的其他手机号吗？"

章玫说道："我这里只有洋子的一个手机号，不过，洋子应该是和黄雅芝在一起，我这里有黄雅芝的手机号。"

我对章玫比画了个读出来的手势，章玫翻着手机读道："1860210××××"。

我对匡警官说道："匡警官，这个是目前与洋子在一起的一个姑娘的联系方式，她叫黄雅芝。对了，匡警官，我方不方便问一下，洋子是出了什么事吗？"

匡警官迟疑了一下，对我说道："这个还真不能和您说，不过还请您要是联系上洋子的话，务必要她给我打电话，我有要紧的事情找她。"匡警官说完，就挂掉了电话。

章玫对我说道："甄老师，洋子不会出了什么事吧，怎么警察又找她？"

我摇摇头道："洋子应该不会出事，如果洋子出了事的话，匡警官就不会要我们联系到洋子之后，让洋子联系他了，而是直接问我们知不知道洋子在哪里。"

章玫说道："这么说的话，洋子是不是卷到什么事情里了？"

我一时之间也没办法判断是什么情况，只是在心中生出一丝隐忧："我担心的是，洋子会不会去给王可一家惨死的案子翻案，所以跑去报案或者递交了举报材料，然后招来麻烦。这个匡警官是否真的靠得住，我们也没法判断。如果匡警官寻找洋子的目的是为了对付洋子的话，那就真的是麻烦了。"

章玫说道："甄老师你这么一说，说得我对洋子都担心起来了，我得赶紧打电话联系洋子。"

第四十七章 | 洋子失踪

　　章玫拿起手机，打起了电话。章玫打了几遍，应该是洋子没有接听，章玫担心地说道："洋子那边一直没接电话，是不是真出什么事儿了，我再给黄雅芝打个电话。"

　　章玫这次开了免提，拨号音响了几次之后，我们终于听到了接通的声音，黄雅芝的声音传了过来："玫子，什么事儿啊？"

　　章玫说道："雅芝，你有没有和洋子在一起啊？我给她打了好几遍电话，都没人接。"

　　黄雅芝说道："洋子这几天没和我在一块，她说她去她妈妈那里了。对了，刚才有个自称匡警官的，也是问我找洋子，说是你们给了他我的电话号码，洋子是不是出什么事了啊？"

章玫说道："雅芝，我给洋子打了好几遍电话，根本没人接，我们很担心她哇。"

黄雅芝道："玫子，你和甄老师还在西安吗？我好害怕，也好担心洋子。你们要是还在西安的话，能不能帮忙找到洋子。我知道甄老师是收费的，我手里还有些积蓄，我可不可以委托甄老师啊。"

章玫道："雅芝，你客气啦。我和甄老师在成都旅游呢，甄老师前段时间心情不好，且很劳累，所以我就趁机拉着甄老师来放松啦。要是洋子真有什么事情的话，甄老师肯定不会撒手不管的。这样，我和甄老师商量一下，然后回复你。"

章玫挂掉电话之后，对我说道："甄老师，你判断洋子是不是出了什么事情？咱们要不要回西安查一查？"

我摇头道："这也不过才3天，咱们还不能判断洋子是否出了什么事情。我这几天把整个调查过程都复盘了几遍，感觉有些地方不太对劲，特别是洋子中止了调查委托这件事，有些突兀，我判断，洋子其实还有什么事瞒着我们，只不过这些事儿应该是洋子的隐私，而且她委托的内容不过是要我们查明高广和王可是否真实存在，这项委托我们已经完成了。更何况如果是王可全家遇害的案子，要想重新翻案查下去的话，也未必是我们能够应付的局面。所以我最终决定对整个案子放手咯。"

章玫的脸上闪过心疼的神情，对我说道："甄老师，原来的你，可是一定会追查到底的，周叔叔和多多姐姐的事情出了之后，你就像变了一个人一样，你已经好长时间都没笑过了。"

我对章玫安抚一笑："老周这件事对我影响很大，有时候我都在后悔，如果我不是追求真相，也许老周就不会死了。老周虽然偏执，但骨子里还是很正直的，他只是走歪了路。"

章玫坐到我身边，拉过我的手，轻抚我的手心几下，对我说道："甄老师，周叔叔怎么会在监狱中自杀呢，据我所知，要是有犯人在监狱中死了，许多人要被调查，而且还要担负责任的。"

我对章玫说道："什么事都有代价和筹码，老周死在监狱，据说是和一个刚进去的犯人接触之后，就自杀了，那名犯人也被调查了多遍，监狱当值的狱警还有一应领导，都受到了纪律处分，可是最终也没查出什么来。最后接触老周的犯人，因此被加了刑，但老周终究还是死了。"

章玫叹息道："周叔叔就这么不明不白地死了，也不知道他一手创建的'天罚者'是不是真的就此彻底瓦解了。甄老师，你说会不会是周叔叔那个'天罚者'剩下的成员杀了他呢？"

我点燃一根烟，深深吸了一口，对章玫说道："老周到底是不是真正的'天罚者'组织首脑，我现在反而有了怀疑，因为老周缺乏作为一个庞大犯罪组织首脑的心理特征。"

章玫问道："什么特征？"

我说道："具体来说，作为领导者，需要具有强烈的自我保护意识，极致的掌控欲望，以及严密的思维逻辑。而我接触老周多年，他的明显特征是如同一只好的猎犬一样，能够通过各种蛛丝马迹找到他想找到的人或者东西，老周这样的特征更适合成为一个组织负责某项专门工作的副手，而不适合掌控全局。当然这一切都是我从心理学的角度来反复分析得出的结论，就'天罚者'的整个案子来说，老周已经全部认罪，并且根据老周的口供，'天罚者'组织的30多名成员也都或被击毙或被抓捕，所以整个案子已经结束了。"

章玫说道："甄老师，你的意思是，周叔叔可能是替死鬼？"

我道："这只是我的猜测，也许一切都只是我的猜测。所以查出真相真的好吗？"

章玫说道："甄老师，我理解你的心情，但是洋子这个案子，真相会是什么呢？为什么甄老师会产生同样的疲惫感呢？难道洋子案子的真相也会有甄老师不想面对的一面？"

我看向章玫，很是认真地看了她好一阵子："玫子，你能不能告诉我，你为什么会对洋子的案子这么上心？"

章玫被我看得脸红了起来，听到我问起这个问题之后，对我扑哧一笑，说道："甄老师还是甄老师，虽然情绪低落，工作积极性不高，但终归还是什么事情都瞒不过甄老师。"

我看着章玫娇艳的脸庞，心情舒服了些，对章玫笑了一笑，道："重庆和西安这么近，你们两个人年龄相差3岁，是完全有可能在同一所大学待过的，而且我发现你和洋子亲密熟悉得太快，完全不像是刚认识的洋子。只不过我信得过玫子，所以就在一旁默默工作咯。"

章玫笑道："甄老师真是聪明，居然一下子猜到了我和洋子的关系。其实说起来，洋子是我的学妹，我们在学校里打过一次交道，我之后对她就没有印象了，我是在洋子加了我的微信好友之后，在和洋子的攀谈中才得知她是我的大学师妹。我之所以没把这件事告诉甄老师，是不想让甄老师认为，我是因为洋子是我的师妹，才会给她争取，之后我也叮嘱洋子，不要在甄老师面前暴露我们的关系，免得尴尬，但我没想到还是被甄老师看出来了。"

我对章玫笑道："关系决定亲密度，亲密度引发关系变化。我之所以对你们产生怀疑，就是因为你和洋子的亲密度与你们告诉我的关系人设不相符。"

章玫拍了拍胸口，夸张地对我说道："甄老师，还好你和我的亲密度没有降低，不然的话，我得多难受呢！"

我对章玫说道："我哪里敢对玫子的亲密度降低，要是那样的话，我的老甄故事铺没人打理，我的生活没人打理，到时候我的感觉还不就是如同断手断脚。"

章玫对我故意"哼"了一声道："原来在甄老师心里，我的重要性是给你打理工作和生活，并不是我这个人让甄老师舍不得。好伤心！"

我对章玫无奈地笑笑，想哄两句，但是却不知道怎么哄，最后也只有笑笑。

章玫嘟了嘟嘴，过了一阵子，转过话题，对我说道："甄老师，我是不是可以订票回西安找洋子了，我真的很担心她，感觉她出事了。"

我对章玫点点头道："咱们现在就订票去西安，你联系黄雅芝，看看她在哪里，让她和我们一起调查。"

章玫高兴起来，对我笑道："甄老师，你真是太好了，我这就去安排行程。"

|第四十八章| 再回西安

三个半小时后，我们的双脚再一次踩在了西安的土地上，章玫已经联系到黄雅芝，我们就直接去黄雅之与洋子合租的房子。

这套房子距离西安北站并不是太远，我们打车过去也不过半个小时。

黄雅芝已经在小区门口等着我和章玫，小区不大，我们也只不过是走了几分钟，就进了两个小女生租的房子内。

黄雅芝把我们领进门，对我和章玫介绍道："本来我和洋子打算租一个两居室的，但是没想到两居室很抢手，都被租光了，反正三居室也只比两居室每个月贵300元，所以我和洋子就索性租了个三居室。洋子和我租下来之后，刚安顿下来，她就突然对我说，有事出去一趟，叫我不要担心，结果到现在一直没有回来，打电话也联系不上。"

我对黄雅芝说道："洋子的安全应该没有什么问题，但是她可能会陷入麻烦，我这次回西安，目的不是去救她，而是把她从坑中拉出来。"

章玫和黄雅芝大吃一惊道："甄老师，你说要把洋子从坑里拉出来是什么意思？"

我没有回答，而是对章玫说道："三天时间，已经可以做许多事情了，咱们想找到洋子，无非两条路径：第一，就是通过警方，直接报警的话不如找那个匡警官，或者等匡警官来找咱们。第二，就是咱们找到洋子，而要想找到洋子，我想最好的线索是丁万钢。"

章玫奇怪道："甄老师，你为什么这么说，你刚才为什么不告诉我？"

我对章玫说道："因为我只有到了这里，才知道洋子是怎么失去联系的，从雅芝刚才提供的洋子离开前的细节来看，洋子不是突然失踪的，而是自己和什么人联系了，随后去办理什么事情了，至于她联系不上，很可能是因为她现在做的事情，不能和我们联系。"

黄雅芝问道："甄老师，为什么洋子不是出事了？"

我回答道："一般来说，出事的人，往往是突然消失的，而不会提前通知身边人。洋子和你说自己去办事，就真的是去办事了，只是她办的这件事情，很可能是个深坑。"

章玫说道："那有没有可能洋子为了给王可一家报仇，去找当年可能杀害王可的农机厂厂领导等人闹事，然后被他们控制甚至害了？"

我摇摇头道："这种可能性非常小，因为咱们调查出来之后，唯一能确定的，肯定有问题的人，就是当年农机厂的副厂长蒋为民，洋子要找，也只能找蒋为民，可是我们没有当年事情的任何证据，丁万钢所说的只能叫线索，不能叫证据。蒋为民只需要不承认不理会，洋子根本没有办法的。蒋为民和他背后的那些人，根本没必要为了已经做得天衣无缝的案子再生枝节。"

章玫说道："如果洋子手里拿到了真正的证据，会不会被他们杀害灭口呢？"

我对章玫奇怪道："玫子，如果洋子手里有了真正的证据的话，只需要在网上曝光，或者提交给纪检部门，就可以把蒋为民这几个蛀虫扳倒了，根本用不着自己去找蒋为民。除非洋子并不是真心想给王可一家报仇，而只是想用那份重要证据去敲诈一大笔钱，随后被蒋为民诓骗杀害。你认为这种可能性存在吗？"

章玫道："从洋子对王可的心意来看，洋子不可能用证据去要钱的。这么说，我就放心了。"

章玫对我嘿嘿一笑后，不再无敌连环问，而是拉着黄雅芝一起帮我收拾房间，铺床整被。我在沙发上揉着太阳穴，心情复杂，听到房间里黄雅芝对章玫说道："没想到甄老师严肃起来，也挺吓人的。"章玫小声嘀咕道："老男人都这样子，认真起来，凶得像只老虎狗。"

　　第二天一早，我还在思考着我们要是查下去，会不会反而让洋子陷入被动，但是如果不查下去，万一洋子有危险的话……

　　我正躺在床上胡思乱想，卧室的门被章玫急促地敲了起来："甄老师，你醒了吗？出事了。"

　　我答应一声，套上睡衣，打开卧室门，章玫睡眼惺忪，看来也是被突然惊醒的。

　　章玫拿着手机对我说道："甄老师，你看这条新闻，那个蒋为民死了。"

　　我接过章玫的手机，看到是微博上的消息：据网友爆料，农机厂原副厂长蒋为民的残尸被发现，尸体现场，还发现了蒋为民签字的认罪书，认罪书中详细列举了农机厂破产改制时期厂领导勾结不法商人，造成巨额国有资产流失的情况，还有杀害农机厂会计王志国一家的残忍过程。此案已经被相关部门正式接受调查。

章玫又调出一则微博给我看，说道："本网记者根据蒋为民认罪书中提供的线索，计划分别跟进采访当年农机厂厂长金×中等人，但是根据线报，金×中等五人已经失联三天，警方正在调查中……"

章玫对我说道："甄老师，这些人全部失踪，会不会跟洋子有关系，我现在不担心洋子出事，而是担心洋子犯罪了。"

我稍微想了想，对章玫回答道："洋子没有这样的能力和胆量。第一则新闻里，蒋为民被发现时是残尸，也就是被害分尸；第二则新闻里，金敬中等相关五人都失踪了，我们先假定这五人失踪都是被绑架控制，那么不管是分尸，还是绑架控制，都不是洋子能做到的。玫子，你告诉我，洋子一点都没有告诉你其他的事情吗？"

章玫摇摇头道："洋子真没有告诉我其他事情，她只是一开始找我，想你帮忙查明高广和王可是否真实存在，查明王可真实存在之后，洋子就想查明王可的下落和情况。这之后的所有事情，我知道的就和你知道的一样多了。"

我对章玫说道："洋子肯定有什么事瞒着咱们，要是我猜得没错的话，那个匡警官很快就来找咱们来了。现在案子大了，10年前王可一家的案子和现在蒋为民惨死以及金敬中等人失踪的案子，都会被彻查，所以和案子相关的人都会被询问的，在嫌疑被排除之前，我们都走不了了。"

话音未落，我的手机响了起来，我拿起手机一看，正是匡警官来电："甄先生，我们通过大数据查询，确定你在西安×小区，麻烦你把详细地址告诉我，我有事需要对你进行询问。"

我把地址告诉匡警官，挂掉电话，对章玫努努嘴道："如果我猜得没错，他们最多10分钟就敲门了，因为警用定位设备的定位精度能够精确到10米，所以他们估计就在楼下了。"

第四十九章 | 走访调查

我和章玫抓紧时间洗漱，我还在用毛巾擦脸的时候，门铃就响了起来。黄雅芝跑去开门，一前一后走进来匡警官和一男一女两名年轻警察。

匡警官一脸严肃，拿出笔记本，同时问我道："甄先生，您原来是很红的直播破案的老师，我想知道，甄先生算是游走在法律边缘的私家侦探吗？"

我笑道："不好意思，匡警官，我应该说不上是私家侦探，我只是个讲推理的主播。"

匡警官继续说道："据我们调查，甄先生还参与破获了'天罚者'大案，甄先生不用过谦，而且从甄先生的经历来看，你也应该知道我们这次为什么要找你了。"

我点点头，对匡警官回答道："我刚看到新闻，这样的大案发生，所有相关人都会被调查和询问的。你能登门拜访，而不是对我们刑拘询问，说明你已经排除我们的嫌疑，但确定我们是能提供重要线索的人。"

我说完之后，把洋子委托我们调查高广和王可的全部经过都详详细细地给匡警官讲述了一遍。

匡警官听完，把我提到过的两个老太太还有丁万钢的联系方式都要了过去，对我说道："甄先生，我没想到你居然已经调查到了这种程度，要是你几天前把这个调查情况与我分享一下的话，也许就不会发生这么几起大案，这下我们所有人都得先把这些个案子破掉了。"

章玫忍不住问道："匡警官，这么多案子，难道真的是洋子做的？"

匡警官凝视着章玫，缓缓说道："这些案子和洋子肯定有关联，她在这些案子里面，到底是什么角色，甚至是不是被害者，我们都得去调查。我们也在满世界找这个姑娘，许多真相，可能就落在这个姑娘身上了。"

黄雅芝担心道："那警察叔叔，洋子会不会有危险啊？我们已经三四天联系不上她了，我们好担心她。"

匡警官说道："你们还知不知道她的其他联系方式，只要有一个手机号码，我们就可以确定大概方位。"

我问道："洋子常用的那个号码，你们已经定位过了吧。位置是一直没动，还是不断移动的呢？"

匡警官稍微迟疑了一下，对我说道："那个号码我们定位到了她妈妈的房子，位置也没有移动过，我们也联系过洋子妈妈，她妈妈也不知道洋子的手机为什么会在门口的电表箱里。"

我问道："你们是不是也查过监控，洋子有没有在3天前出现在她妈妈的住处？"

匡警官摇摇头道："没有出现过。小区只有电梯里有监控，楼道里没有监控，洋子妈妈住在33楼，我们没法找到到底是谁把手机放在那里的。"

我掏出烟来，递了一根给匡警官，说道："我说说我的判断，我判断肯定不是洋子自己把手机放过去的。"

匡警官点燃香烟，吸了一口，对两名年轻警察摆了摆手，示意不用记录了，这才对我说道："甄先生，你说说你的看法。"

我说道："道理很简单，如果是洋子的话，她完全没必要隐藏自己的容貌，因为她出入那里，是非常正常的。而只有不想让别人看到自己在那里出入的人，才会想方设法隐藏自己，至于33楼，完全可以在34楼下电梯走下来，或者在32楼下电梯爬上去。或者完全从楼梯走上去。因为对于查看监控的人来说，想查特定时间在33楼出现的人，就一定会锁定在33楼下电梯的人，而不会注意在其他楼层下电梯的人。"

匡警官对我微微笑了笑，道："甄先生还是真有点探案的手段，不过我们也在监控里查过可疑的人员，可是除了楼里的住户租户之外，就是快递小哥了，真没有可疑人员。"

我感觉到了匡警官对我的态度，笑了笑说道："我这也是糊涂了，居然在警察面前推理，还以为在自己直播间呢。这可真是关公门前耍大刀了，真是不好意思。"

匡警官的笑意更大了一些，随后对我说道："甄先生提供的线索对我们很有帮助，但查案是警察的事儿，不是群众的事儿，要是甄先生没有更重要的线索，我们就先去忙其他工作了，要是还有什么想起来的，就给我打电话。"

匡警官离开之后，章玫对着门做了个鬼脸，转过头来嘟囔道："这个人真是的，好像咱们影响了他办案一样。"

黄雅芝笑道："看来玫子姐姐没怎么受过气。刚才那个警察还能听一听甄老师的意见，我都想象不到。我之前也跟警察打过交道，那就不能说了，说起来感觉就是，算了，还是不说了，说了就会难过。"

黄雅芝说完，泪水已经盈满了眼，引得章玫一把抱住黄雅芝，安慰道："小可怜儿，咱们不聊这些让人难过的问题了。"

我对章玫和黄雅芝解说道："从警察工作的角度来说，的确是不希望别人来参与破案的，因为容易被带偏思路。因为破案本身就是个解密的过程，需要推断和验证，甚至是猜想和验证，稍有不慎，都有可能失之毫厘谬以千里。要是具体的办案人员经验老到，能力超群，能够牢牢把握正确的破案方向，那还好。如果办案人员做不到的话，反而可能被各种线索、消息、想法干扰影响，所以刚才那个匡警官的反应和态度，也正常。毕竟他的主要工作应该是走访排查，就工作流程来讲，他只需要把走访排查的情况详详细细地汇报给上级就可以了，根本用不着有太多推断和想法。"

章玫嘻嘻笑道："我就说嘛，甄老师肯定也不爽了，只不过甄老师评价起来，真是有理有据，而且还没有脏字。"

黄雅芝也被我和章玫的一唱一和逗得扑哧一笑："甄老师，还是你有文化，可是洋子怎么办啊？咱们能不能先去找找啊？"

章玫也附和道："没错，甄老师，洋子怎么办？"

我正色起来，说道："整件案子中，我最想不通的一点是，洋子到底有什么事瞒着咱们。"

章玫和黄雅芝不约而同地"啊"地惊讶一声，章玫问道："甄老师，你说洋子不见了，她不是被人绑架，而是自己不见了的？"

黄雅芝也问道："甄老师，你的意思是洋子有事情，把咱们所有人都瞒着了？可是我和洋子是上次在温泉酒店，才重逢相遇的啊，她要是有事瞒着我，干吗还会和我相认呢？"

　　章玫说道："甄老师，那是不是可以这样理解，洋子是在和雅芝重逢之后才有事瞒着咱们的，咱们只需要把遇到雅芝之后发生的事情都捋一遍，就能找出事情的关键点了。"

|第五十章| 再做推断

我摇摇头道："不能这么简单地判断，毕竟咱们遇到雅芝是非常偶然的事情，咱们遇到雅芝之后，最大的变数其实是咱们通过雅芝的熟人，加速了破案的过程。也就是说，如果没有遇到雅芝的话，咱们可能连火葬场的门都摸不到，也就没法找到丁万钢，找不到丁万钢，不可能知道王可爸妈尸体的细节，也不可能知道当年王可一家人被人抹去痕迹的背后，居然藏着这么一件惨重的刑事案件。但是这件事对洋子来说，也是意外知道的。如果洋子是在这之后，发生了什么要瞒着咱们的事情，完全可以要我们继续调查下去，最好是把王可一家死亡的真相都查出来。洋子既然是章玫的同校师妹，肯定清楚我是能够做些事情的。"

章玫笑道："甄老师，估计在洋子心里，甄老师就是天神一样的存在，所以洋子应该对甄老师能翻案是有信心的。"

我无奈地对章玫笑笑："事情绝对没有那么简单，所以我判断洋子突然撤销对我们的委托，其实是因为她对我们隐瞒了其他人，并不想这么翻案，而是想自己复仇。"

章玫惊讶道："甄老师，你的意思是，洋子瞒着咱们的不是某些事情而是某个人，那会是什么人呢？会不会这个人才是委托咱们查案的人呢？"

黄雅芝恍然大悟道："我知道了，洋子瞒着的那个人，是王可家的亲戚。因为甄老师说复仇，那么有这么深仇大恨的人，只能是和王可一家有关系的人，可是王可一家三口都已经死掉了，就只能是他家的亲戚了。"

章玫表示怀疑道："亲戚能有这么大的复仇心吗？"

我说道："这也是我最为想不通的地方，因为最近这几起惨案的被害人，全都是当年农机厂的厂领导，而和这些被害人有关联的人，就是王可一家了，洋子和我们之所以会被警察走访询问，是因为我们也在调查王可一家当年被害的案子。洋子不可能犯下这样的大案，可能犯下这样大案的人，当年也全部都死了，所以我想不通关键点到底在哪里？"

黄雅芝猛地打了个哆嗦："甄老师，会不会是王可一家的鬼魂回来报仇了。"

章玫笑道："怎么可能？就算是真有鬼魂，还能报仇，那为什么王可一家的鬼魂，会把洋子控制住呢？"

我说道："洋子的失联失踪，到底是不是和这些案子有关系，都还不能完全确定，咱们现在所说的一切，都是在推断洋子和前几日发生的大案有关联。"

章玫说道："那警方找咱们了解情况，也在寻找洋子，是不是也是推断洋子与这些案子有关联。"

我点头道："是的，正是因为警方判断我们不具有犯下这些案子的嫌疑，所以才只是对我们走访摸查，而不是将咱们刑拘询问了。"

黄雅芝道："那甄老师，咱们到底能不能做点什么，从而找到洋子。"章玫也用同样询问的眼神看着我。

我想了想，说道："我想洋子肯定会留下什么线索的。"

章玫说道："甄老师，你的意思是，洋子放在电表箱里的手机？可是那手机是被警察定位发现的，也一定会被警方收走，咱们就是想找线索也找不到了啊。"

我说道："玫子，你还记得我和老周在破案工作中的区别吗？"

章玫说道："我当然知道啊，当年周叔叔是根据各种物证痕迹去追踪犯罪嫌疑人，而甄老师是把自己代入成犯罪嫌疑人，来寻找犯罪物证验证。"

我肯定地说道："对，就是这样。那么现在咱们站在洋子的角度来思考，她为什么要把自己的手机放到自己妈妈房子的电表箱里？"

黄雅芝说道："洋子这么做的确很奇怪，因为如果洋子想给她妈妈说什么的话，完全可以用手机直接给她妈妈发消息或者打电话，甚至是给甄老师、玫子姐姐或者我发消息、打电话，而不是把手机送过去。"

章玫说道："如果说是因为洋子的手机会暴露洋子和那个她隐瞒的人的位置的话，那么洋子完全可以把手机随便扔到什么地方，这样就完全不会被定位了。"

黄雅芝和章玫互相看了一眼，又看向我，问道："甄老师，你是怎么想的啊？洋子为什么会把这部手机送回她妈妈房子里的电表箱呢？"

我说道："把手机送过去的不是洋子，肯定是另有其人。"

章玫问道："甄老师，你为什么判断把手机送过去的不是洋子呢？"

我说道："咱们假设下述两种情况：一、洋子是自愿和被她隐藏的人一起，并且知情这些大案；二、洋子是被胁迫并参与了这些案子。如果洋子是自愿的，她出于某种原因需要把手机送回去的话，她完全可以选择自己妈妈不在家的时候，把手机悄悄地放进去，而不需要把手机放在电表箱，毕竟放在电表箱，就有丢失的风险；如果是被胁迫的，那么胁迫她的人，更不可能让她自己去送手机了。"

章玫和黄雅芝对我流露出小迷妹的表情来。

我继续说道："既然我们判断是其他人把手机送过去的，那么这个人为什么会把手机送过去呢，就只有如下两种可能：第一，洋子被控制，她找机会把手机交给一个人，这个人帮她把手机送了过来，但是这个人比较笨，没有读懂洋子表达的真实意思，只是按照洋子的表面意思，把手机送到了洋子指定的位置。第二，是洋子隐瞒的那个人，把手机送过来的。"

第五十一章 现场勘查

　　章玫问道："为什么是洋子隐瞒的那个人送的手机？这种可能性太小了吧？"

　　黄雅芝也质疑道："对呀，那个人既然想去杀人，就不可能同意洋子把手机送过去，这样太容易暴露自己了。怎么还可能亲自把手机送过去呢？"

　　我说道："玫子，雅芝，假如说，你们处于洋子的这个位置，你们内心深处想阻止这个要犯下大罪的人，你又同情他的遭遇，想帮助他，你会以什么心态和这个人相处呢？"

　　章玫想了想之后，说道："甄老师，我没遇到过这种情况，我想不出来。"

　　黄雅芝笑道："玫子姐姐，你就想，如果那个人是甄老师的话，你会怎么做？"

章玫一下子就红了脸，对黄雅芝嗔道："讨厌，甄老师和这个事情怎么有可比性嘛？如果是甄老师的话，那不管他想做什么，我都会支持他，追随他的啊！"

章玫这火辣辣的表态，让我一时之间很是感动，也怔了一下。

黄雅芝则拍起巴掌来起哄道："在一起，在一起。"

我赶紧咳嗽一声，把画风带回正轨："我推测洋子应该是矛盾的，也就是说，她一方面想帮助这个人，另一方面也想阻止这个人，所以才会想出这个办法来传递信息，可是她要传递的信息究竟是什么呢？"

章玫回过神来，抹了抹脸，也尴尬地咳嗽两声，继续说道："还有个问题，那就是洋子想把这个信息传递给谁？"

黄雅芝说道："如果不是洋子自己送的手机，那就肯定不可能是要传递消息给她妈妈了，可是又把手机送到了自己妈妈的房子门口，这到底是为什么呀？"

章玫说道："这个我能解释得通，那就是洋子当时只能给那个人自己妈妈的地址，这样的话，送手机的那个人才不会产生怀疑。所以甄老师说得对，重点是洋子想传递什么信息？"

我们三人反反复复地讨论了一上午，讨论得肚子叽里咕噜乱叫，也没有讨论出结果来，最后章玫忍不住了，建议道："甄老师，咱们要不直接去洋子妈妈的那套房子里看看，也许会有什么发现，顺便去那边儿吃点午饭。"

一个小时后，吃过午饭的我们混进了门禁严密的洋子妈妈居住的单元门内。我们首先确认了一点，那就是楼梯内没有监控，楼道里也没有监控，但单元进门处和电梯内是有监控的。我们三人跟着一个提着菜篮子的阿婆进了电梯，然后看到阿婆拿出门禁卡刷了一下，电梯自动读出了阿婆要去的25层，随后看出我们没有门禁卡，阿婆警惕地问我们道："你们仨是没带门禁卡还是来找人的？"

黄雅芝用西安话回应道："阿婆，我们是来找35层的，她在楼上按了电梯，和我们说我们只要在电梯里等着就行了。"

阿婆这才放下心来："嗯，从楼上按电梯把电梯叫上去也是可以的。"

到了25层，阿婆下了电梯，电梯门关闭，我们顺着电梯上到了32层，在电梯就要下去的时候，我们从32层走了出来，然后顺着消防楼梯爬到35层，找到了洋子手机被发现的电表箱。这是个一梯两户的户型，电表箱藏在弱电井里，当时洋子的手机就在洋子妈妈这边的电表箱上。

我们打开电表箱看的时候，我确信这里已经被提取了指纹脚印，看来警方检查得很仔细，而且没什么发现，如果有发现的话，这案子基本上就算是破了。因为在现有的大数据基础下，只要通过指纹或者脚印确定了嫌疑人的身份，就可以通过天眼系统进行监控锁定甚至步态追踪锁定，很快就能锁定嫌疑人的活动规律和经常出现的地点，然后布控抓捕，审讯结案，收工大吉。警方之所以要大规模走访排查，一个很重要的原因就是技术手段侦查没有获取足够有效的线索。

我们三人从楼道里退出去，走到小区里的凉亭坐下来思考洋子为什么要把手机送过来。这时一个穿着西装挂着物业经理工牌的小伙子走过来，对黄雅芝热情地打了个招呼："嘿，美女，你是不是微博上的芝芝小姐姐？"

黄雅芝本来和章玫一起坐在凉亭内的长椅上，猛然来了个人和她打招呼，她从长椅上站了起来，用手捋了下耳边的头发，这才对那个小伙子羞笑道："我的微博名字的确是叫芝芝，你是我的微博好友吗？"

小伙子把黄雅芝从上到下偷瞄了一遍，涎着脸说道："芝芝小姐姐，你本人比微博上的照片还好看，不对，是好看多了。我还以为女孩子发的照片都是照骗，都是精心P图出来的，本人还不一定长什么样呢，没想到芝芝小姐姐本人比照片好看多了。芝芝小姐姐，我是你的粉丝追梦小帅，还在微博上和你互动来着。"

黄雅芝笑道："我想起来了，你在微博上每天给我发一朵玫瑰的表情，没想到在这里遇到了，真是巧啊。"

小伙子摸摸自己的头道："是啊，好巧啊。对了，芝芝小姐姐，你也住在这个小区吗？我在这个小区的物业工作，这样的话，咱们就可以经常遇到了。"

黄雅芝还没回答，章玫突然起身说道："对呀，我和芝芝刚搬到这个小区里，可是我们放在门口的快递不见了，小哥哥，你能帮我们查查监控吗？"

小伙子立刻自信和激动起来："当然可以，我就是负责监控安保的，不过监控只能覆盖7天的，你们要想看的话，也只能看7天内的。"

|第五十二章| 查看监控

章玫悄悄地给我比画了个手势，叫我不要出声，假装不认识她，我默默地掏出手机假装路边的大叔。

那小伙子在前面给章玫和黄雅芝带路，一边走一边说着："果然美女的朋友也是美女，你们租的是三居室还是两居室，还有没有空房间，我可以和你们一起合租，成为同居室友吗，就和爱情公寓那样？"

我的手机上传来章玫的消息：甄老师，我们去看监控啦，我估计带着你的话，那个小哥哥就不肯帮忙了，所以我们需要在监控中注意什么呢？

我回道：看3天前的监控就可以，看在电梯里只出现过一次的奇怪的人。

章玫继续问道：只出现一次比较好识别，关键是什么样子叫作奇怪的人。

我道：奇怪就是这个只出现一次的人，不应该出现，或者不应该是这个样子出现。

章玫：OK啦。甄老师还是去附近的商场找个咖啡厅等我们吧，我估计我们看监控的时间不会太短，免得你被风吹日晒，而且我们看完监控之后，这个小哥哥多半会缠着要把我们送回家，我们得说去逛街，才能脱身，回头就在商场集合。

我回复：你们注意安全。

章玫：谢谢甄老师关心。甄老师放心，就算我对付不了这个小哥哥，雅芝也能应付得妥妥的。

我看着章玫等三人转过小区内的假山，这才从长椅起身，准备换个地方去租个充电宝，先给手机冲会儿电。章玫出门，总是在随身的包里带着充电宝，而我是什么都不带的。我这会儿才意识到手机快没电了，我得先去找地方充电。

我走出凉亭，穿过小区内的健身广场，听到了震耳欲聋的广场舞音乐，我看看时间，也才下午4点，好奇怎么跳广场舞的阿姨这么早就出来运动了。

我赶忙贴着边儿穿过这声势浩大的广场舞区域，刚走到踏步器边，却听到一名广场舞阿姨说道："哎，这几天怎么没看见洋子妈妈，她不是广场舞的领舞来着？"在旁边压腿的阿姨神秘兮兮地说道："洋子出事儿了，那天洋子家门口来了一群警察，把楼道和洋子家里都翻了个遍。"

我一下子就坐到了旁边的腰力器上，假装锻炼，实则恨不得竖起耳朵来听两个阿姨聊天。

"什么？警察来？洋子犯事儿了？"

"对，我亲眼看到的，谁知道洋子犯了什么事儿。"

"那怎么肯定是洋子犯的事儿，而不是洋子妈妈犯事儿？我就看那娘儿们不是什么好人，她前夫和现任，当年都是西安市面上有名的。"

"洋子不见了，洋子她妈满大街找人呢。嘿！那娘们长得好看，年轻的时候更好看，比洋子好看多了。人家招老爷们喜欢，不奇怪。我说你老张就是嫉妒。哈哈。"

"我呸！我能嫉妒那个浪货，她现在还能漂亮什么呀？这女人啊，到了年龄，就怎么样都不行了！谁谁都一样！"

我见听不到什么更有价值的信息了，这才停止假装运动，拿出手机，用最后的一点电量，给章玫发了条消息：这个小区不少人都看到了警察来调查洋子，方便的话打听一下，没准就有什么新的发现。

我又绕着健身区转了一圈，确定听不到什么有价值的信息了，这才转身离开，步行去了小区对面的商场，在商场里用最后的一点点电扫码租了个充电宝，给手机充上电，这才心里踏实下来。随后坐在一家咖啡店的角落里用网络搜索针对最近出现的惨案的议论，结果发现什么都搜不到。看来在案子彻底破获之前，整个案子的消息都被封锁了。毕竟案子太大，当地警方压力也大，如果这个时候再出恶劣影响，估计不少人都要帽子落地了。

我喝了两杯咖啡之后，章玫给我发来了一个视频，明显是拍摄的监控中的一段视频。

我打开视频，视频中，一名穿着制服的快递小哥头戴帽子，脸上戴着口罩，进了单元门后，抬头看了一眼摄像头位置，随后就下意识地低下头去，走进了电梯。

我给章玫发了个"？"，但是章玫没有回复。

我只好耐心地等着，既然章玫能在那么多的监控视频中找到这个快递小哥，那么必然能找到其他线索。

又过了半个小时左右，章玫再次发来一段视频，视频中正是刚才那名快递小哥，在电梯中蹭到了34层，然后走出了电梯，并且过了5分钟之后，再次从34层进入电梯，下到一楼出了电梯。

我刚看完这段电梯内的监控视频，章玫已经把第三段视频发了过来，是单元门口的监控拍到的刚才那名快递小哥离开的视频。

章玫随后发信息道：甄老师，你在哪里？我和雅芝马上就想办法脱身过去找你。

我发了个定位和咖啡店名字给章玫，随后再次把章玫发的视频看了几遍，也没有看出视频中的快递小哥究竟有什么奇怪。

20分钟之后，章玫和黄雅芝的身影出现在了咖啡店门口。两个女孩坐到了我对面，章玫笑嘻嘻地对我说道："甄老师，你要请我们两个吃饭，不然的话，就有一个热情的小哥哥一定要请我们吃饭了。嘿嘿。"

第五十三章 | 发现疑点

黄雅芝也不好意思地笑道："我也没想到这个小伙子会这么热情。"

我对她们说道："吃饭好办，一会儿咱们就去吃，但先告诉我为什么认为这个快递小哥是奇怪的人。"

章玫说道："我们把3天前所有出入单元门的视频都快进看了一遍，结果发现，那天出入这个单元门的人，除了快递小哥之外，其他人都是住在这里的，这一点得到了那个物业小伙子的确认。而出入的快递小哥一共有4名，其他的快递小哥都是在好几层停留，而且拉着一车的快递包裹，只有这个视频中的快递小哥，手里没有包裹，也没有收寄取件的痕迹。"

黄雅芝补充道："对对对，而且送上门的快递小哥基本就是顺丰和京东，还有一家小哥是因为那件包裹太大了，快递柜放不下，才送上去的。"

章玫对我说道："甄老师不经常网购，所以不清楚，现在的快递，都是给你放在快递柜里，然后你自己去取的，能不上楼给你送到家里，就不会上楼，所以会上楼送非大件快递的小哥肯定是不对劲的，特别是这个快递小哥还不是顺丰和京东。"

我总算理解了章玫发现视频中的快递小哥不对劲的逻辑，这个逻辑还真的是女孩子才能发现，我这个不怎么网购的老男人还真是想不到。其实可以这么理解，我也网购，只不过网购的时候，快递也是章玫给我取的，所以我注意不到这一点。

章玫继续说道："甄老师，你说咱们是把这个视频的发现提供给那个匡警官呢，还是咱们自己去查呢？"

我苦笑一下，对章玫说道："我想我们把这几个视频交给那位匡警官，最大的可能也是被匡警官扔在一边。咱们还是自己去调查吧。"

黄雅芝道："可是咱们只有这么个身影的视频，脸什么的完全看不见，能怎么继续查下去呢？"

我笑道："只是咱们没办法查而已，但是通过步态追踪完全可以找出这个人来的。"

黄雅芝说道："要不咱们再找找那个私家侦探试试？"

章玫说道："是那个叫作林凯文的私家侦探吗？"

我也想起了那个叫作林凯文的私家侦探，我们找到确定王可一家死亡的证据，就是林凯文查出来的，而我们下一步能找到火葬场，也是因为这个林凯文。

黄雅芝说道："那我先把这几个视频发过去，问问他能不能查出来，要是能查出来的话，咱们再去找他。"

章玫说道："好的，那咱们可以去吃饭了。"

我们吃着自助鱼火锅，鱼肉很香，但是麻椒太多，吃了没多少，我就感觉舌头被麻得好像不存在了。

章玫和黄雅芝也被火锅辣得小脸红扑扑的。我吃饱了之后，问黄雅芝道："雅芝，林凯文回复没有？"

黄雅芝先是擦了擦嘴，又擦了擦手，这才拿起手机，同时不好意思地说道："真是对不住啊，甄老师、玫子姐姐，我刚才光顾着吃鱼了，没注意看手机，我现在就看啊。"

黄雅芝打开手机，放到耳边听了听，听得表情都变了，眉头都皱了起来。

黄雅芝把手机先递给章玫，章玫听完之后，脸色也变了，随后章玫又把黄雅芝的手机递给我，我点开林凯文发的语音，第一段语音：这个人能查，不过有点贵，得5万元，毕竟需要用到监控系统；第二段语音：上次和你们一起的那个姑娘，找我查的金敬中、蒋为民，怎么都死了，你们要是在一起，警告那姑娘，要是惹了什么事儿，可别给我找麻烦。

能去找林凯文查金敬中、蒋为民的，只能是洋子，而洋子居然去调查这两个人，那就更不能说和这个案子没有关系了。

我对黄雅芝说道："你回复林凯文，钱不是问题，一定要查。然后你再问问，洋子都查了金敬中、蒋为民什么资料，能否也给我们一份，我们付费。"

黄雅芝接过手机，发完消息后，我买完单，我们三人一起离开。我们走到商场外面，找到安静的角落，黄雅芝打开手机扬声器，语音里说道：先付两万定金，顺利的话，明天你们就能拿到想要的资料了。

我们回到住处，洋子依然没有消息。我们三个人也没有再讨论案情，毕竟林凯文说起洋子找他调查金敬中、蒋为民等人的消息，让洋子的处境更加麻烦，我们也只能等林凯文那边的确切消息传来，才能决定下一步的行动。

第五十四章 小村寻人

第二天下午两点，我们三人再一次走进了林凯文的调查事务所，林凯文照例是一脸疲惫，对我们说道："你们那个姑娘呢，她去哪里了，她肯定卷进人命案子里了。你们要是能找到她，或者能联系上她，让她自己尽快去找警察吧。"

我对林凯文说道："我们也正在找她，但是联系不上，所以才需要找线索。我们要的资料怎么样了？"

林凯文照例把电脑屏幕转过来对我们说道："你们想查的那个快递小哥，我已经通过大数据查到了，你们把尾款给我吧。另外，你们另外那个姑娘委托我查的资料，我便宜些2000元卖给你们吧。"

我把32000元转给这个林凯文，林凯文第一时间把金敬中、蒋为民的资料通过手机给我发了过来，这些资料并不复杂，不过是这些人的详细地址、车牌号码和车辆信息、手机号码、经常出入的地方。

电脑里关于那个奇怪的快递小哥的资料，则是一些步态分析监控的截图，我们顺着截图找到了西安南郊的一处村庄的治安监控，而且资料显示，这名快递小哥在这村庄内反复出现多次，充分证明这个村庄内有这个快递小哥的落脚地。

我们把快递小哥的监控资料拷贝之后，离开林凯文的调查事务所，直奔资料中叫作小王村的小村庄。路上，黄雅芝忍不住问道："甄老师，咱们为什么不让林凯文直接查找洋子的下落呢？"

我一边开车一边回复道："因为警方肯定已经通过技术手段找过洋子了，但是没找到，所以才会开展大规模的走访排查。所以咱们找这个林凯文查找洋子的下落，也没有用。"

黄雅芝感慨道："和甄老师这样的聪明人在一起，就是感觉脑子跟不上，你一下子就想明白的事情，我完全想不到。"

一个小时之后，我们到达了小王庄。小王庄是个大村，一条国道、一条省道穿村而过，村内得有几千户人家，有两个较大的超市，还有村小学，由于距离最近的地铁站只有六站公交，在这个村子租房的打工者不在少数。

我们要在这个有几万人的村落里找到一个没有具体照片的快递小哥打扮的人，真是相当有难度啊。

我们把车停在超市门口，在超市内买了几瓶冷饮，喝了几口。

黄雅芝说道："甄老师，咱们不是要在这个路口等着那个快递小哥出现吧，可是就算他出现，站在咱们面前，咱们也不一定能认出他来啊？"

章玫说道："肯定不能在这儿蹲守那个快递小哥，咱们只能去找这里蹲墙根的老人家询问是否看到过洋子，或者找人问问有哪些地方出租房子给快递小哥。"

我把瓶子里的最后一口汽水吸光，对章玫和黄雅芝说道："其实不用那么复杂，因为咱们要找的快递小哥，不是一个真正的快递小哥，而是假扮成快递小哥的'快递小哥'。"

章玫和黄雅芝一脸懵圈，最后章玫忍不住问道："甄老师，我们知道那个人是假扮的快递小哥，可是这和真的快递小哥有什么不同呢？特别是在村子里，这怎么分辨呢？"

黄雅芝频频点头，表示和章玫同问。

我说道："从金敬中、蒋为民的惨死案来看，这个'快递小哥'犯案的动机是复仇，那么他为什么选择这个村庄作为自己的落脚地呢？"

黄雅芝说道："因为这里便宜，他没有钱，他的钱都拿去复仇了。"

章玫说道："因为这里隐蔽，不引人注意。"

我再次问道："那么，如果你们是他，要在这里租赁一个落脚地的话，你会选择什么样的房子呢？"

黄雅芝说道："我不能让人看到我的那些复仇工具，所以我得给自己找个相对清静的地方。"

章玫说道："还得交通方便，要是有什么风吹草动，能很快逃跑。"

章玫说完，猛然明白了，高兴地对我说道："甄老师，我想到了，你是说，他选的落脚地，肯定不可能和那些真正的快递小哥一样，他会选这个村里比较偏僻少人，最好是没人的地方。"

黄雅芝也高兴地说道："我也想到了，那些真正的快递小哥多半是几个人一起合租一套院子，为了省钱，但是这个人肯定会自己租一整套院子。"

我对两个女孩子投去欣赏的眼神，继续说道："没错，当咱们把这个'快递小哥'的心态代入自身去思考的话，就能找到破案方向了。"

章玫说道："那咱们都不用着急去找人打听，只需要先去寻找符合这个条件的地方和房子，就可以了。"

我打了个响指，点头道："对，就是这样，喝完饮料了吧，那咱们可以出发了。"

黄雅芝说道："我们女孩子喝得慢，不过我们可以拿着在车上喝啊。"

村子虽然很大，但是大部分房子都在繁华区域，直到我们绕到村子的西南侧，村子的尽头连接山林，我们沿着村内自己修的有些坑洼的水泥路开到跟前，才看清这片山林，其实是被划成了一片一片的果园，院内种满了苹果树、枣树等果树。果园之内，房子距离相当远，而且四面临山，一旦有什么风险，完全可以从果园里跑出来进山里。

第五十五章 | 警笛大作

还好这片果园沿水泥山路蜿蜒，我们顺着山路往里开去，一共发现了7处果园，再远处就已经是植被保护区，再也看不见果树了。

为了避免还有遗漏，我们又驱车把整个村庄都绕了两圈，最后确定，整个村庄就只有这些果园最为适合隐身藏匿。

我们把车开到距离果园区域最近的一家小超市，由黄雅芝拿着洋子的照片和"快递小哥"的视频截图去和小超市老板打听情况。

两三分钟后，黄雅芝就拿着几包零食走了出来，对我们说道："这里的小超市老板，完全没有见过洋子和这个'快递小哥'。"

章玫失望道："难道咱们的查案方向出了错误？不然的

话，只要在这里出现，不可能不就近购买生活用品。还是那个'快递小哥'太过狡猾，为了避免被人注意到，所以根本不在近处采买生活用品。"

黄雅芝嘻嘻笑道："但是我在这个超市里买了100多块钱的东西之后，磨着老板想想有什么外乡人在这片果园里，老板告诉了我一件事。"

章玫忍不住刮了一下黄雅芝的鼻子，嗔道："雅芝，你怎么也说话大喘气了？"

黄雅芝笑道："这样说，不是显得我厉害吗？不开玩笑了，刚才超市老板告诉我，最远那家果园被原主人以每年30万元的价格转让出去了，可是那个果园每年只能赚20万元左右，那果园的原主人一开始还以为接手的人会在果园里种什么新水果，但是结果一年时间过去，不要说新水果树，连原有的苹果树、枣树什么的，都没人打理。"

我问道："那其余的6家果园，有没有外乡人？"

黄雅芝回答道："这个问题我也记得问啦，只有最远的那家果园是被外乡人转包的，其他的6家果园都是本村人承包经营的，其中还有两家开展了采摘和网销，那两家还经常视频直播自己果园里的水果。"

我们再次开车，直奔最远处的第七家果园，这家果园的园门紧锁，果园内的房子孤零零地杵在高处，从那套房子内往下看去，还真是一目了然。

我们把车停好，走到院门口，章玫说道："要不咱们直接破门而入好了。"

我点头同意，打量起果园来，园子的围墙就是用铁丝把最外围的树木用铁蒺藜拉起来，而园门则是两扇铁门，我们透过门缝朝里面看去，看到门锁就是一把从里面锁起来的挂锁。虽然这个锁的结构很简单，但是凭我们三个人却打不开，如果老周在的话，这样的破锁一下就打开了。

章玫看到我为难的表情，对我说道："甄老师，你是不是又想起周叔叔来了，要是周叔叔在的话，这样的门，早就有办法进去了。"

我点头叹息道："是啊，我原来已经习惯了老周的存在和帮助，现在彻底没有了，估计我的探案生涯也该结束了，因为老周的技能我完全不会，再学估计也来不及了。"

黄雅芝突然大喊起来："洋子，你是不是在里面？我们来找你了！"

章玫很快反应过来，我们来的目的不是破案，而是寻找洋子，把洋子从命案的泥潭中拉出来，既然我们进不去，那我们能把洋子喊出来也是可以的。

于是章玫也跟着喊叫起来，寂静的果林中，两个女孩子的喊叫声引得果园里的看家狗都跟着叫了起来。

突然间，我们听到警笛声从远而近，刹那间数辆警车开到了院门口，其中还有两辆警车是面包车，从车上跳下来20多个特警，警察看到我们三个，毫不客气地用枪指着我们，把我们控制在一旁，随后特警战士用撞门器一下子就把大铁门撞开了，随后一路人快速跑步冲上山，一路人开车进去了，现场留下三名警察对我们看管询问，我一看其中就有那个匡警官。

匡警官对我似笑非笑地问道："甄先生，你怎么出现在犯罪嫌疑人的巢穴门口？你对整个案子到底知道多少？你是不是还有事没对我说？你要知道，你在这个地方出现，是有麻烦的。"

我对匡警官说道："我们要找我们的朋友洋子，所以去了洋子手机被发现的地点，找物业要了监控，在监控中锁定了一个可疑的'快递小哥'，又通过私家侦探找到了这个村子，然后我们把整个村子都绕了几圈，再加上对村民的打听，这才找到这里，可是一道铁门就挡住我们了，我们也只能隔着门喊洋子了。"

匡警官对我们说道："嚯，你这一圈还真是效率高，居然用了一天多点的时间，就找到了我们4天才找到的位置。那么甄先生，你刚才说的一切，是否都有人证物证呢？"

我对匡警官正色道："还真是每一步都有证据。"

匡警官对我摆摆手，说道："现在甄先生不管有什么事儿，都可以直接对我们专案组组长说了，我现在的任务就是在这里看着甄先生不要跑，不要打电话。只要犯罪嫌疑人被成功抓获，这件案子就可以结案了。话说回来，甄先生还真是有些本领，我们组长也是通过再次查看监控锁定的嫌疑人，随后再通过技术手段确定了这里。"

章玫忍不住怼道："那是，要是匡警官早听我们甄老师的意见，也许找到这里的就是您了，您就可以立功了。"

第五十六章 | 原来认识

　　匡警官是个典型的西北汉子，被章玫怼过之后有些不好意思，但是对小女孩也不气恼，只是嘿嘿一笑，不再搭理我们，自顾自地在一旁抽起烟来。

　　现场的动静很大，惹得听到消息的村民都跑过来看热闹，村民们在警戒线外议论纷纷，对果园和我们也指指点点。正在人群嘈杂的时候，攻进果园的警察和特警已经退了回来，带队的一名领导表情严肃，看来并没有抓到犯罪嫌疑人。

　　匡警官也看出来领导表情不善，连忙把没吸完的半支烟扔在地上，用脚踩灭，快步跑过去，对那领导说道："徐组长，他们三个怎么办？"

　　徐组长转眼看看我们，对我格外打量了一番，又看了看围观的村民，对匡警官吩咐了几句之后，就离开了。匡警官走回我们面前，对我们说道："徐组长指示，要我开着你们的车，把你们带到局里，他要亲自询问。"

我们到了市公安局，匡警官却没有把我们带去询问室，而是带去了一个小会议室，匡警官坐在靠门口的位置，既看着我们，又等着徐组长过来。

我们等了半个小时，会议室的门被推开，刚才那名徐组长抬步走了进来，匡警官迅速起立，我们三人也站起身来。这徐组长再次打量我几眼，对我说道："甄老师，咱们见过，当时我还在李强李处那边办案，寒光集团的案子我也参与了。"

我心想怎么能受到如此优待，原来是他乡遇到了故知。我对徐组长客套道："不好意思，徐组长，我对您实在想不起来了。"

徐组长摆摆手，对我说道："甄老师，不必客气。刚才我也命人把甄老师所说的话都核实过了，确实排除了甄老师的嫌疑，我把甄老师请过来，是因为想听一听甄老师对案子的意见和看法。"

我对徐组长说道："我们卷入这场案子，完全是因为我们受了洋子的委托，查找她的记忆问题才开始的，至于之后为什么案子会演变成这么大，也是我完全没想到的。"

徐组长说道："这些事情，我们已经调查清楚了。我们本来以为已经锁定了犯罪嫌疑人，可以抓捕归案了，但是没想到犯罪嫌疑人远比我们想象的更狡猾，我们不但没有抓到犯罪嫌疑人，而且犯罪嫌疑人还犯下了更大的案子，就在刚才，长安县政协副主席于力清家属来报案，说于力清也失踪两天了，而于力清就是当年农机厂改制时的商业局局长。"

我也惊讶起来："这么说的话，于力清凶多吉少，要是这个级别的干部也被害，你们专案组的压力得多大啊？"

徐组长叹口气道："现在已经不是压力的问题了，人命关天，不管被害人当初有什么问题，都应该是纪检监察机构去调查，人民法院审判才能惩罚他们，而不是这样，被人杀害碎尸，所以找到犯罪嫌疑人，不仅是为了破案，更多的是为了救人。而且我们现在陷入了思维盲点里，要想短时间内找到犯罪嫌疑人，是有困难的。所以甄老师，你现在对这个案子，有什么想法没有，没准就能对我们有所启发。"

我稍微理了理思路，对徐组长说道："我现在其实只有一点想不通，但是没法去查清了。不过在说这点之前，我先把我的整个推断讲一遍。我把整个案子回想起来，洋子委托调查高广和王可存不存在，要么一开始就是想利用我，要么就是在调查过程中发生了变化。而她利用我的最大可能就是，她想通过我调查王可一家被害的嫌疑人。

"我们最后调查出来王可全家被害的嫌疑人，就是农机厂当年的几名厂领导，随后洋子就结束了调查委托，在这之后，这几名嫌疑人纷纷惨死，从我们现在知道的消息来判断，洋子的确是有嫌疑，可是她着实没有犯下这连环几起大案的作案动机啊，这也是我想不明白的。一个没有动机的人，是不大可能亲自犯下这样的大案的，那么最有可能的就是，她想调查这一切，本质上是为了帮助真凶去找出仇人，好让这个人去复仇，而这个真凶就是我们追踪到的'快递小哥'。"

第五十七章 | 我的推理

"要知道，当年杀死王可一家的凶手，都该受到法律的制裁和报应。可惜证据都已经湮灭，这些人逍遥法外不说，还过得风光快活，真是天理不存。

"而最近发生的案子中，造成王可一家惨死的嫌疑人接连被杀，死者大概率生前也都遭受了手指被敲碎，随后被打碎头部杀害的报复。

"所以，从这个角度来说，洋子委托我调查的究竟是高广和王可是否存在，还是调查王可一家被害的嫌疑人，我判断，更有可能是后者，理由如下：一、当我们从崔丽霞那里得知高广的真实死因的时候，洋子并没有什么特别强烈的情绪反应，而洋子从烧尸工丁万钢那里知道了王可父母的尸体惨状之后，却表现出义愤填膺，咬牙切齿的强烈情绪。

二、按照洋子最初的委托，我只需要调查清楚高广和王可是不是真实存在即可，当我调查到高广确实是存在过的人之后，洋子对之后的调查并没有任何兴趣，但是在我们从丁老太太那里得到王可的照片，与洋子的记忆基本一致的时候，已经可以确定王可是真实存在的情况下，洋子先是请求调查王可的下落，当我们调查出来王可一家已经死亡，洋子又再次请求调查王可一家的真实死亡原因和嫌疑人，当我们根据当事人的描述确定了嫌疑人之后，洋子又表现出要想方设法报仇的念头。

"根据上述两点，我们就可以假设，洋子其实早就知道王可一家已经遇害，但是这种无头公案很难调查，洋子贸然向我提出要调查一件10年前的死案，很可能被我拒绝，所以洋子选择了先请我调查高广和王可是否存在这个案子，如果我成功地查出了高广和王可真实存在，那么就趁机请我进一步调查，因为自始至终，洋子想要的就是杀害王可一家的嫌疑人名单，所以当我们确定了王可一家被害案的嫌疑人之后，洋子就结束了调查委托。

"当我们假设洋子不知道王可一家已经被害，而是真的委托我调查王可到底存在不存在的话，那么洋子在我们已经调查出王可确实存在之后，就可以结束调查了。

"但是，这是否可以说明，洋子是结束我们的调查委托之后所发生的一系列报复杀人案的真凶呢？从我们经历的所有事情来看，的确所有的嫌疑都指向了洋子。但是实际上，我们忽略了一个细节，一个很重要的细节，那就是烧尸工丁万钢所说的一段话，丁万钢说起过，王可的父亲王会计是在已经死掉的火葬场前场长霍场长的监督下被推进了火化炉火葬的，而王可的母亲则是在丁万钢搜捡了财物之后，再推进火化炉火葬的，但是丁万钢却并没有直接亲手把王可的尸体推进火化炉火葬，因为火葬完王可母亲之后，一场突发的巨大交通事故给火葬场带来了好几十具尸体，火化场的所有烧尸工都加班加点火葬尸体。据丁万钢所说，他以为王可的尸体被其他的烧尸工当成车祸死亡的尸体烧掉了，但是其实还有另外一种可能，那就是王可当时并没有死亡，而是在休克假死状态中，就被杀害王可一家的凶手当成死亡了送到火葬场火葬，可是王可醒了过来，逃了出去，但是当时王可还太小，第一是并不知道真正的仇人是谁，第二是没有能力复仇。所以等王可长大之后，与洋子再次遇到，请求洋子帮忙查出杀害自己全家的凶手，洋子这时候找到了我，才开始了一系列的调查，而我们所有的调查结果，也被洋子第一时间发给了王可，我还记得洋子反复问我还有没有办法把当年杀害王可一家的嫌疑人送进监狱，成功报复，我回答的是已经没有证据，几乎不可能，所以王可最终选择了杀人报复。

"而关于王可还在人世这个推断，我没法验证。所以徐组长，如果你认为我刚才的推断有道理，就可以看看，有没有办法从这个角度来突破。"

匡警官听完之后，忍不住问我："甄先生，你说王可没死，从这几起大案的动机来看，这个推断是成立的，而且我们找到的被害人尸体，也确实发现被害人的手指都在生前被人活生生砸碎了，但是怎么证明王可还活着呢？"

徐组长摆摆手，说道："甄老师，你的推断虽然大胆，但是却最有可能。可是我们现在的燃眉之急，却不是证明王可是不是没死，而是能找到犯罪嫌疑人，只要咱们能成功抓捕犯罪嫌疑人，那么他究竟是谁，就一清二楚了。"

我对徐组长问道："徐组长，我知道整个案子现在都是保密阶段，社会上并不知道到底有几个受害人，我方不方便问一下，当初和王可一家被害可能有关联的人，除去被害的，还有几个？"

徐组长稍微沉吟了几秒，对我说道："现在真实的被害人已经达到了五人，于力清是最后一个，这最后一个都已经失踪失联，多半是被真凶控制住了，如果于力清最终也被害了，那我们整个专案组，就真是颜面扫地，工作不力了。"

我明白徐组长的意思，但是案子变化太快，而且真凶的确太过狡猾，在短短的几天之内就已经将仇人都逐　控制杀害。我想了想，说道："徐组长，你们发现的尸休是第一现场还是第二现场？"

徐组长道："所有尸体都是在第二现场发现的，第一场就是那个果园，可是果园内只有被害人的痕迹，没有其他人的踪迹。"

我继续问道："那能告诉我，现在所有的被害人尸体被发现的地点吗？"

徐组长对匡警官吩咐道："老匡，你去取一份地图过来，然后标注上已经发现的五具尸体被发现的位置。"

第五十八章 | 抛尸规律

匡警官离开之后，徐组长问我道："甄老师，这抛尸地点能有什么线索吗？我们核查了所有抛尸地点与果园的联系，没有发现什么特定规律，也许是嫌疑人为了方便抛尸而选择的地点。"

我微微笑了笑，对徐组长说道："如果为了抛尸方便，应该是毁尸灭迹，在那个果园挖个深坑，把尸体埋掉就可以了，完全不需要再冒着风险去抛尸的。"

我话音刚落，匡警官已经拿着一幅市区地图走了进来，把地图放在会议桌上，并且用红笔分别标注了抛尸地点。

我们围着地图看去，发现抛尸地点有的在居民区，有的在立交桥，有的在菜市场，还有的在工地。

徐组长对我说道："甄老师你看，这几处抛尸地点，并没有规律可言。要说犯罪嫌疑人打算复仇，将被害人的尸体示众，但是有两具尸体却被抛在了人迹罕至的公园野山，你要说犯罪嫌疑人为了掩人耳目，其他的尸体却分别被扔在了菜市场、住宅区和工地。"

我盯着地图上的地址，闭上眼睛，把自己想象成真凶，问自己为什么会这样选择抛尸地点。

我睁开眼睛的时候，发现徐组长和匡警官在默默地吸烟，章玫和黄雅芝一脸崇拜地看着我。

我再次仔细地看了看地图上的抛尸地点，开口说道："我刚才的推断，都是建立在真凶就是王可的基础上的。"

徐组长说道："甄老师，如果真凶就是王可的话，为什么会这么抛尸呢？"

我说道："王可一家被害之后，王可父母都被匆匆火化，连骨灰都被当年的霍场长悄悄处理掉了，也就是说，王可父母在这个世间，没有坟墓，没有骨灰，什么都没有，那么王可想祭奠父母，都无处可去。而王可为了给父母报仇，杀害了他能查到的仇人，把这些仇人杀害后，并没有毁尸灭迹，也没有把尸体深埋，而是把尸体抛到了不同的地点，那么他选择这些地点的标准，应该是他记忆中和父母在一起的地点，你看，小区、工地、公园这些地方，应该都是当年王可和父母有关联的地方。至于王可是不是还和父母有其他记忆的地方，我想我们可以先问问黄雅芝。"

黄雅芝看着地图，对我们说道："这些地方都是当时我们渴望父母带我们去玩的地方，不过我父母不在了，所以没人带我去，我只能羡慕那些去过的同学。"

徐组长若有所思，对我点头赞叹道："甄老师，你这么解释，还真是解释得通，如果王可就是真凶的话，那么于力清，会在哪里被抛尸呢，或者王可会在哪里杀害他呢？"

我回答道："我刚才在地图上，没有看到其中很重要的一个地点，让我判断，王可一定会把于力清，或者他的尸体带到这个地点，这个地点就是当初王可的家庭住址，也就是现在正在拆迁改造的原农机厂第二家属区。那个家属区因为有钉子户，所以还有一栋楼没有被拆，不要说在那栋楼里绑架拘禁，就是藏匿几天，甚至是杀人分尸，都能做得到。王可选择在那里作案，就是要在自己父母死去的地点杀害仇人，是为了祭奠遭受酷刑死去的父母。"

徐组长说道："那事不宜迟，咱们现在就赶去那片拆迁工地。甄老师，你们也和我们一起过去，要是能找到洋子，你们还要帮忙。"

我说道："这一切推断都是建立在王可复仇成立的基础上，如果真凶不是王可，那么推断就是错的。"

徐组长边走边说道："有个方向去试试，总比没有方向好。辛苦甄老师，和我们一起行动了。"

半个小时后，我们已经到达了被拆迁的农机厂第二家属院，警察已经把那孤零零的待拆迁楼全部包围起来，钉子户的两户人家还以为是强拆的来了，老头抱着煤气罐在窗户下摆出一副"誓与危楼共存亡"的架势来，但是很快就被特警控制住，架到了封锁圈外。在封锁圈外，匡警官给四个老头老太太解释，他们是来抓坏人的，不是来强拆的。激烈挣扎的老头老太太这才不再叫骂挣扎。

几队特警已经整装待发，只需一声令下，就进入危楼，无死角搜索了。徐组长用对讲机下了指令，行动开始，特警已经分头进入危楼地毯式搜查。

10分钟后，楼顶抛下来一具尸体，重重地摔在了危楼前的大沟内，有警察过去查看，正是失踪两天的于力清。与此同时，楼顶上传来了一声吼叫："你们退后，不然我把这个姑娘也杀死。"

我们抬头看去，洋子的身影出现在了眼前，黄雅芝害怕道："洋子。"

洋子身后，则是穿着工装服的一名年轻男子，从身形上看，正是我们锁定的那名"快递小哥"。

徐组长拿来大喇叭，对楼顶喊道："王可，你不要伤害人质，有什么条件，你可以对我说。"

洋子背后的青年男子哈哈笑道："王可这个名字，还真是好多年都没有被人叫过了，没想到你们居然查出来了，要知道，我在户口本上，早就是个死人了。"

徐组长下意识地看了我一眼，随后对身边的警察使了个手势，大批特警也已经到达楼顶，成扇状包围了王可和洋子。洋子被王可用刀胁迫，两个人在楼顶边缘，只需一步，就能从楼顶掉下来，四层楼虽然不高，可是谁也不能保证两人坠落后是伤是死，局势一时僵了起来。

王可对我们大声说道："我杀了这么多人，肯定活不了了！我现在需要你们做一件事，我就立刻放了这个女孩，而且自首；如果你们不答应，我就杀了这个女孩和我陪葬，反正洋子和我也是初中时的恋人，当年也曾发誓，同生共死的。"

徐组长说道："王可，你不要冲动，有什么要求尽可以提出来。"

王可哈哈笑道："这件事说难也难，说不难也不难，就是你有没有权力去做罢了。"

徐组长说道："在这里，我负总责，你先提出条件来。"

王可丢了一个本子出去，喊道："你们把这个本子里的内容传上网，我就立刻放了洋子，对你们投降。"

那本子很快就被现场的特警送到了徐组长手里，我瞥到那是个账簿。徐组长问道："这个本子里是什么？"

王可说道："是我爸当年收集的这些贪官污吏倒卖农机厂，贪污受贿的证据，也就是因为这个账簿，我爸我妈才会被那些浑蛋活活折磨死。我知道，单凭这个账簿，根本扳不倒那些人，所以我杀了他们，但是我要让所有人都知道，他们是多该死。"

徐组长说道："王可，我们可以把这个账簿交给监察委，由他们查清当年的真相。"

王可哈哈笑道："我就知道，你不敢把这个账簿传上网，你要是不传上网，就会再多一条人命，你看着办。"

|第五十九章| **真凶要求**

徐组长说道："你先不要冲动，我请示下上级，马上给你回复。"

徐组长说完，转身召开会议，想办法强攻上去，章玫突然拿着手机对我说道："甄老师，我想王可在放烟幕弹，你看这个突然冒出来的视频。"

我接过手机，打开视频，视频中一个老年男人说道："我叫蒋为民，是10年前农机厂的副厂长，我和金敬中等几人，一起杀了王会计一家人……"

我把视频快进，发现是蒋为民承认当年侵吞国有资产，杀害王会计一家的犯罪经过，而且还说出了自己的财产房产情况，以及自己包养情妇的事实，视频最后，还播放了蒋为民手机里录下的大尺度视频。

章玫悄悄对我说道："这个视频似乎是用了什么病毒软件传播的，想封停，怎么也得一两天，而这一两天时间，就已经足够让几千万人看到了。"

我们正议论，就听几声枪响，楼顶上几名特警队员快步赶到边缘，把一只脚已经踩空的洋子一把抓住，救了下来。

很快，特警队员把被枪击伤的王可带了下来，王可的肩膀和手腕上都中了枪，但是仍然被铐住了双手，洋子惊魂未定，看到我们的时候，哇的一声哭了起来。

徐组长看到王可被击伤捕获，长嘘了口气，布置收尾工作去了。匡警官走到我跟前，对我说道："甄先生，徐组长指示，咱们先陪着洋子去医院检查，没有问题的话，再去录口供。甄先生，你还真是厉害，要不是你推测出王可在这个地方，我们还抓不到他。"

在医院里，我们问洋子是怎么被王可控制的，洋子对我们说道："王可不知道怎么弄到我的微信，约我出去，随后就强迫我告诉他我们查到的一切，我告诉他之后，他就把我藏在了这座楼里，我说我不想我妈担心，求他把我的手机送回去，其实我是想给你们留下线索的。"

洋子检查完身体过后，没有什么大问题，我们跟着匡警官回到市局录了口供，也就完成了任务。

　　我和章玫又在西安逗留了几天，虽然对王可的命运唏嘘感慨，但是他身背数条人命，死刑是跑不了的。洋子虽然还是想帮助王可，但终归还是无可奈何。

　　我和章玫离开西安，回到北京，虽然在路上，我始终还是感觉有些疑点，但一时半会儿也想不透疑点到底是什么。

　　不过随着我忙碌起来，也没空去想这件事情了。这期间我抽空去探望了一趟多多，看到多多虽然清瘦了不少，但是精神还很好。多多告诉我，她在监狱中表现很好，已经得到了减刑一个月的奖励，我很是替多多高兴，多多问起我在忙什么，我把接受洋子委托和调查的经过给多多简要地讲了一遍，多多对我笑道："老甄，没想到你还是那么容易被利用，你想想，当年毒刺为什么找你？我为什么找你？不过这次你能及时反应发现自己被利用了，还真是学聪明了，哈哈。"

　　我对多多笑道："毕竟我被人利用得多了，所以反应过来自己被利用，也就不是什么难事了。"

　　多多对我玩笑道："嘿嘿，老甄总算是聪明了一回。其实老甄是真能查案，可就是太容易被人利用了。其实老甄，你终归还是被利用了。洋子在这件事上，还有其他角色。"

　　我对多多问道："洋子还有其他角色？这话从何说起？"

多多说道："具体什么角色，我想等王可执行枪决之后，洋子会告诉你的。因为洋子和王可的关系，究竟有多深，不是老甄你能把握的。"

我对多多笑道："人心两个字，最难看清，不过这件案子，最后还真是闹大了，王可案发，直接牵连出当年鲸吞国有资产的一串腐败干部，那一条线上的老虎苍蝇，都已经陆续落网了。"

多多道："天网恢恢，疏而不漏，只不过早晚的事儿。今天时间到了，谢谢老甄来看我。"

王可一案很快就有了结果，王可最终被判处死刑立即执行，4个月之内，王可案就已经走完了程序，执行完了死刑。

我和章玫在网上看到王可这样的结果，虽然感慨万千，但也清楚，王可最后的结局必然如此，只是不知道洋子是不是为王可伤心难过。

章玫没好意思直接问洋子怎么样，而是联系黄雅芝，问洋子的状态如何，黄雅芝回复我们，王可被执行死刑之后，骨灰是洋子领来并安葬在公墓的。

我心中已经有了判断，但是毕竟事关洋子，所以并没有继续追问。倒是我直播间的粉丝对王可一案议论纷纷，不断要求我把洋子的委托和王可的犯案过程讲述出来。

　　我在案件已经正式公开结案之后，在直播间分成几集，给粉丝们讲述了起来。这天，就在我讲述，我为什么判断王可未死的时候，章玫突然给我发了消息道："甄老师，洋子的连麦来了，接通吗？"

第六十章 | 再讲故事

我错愕了一下，随即点击了连麦请求，洋子的声音传了过来："甄老师，感谢你帮我和王可调查清楚当年惨案的真凶。现在王可已经安葬，我也开始了新的生活，所以有些故事，我想我可以在甄老师的直播间讲出来了，就算是对王可最后的纪念吧。"

直播间本来已经议论纷纷，洋子突然出现之后，直播间的弹幕立刻就被刷屏了。

我对洋子说道："洋子，其实我一直在等你这讲个故事呢。"

洋子说道："甄老师还真厉害，那么快就能推断出王可没有死。但甄老师有一点说错了的，那就是我委托甄老师调查的时候，并不知道王可还活着，王可也没有遇到我，找我帮忙调查他家被害的真凶。

"我不知道甄老师是否还记得，咱们在去拜访吴雪阿姨之后，离开商业局家属区的时候，遇到了一个快递小哥，当时我说过，那个快递小哥的眼睛太像王可了。

"其实那就是王可，他也的确是个快递小哥，但是他当时去商业局家属楼，就是去杀吴雪阿姨的。当时我感觉是他，但是我不确定，他感觉是我，但是也不确定。直到他杀害吴雪阿姨之后，在吴雪阿姨的手机里找到我的联系方式，才联系上了我。

"甄老师和玫子姐姐可能不知道，在匡警官询问过我们三个人之后的那个晚上，你们两人都已经睡熟了，我悄悄地出去，和王可在楼下的24小时咖啡厅碰的面。虽然王可已经长大了，我也已经长大了，我们有10年时间没有见过了，但我还是一下子就能感觉出，那是他，也只有他能够让我有心跳加速的感觉，我当时一下子就扑到了王可的怀里，他紧紧地抱着我，我一边哭着一边掐他，直到他喊疼，我才松开手，确认我和王可的见面不是做梦。王可告诉我，他是死过几回的人，这次出现就是为了报仇，只是他没办法查清当年到底是谁那么残忍地杀害他父母和他。王可给我讲述了他的经历，我才知道这个世界上竟然有这样毫无人性的禽兽。

"王可告诉我，他爸爸王会计是个非常正直的会计，手里有一本真账本，这个账本真实记载了当年农机厂的实际资产，还有当时的厂领导虚假报销套取公款、挪用公款、贪污公款的记录，王可说，王会计发现，当时的厂长金敬中用尽各种手段，把厂子的钱套出来，然后再用这笔钱，在农机厂股份制改革的时候去收购股份，金敬中本想收买王会计，但是王会计不愿意看到曾经那么辉煌的一个国企大厂，就那么被一群蛀虫吃光拿净还要占为己有。所以王会计拿出账册，要金敬中把贪污的公款还回来，如若不然，就去上级部门举报金敬中等厂领导，王可说，正是因为自己爸爸的这个态度，才给自己全家招来了杀身之祸。

　　"王可永远也忘不了10年前那个夜晚，四个歹徒敲门进来，随后就把他们全家绑了起来，带到一处废弃的仓库中。他们要王会计交出账本，王会计不肯，歹徒就在王会计面前，把王可妈妈的手指头都用锤子砸碎了。王会计说什么都不屈服，四个歹徒把王会计夫妇都用锤子砸死后，把王可用腰带勒死了，但王可却只是昏了过去。

　　"等王可醒来的时候，发现自己躺在停尸房里，停尸房里满是尸体，自己父母早已不见，王可害怕之下，先在停尸房里藏了起来，趁着停尸房的房门打开，悄悄溜了出去。王可从火葬场出来，才发现自己到了一个陌生的地方，自己什么地方都不认识，什么人都不认识。王可死里逃生，完全不敢相信任何人，于是悄悄地打听回家的路，先回去看看，没想到吃了一个老乞丐递过来的馒头之后，被迷晕了，等王可再次醒过来的时候，他已经被带到了河南省，在那里，他被一群小偷强迫成了一个小偷。就这样，王可跟着一群小偷学会了开锁和盗窃，直到18岁那年被抓现行进了监狱，可是当监狱对王可核查身份的时候，却发现王可早就已经因为煤气中毒注销户口了，于是当地警方认为王可是假冒别人身份，王可提供不了证明自己身份的证据，就这样，王可实在没办法，用了一名已经死去的小偷的身份，才被判刑，正式坐牢。在牢中，王可认识了一名死缓犯人。那名犯人是因为报仇杀人被判的死缓，他给王可反复讲的就是有仇不报非丈夫，何况是杀父杀母的大仇。王可在监狱服刑的时候，把和父亲王会计发生冲突的人和事都捋了一遍，这才想起一个商业局姓吴的女科长，所以王可决定出狱之后，先去杀女科长报复。

　　"王可在监狱里服刑3年出狱，出来之后，又买了个别人的身份证打零工过活，这个时候他已经能够回到西安，也找到了自己的家，可是没想到的是，家已经被拆迁了，连拆迁款都被蒋为民领走了。王可一时找不到这个蒋为民，于是就千方百计地找到了吴雪的地址，王可找到吴雪，逼问吴雪是谁杀了自己一家，吴雪并不知情，但是王可已经控制不住愤怒，在吴雪大喊救命的时候，用匕首把吴雪捅死了。捅死吴雪之后，王可用吴雪的指纹解锁了吴雪的手机，打算看看有没有什么线索找到杀害自己家人的真凶，没想到却找到了我的联系方式，王可大喜之余，这才联络了我。我本来要劝王可自首，但是王可对我说，他报完仇就会去自首，他报仇之前，要是被人知道他在杀人报仇，那就肯定是我泄密了，就会连我也杀掉，我害怕之余就答应帮他调查当年杀害他父母的凶手。

　　"我这才想到可以通过甄老师帮忙调查出当初杀害王可父母的凶手。好在甄老师很快就调查出来王可真实存在，而且还敏锐地发现骗我说王可不存在的同学可能是有共同点的，而刚好原来在农机厂工作过的丁阿姨找出了这些同学的共同特点，那就是这些同学的家长都是当年农机厂的厂领导，我就是再傻也能想明白这些人肯定有鬼，才会那么说的，于是我把从丁阿姨那里得来的名单发给了王可，把从丁万钢那里知道的王可父母的尸体惨状也告诉了王可。我告诉他之后，就感觉王可可能会去疯狂地报复，我不想甄老师卷进王可的报复杀人中来，所以就和甄老师提出调查委托结束。我也不想甄老师卷进来，能够查到王可还活着，但是没想到，最终甄老师还是参与进来了。

　　"我找了那个私家侦探，查到了蒋为民的地址资料，给了王可。

　　"王可后来告诉我，他只是先把蒋为民控制了，那个蒋为民是个软骨头，他才敲断了他两根手指头，蒋为民就把合谋杀害王可父母的所有同谋全都招了出来。王可强迫蒋为民给这些人发消息，说当年的事情有麻烦，把这些人都约到了一处废弃仓库，随后全都被王可用迷药控制住。王可把这些人一个一个全都杀死，再分别把尸体扔到了他和父母去过的地方，王可要用这些人的尸体，祭奠自己惨死的父母。

　　"我没想到甄老师为了找到我，还是参与了破案，并且那么快就找到了王可最后的藏身地点，要是甄老师没有参与破案的话，我想王可在杀了人之后，可能已远走高飞了，毕竟，法律上的王可早就死了，他用的是别人的身份活着。可是冥冥之中自有注定，就差那么一点，王可就被包围了，于是王可在最后把蒋为民的招供录像发到了网上，又挟持我拖延时间，这样等王可被抓的时候，我就是王可手里的人质，王可在警察面前也坚定地咬死我就是他胁迫的人质，所以警察在案子破获之后，对我反复盘问，就把我放回了家。

　　"现在王可死了，他的仇也报了，我也开始了新生活。其实想想，如果没有查到当年王可父母惨死的真相，也许我和王可的相认，还能延续我们当年的爱情，可是天注定就不是这样。

"甄老师，我讲完了，还是谢谢你，给了我这么大的帮助。对了，我妈终于告诉我，我不是高广的亲妹妹，我那个高爹被警察抓了，因为他杀死了高广，丁万钢也因为侮辱尸体，被判刑了。"

　　我对粉丝们总结道："洋子在真实的案子基础上，又给我们讲了一个好故事，谢谢洋子。"

　　　　　　　　　　　　　　　　　　　　　（全文完）